2,- E U. H.
W8

ELLIS PETERS

Der Raga vom gewaltsamen Tod

Buch

Anjli Kumar ist mit ihren vierzehn Jahren noch zu jung, um allein zu ihrem Vater nach Indien zu reisen. Daher bittet Anjlis Mutter, eine mondäne amerikanische Schauspielerin, Dominic Felse und dessen Freundin Tossa, das Mädchen nach Delhi zu begleiten. Aber die Sache hat einen Haken, wie sich allerdings zu spät herausstellt: Anjlis Vater, ein wohlhabender und vornehmer Kaufmann, ist nämlich spurlos verschwunden. Dafür findet man in seinem Haus einen »heiligen« Bettler – ermordet. Und dann wird Anjli entführt. So kommt es, dass Dominic, der Sohn von Kriminalinspektor Felse, plötzlich selbst Detektiv spielen muss …

Autorin

Ellis Peters, 1913 in Wales geboren, arbeitete nach ihrer Schulzeit als Apothekenhelferin, verlor aber ihr Ziel, Schriftstellerin zu werden, niemals aus den Augen. 1959 begann ihre Karriere als Krimiautorin, und bereits zwei Jahre später, 1961, wurde sie für *Der Tod und die lachende Jungfrau* mit dem *Edgar-Allan-Poe-Award* ausgezeichnet. Ellis Peters starb 1995.

Von Ellis Peters außerdem im Goldmann Verlag lieferbar:

Die goldene Totenmaske. Roman (2130)
Figaro wird ermordet. Roman (3211)
Falsche Propheten. Ein Inspektor-Felse-Roman (5396)
Die Nacht am Wasser. Ein Inspektor-Felse-Roman (5973)
Die Primadonna lachte. Ein Inspektor-Felse-Roman (5912)
Der Tod und die lachende Jungfrau. Ein Inspektor-Felse-Roman (4236)

Ellis Peters

Der Raga vom gewaltsamen Tod

Ein Inspektor-Felse-Roman

Aus dem Englischen von
Mechtild Sandberg-Ciletti

GOLDMANN

Die Originalausgabe erschien unter dem Titel
»Mourning Raga«.

Umwelthinweis:
Alle bedruckten Materialien dieses Taschenbuches
sind chlorfrei und umweltschonend.

3. Auflage
Wiederveröffentlichung November 2004

Umschlaggestaltung: Design Team München
Umschlagfoto: Photonica/Hill
Satz: DTP Service Apel, Hannover
Druck: GGP Media GmbH, Pößneck
Krimi 4021
JE · Herstellung: Max Widmaier
Made in Germany
ISBN 3-442-04021-3
www.goldmann-verlag.de

I

Die ganze Affäre begann, wie meist, wenn Unerwartetes und Chaotisches hereinbrach, mit Tossas Mutter. Und sie begann, wie üblich, am Telefon.

Tossas Mutter selbst war ein Wesen, das Unerwartetes und Chaotisches in sich vereinte, wenn auch hinter einer äußerst gepflegten und eleganten Fassade verborgen. Sie war schlank und dunkel und schien das Geheimnis ewiger Jugend entdeckt zu haben, obwohl sie drei Ehen hinter sich hatte. Sie hatte ihr Leben, das sie mit Schwung und Erfolg meisterte, als Chloe Bliss begonnen, einem idealen Bühnennamen, der ihr aber tatsächlich von ihren Eltern mitgegeben worden war; dann war sie Chloe Barber geworden und geblieben, bis Tossas Vater, der Universitätsprofessor, rücksichtsloserweise im besten Mannesalter verschieden war; danach wurde sie Chloe Terrell, bis der weit weniger interessante und weit weniger standesgemäße Herbert Terrell beim Bergsteigen ausgerutscht war und sich das Genick gebrochen hatte; und dann war sie Chloe Newcombe geworden, und war es, eigentlich überraschenderweise, nach zwei Jahren noch. Vielleicht besaß Paul Newcombe, der rein äußerlich auf beinahe deprimierende Art an den Prototyp des soliden und durch nichts aus der Ruhe zu bringenden Geschäftsmannes erinnerte, eine Faszination, die Außenstehenden zunächst verborgen blieb. Irgendwelche verborgenen Qualitäten musste er auf jeden Fall besitzen, wenn er hoffen wollte, die wetterwendische Chloe auch in kommenden Jahren an sich zu fesseln.

Dieses bezaubernde Wesen, das seinen Ehemännern so wenig Glück gebracht hatte, machte auch seiner einzigen

Tochter das Leben recht schwer. Chloe fand es bedauerlich, dass Tossa ohne Geschwister aufwachsen musste; doch da es für sie jetzt zu spät war, Tossa einen Gefährten zu bescheren, setzte sie nun fröhlich ihre Hoffnungen auf einen passenden Schwiegersohn. Chloe konnte sowieso niemals der Versuchung widerstehen, in die Rolle der Zauberin Circe zu schlüpfen, wenn ein junger Mann in ihrem Gesichtskreis auftauchte. Und im Allgemeinen erlagen die jungen Männer ihrem Zauber kampflos. In Dominic Felses Fall allerdings begnügte sie sich damit, ihren Charme auf Sparflamme zu stellen und ließ Gedanken an Eroberung gar nicht aufkommen. Theodossia Barber war ja schließlich ihre Tochter, und Chloe empfand echte, natürliche Liebe für sie.

Sie waren in Tossas Zimmer in Oxford, als der Anruf kam. Dominics erst kürzlich von einem Gebrauchtwagenhändler erworbener Kleinwagen stand unten vor dem Haus und wartete auf sie. Sie freuten sich auf das Weihnachtsfest, das sie geruhsam bei Dominics Familie feiern wollten, und waren heilfroh, dass Chloe vollauf damit beschäftigt war, irgendwo in Somerset einen neuen Film zu drehen und gewiss kaum Zeit finden würde, an die Weihnachtspläne ihrer Tochter auch nur einen Gedanken zu verschwenden. Ihr Gewissen trieb sie zwar dazu, von Zeit zu Zeit die liebende und fürsorgliche Mutter zu spielen, und sie pflegte sich dann mit einem Überschwang in diese Rolle zu werfen, der Tossa für die langen Perioden der Vernachlässigung entschädigen sollte. Niemals jedoch ließ Chloe es zu, dass das Gewissen sie an der Erfüllung ihrer beruflichen Pflichten hinderte. Folglich spielten sich diese Intermezzi stürmischer mütterlicher Fürsorge immer dann ab, wenn sie Tossas Pläne auf verheerendste Weise störten, Chloes hingegen überhaupt nicht.

Das Telefon klingelte unten im Vestibül. Über den Koffer hinweg, auf dem Dominic kniete, blickten sie einander scharf an. Dominics linke Augenbraue hob sich skeptisch.

»Oh-oh«, sagte er in einem Ton, der Tossa ärgerte, obwohl sie selbst sich häufig viel wortreicher zu diesem Thema äußerte. »Es ist wahrscheinlich gar nicht für mich«, meinte sie, ohne sich oder Dominic zu überzeugen.

Der Anruf war für sie. Die Stimme der Wirtin schallte herauf, und sie trottete resigniert hinunter, um sich dem Kampf zu stellen. Unzugänglich und misstrauisch, unfreundlicher als sonst drang ihre dunkle Stimme herauf und verriet, dass sie innerlich ganz in Abwehrstellung war.

»Tossa Barber. – O ja, Tag, Mutter! Wie geht es dir? Was macht der Film?« Man musste ablenken, sie in ihre eigene Welt zurückdrängen. Das war die einzige wirksame Strategie. Doch Chloes Beredsamkeit war nicht einzudämmen.

»Na, natürlich, Mutter, du weißt ja, dass wir eigentlich nach Midshire wollten …«

Eigentlich wollten! Dominic gab den Kampf mit Tossas widerspenstigem Koffer auf und eilte schleunigst aus dem Zimmer und ein Stück die Treppe hinunter, wo er sich niedersetzen und den Verlauf des Gesprächs verfolgen und dafür sorgen konnte, dass seine Wünsche und Interessen nicht ganz in Vergessenheit gerieten. Jedes Mal, wenn sie den Blick hob, musste sie ihn sehen, wie er ganz unverfroren zuhörte und sie mit hypnotischen Blicken zu zwingen versuchte, ihrer Mutter Paroli zu bieten.

»Ja«, sagte Tossa, »ich weiß. Du hast mir erzählt, dass sie – wirklich interessant. – Oh, wirklich? Ja, aber was kann ich denn –« Eine lange Pause folgte, während der in Tossas Augen zunächst ein Ausdruck völliger Verblüffung und dann absoluter Verständnislosigkeit trat. Irgendetwas Fürchterliches ging da vor. Dominic lehnte sich drohend über das Treppengeländer, und sie warf ihm einen hilflosen Blick zu und schüttelte den Kopf, um ihm zu verstehen zu geben, dass sie ihre Pläne nicht vergessen hatte.

»Wo? Aber – nein, das kann doch nicht dein Ernst sein?

Ich – ja natürlich finde ich es fantastisch, aber – Gott, so weit! Nein, allein hätte ich da Todesangst! – Oh!«, hauchte sie benommen, und dann sprang in den verständnislosen Augen ein Funke auf, der wuchs und wuchs, bis ihr ganzes Gesicht vor Erregung in Flammen zu stehen schien.

Sie war drauf und dran, darauf hereinzufallen, was immer es auch sein mochte! Dabei musste sie ihre Mutter, diese schreckliche, charmante Person, doch wirklich kennen. Dominic scharrte mit den Füßen und räusperte sich drohend. Tossa blickte auf und lächelte strahlend und verklärt wie eine Schlafwandlerin.

»Würde sie das denn wirklich tun – ich meine für uns beide? – Ja, natürlich weiß ich, dass das eine einmalige Gelegenheit ist. – Aber, Mutter, ich weiß wirklich nicht. – Ja, klar möchte ich – und er sicher auch. – Weißt du was, lass mich erst mal mit ihm reden. Ich ruf dich dann wieder an.«

»Ja«, sagte Dominic grimmig, aber immerhin so leise, dass man ihn am anderen Ende der Leitung nicht hören konnte. »Tu das. Wimmle sie endlich ab, damit ich mal vernünftig mit dir reden kann. Wirklich, diese Chloe!«

»In einer Viertelstunde. Ja, Mutter. Ich verspreche es. Gib mir doch noch mal die Nummer.«

Sie legte auf und hastete die Treppe hinauf, während sie die Nummer vor sich hin murmelte. Dominic reichte ihr seinen Kugelschreiber, ehe sie die Ziffern durcheinander bringen konnte. Sie sah direkt berauscht aus, und er konnte nichts verstehen. Im Allgemeinen war sie es, die prompt auf Ausweichkurs steuerte, wenn Chloe irgendwelche Vorschläge machte.

Er nahm sie bei der Hand und zog sie zurück in ihr Zimmer. Sie ließ sich aufs Bett sinken und starrte träumerisch in den bleichen Dezemberhimmel.

»Du hast doch hoffentlich nicht vergessen, dass wir zu meinen Eltern nach Comerford fahren!«

»Nein, natürlich nicht. Wenn du das nachher auch noch willst, dann fahren wir. Für nichts in der Welt würde ich das einfach sausen lassen. Das weißt du. Aber hör dir erst mal an, was Mutter uns angeboten hat.«

Uns! Ja, das musste man Tossa lassen – sie sorgte immer dafür, dass er nicht vergessen wurde.

»Du brauchst keine Angst zu haben. Sie hat uns nicht eingeladen. Sie geht vollkommen in der Filmerei auf. Zu Weihnachten lassen die nur eine Party steigen, gleich dort im Atelier, und dann drehen sie weiter. Das kenne ich. Nein, was sie uns angeboten hat, ist wirklich einmalig. Deswegen konnte ich auch nicht einfach Nein sagen. Ich hab's einfach nicht fertig gebracht. Ich meine, so eine Gelegenheit bietet sich bestimmt nie wieder, und steinreich sind wir ja auch nicht gerade und – na ja, was hättest du denn gesagt?«, fragte sie.

»Woher soll ich das wissen, wenn ich noch nicht einmal eine Ahnung habe, wovon du eigentlich redest. Was sollen wir denn tun?«

»Wir sollen«, begann Tossa, und ihre Stimme war nur noch ein Hauch, in dem sich Verwunderung und Begeisterung mischten, »ein kleines Mädchen nach Indien bringen.«

Dominic ließ sich verblüfft auf den Koffer fallen, und das störrische Schloss schnappte auf Anhieb zu, als wollte es das Signal zur Abfahrt geben. Doch so einfach war das nicht. Indien um diese Jahreszeit – da brauchte man – ja, was? Gewiss nicht die Wintersachen, in die man sich in Oxford vermummen musste. Baumwolle? Helle Hosen? Lieber Himmel, was war denn nur los? Er nahm die Geschichte tatsächlich ernst, dabei konnte es sich doch nur um ein Missverständnis handeln oder um einen dummen Scherz. Er saß da und starrte Tossa misstrauisch an und schob energisch die Bilder von Tempeln und hohen Palmen beiseite.

»Indien? Hat sie wirklich Indien gesagt?«

»Ich hab sie zwei Mal gefragt. Beide Mal hat sie Indien gesagt. Und sie hat auch Delhi gesagt. Es ist kein Missverständnis.«

»Und wir können beide fahren?«

»Ja. Ich hab gesagt, ich hätte allein Angst.« Das war nichts weiter, als ihre Art zu sagen: Aber nicht ohne Dominic. Es gab viele Dinge, denen Tossa mit Vorsicht oder Misstrauen begegnete nach ihren mannigfachen Erfahrungen mit Eltern und Stiefvätern, aber wenige, vor denen sie Angst hatte.

»Und alles wird bezahlt?«

»Geld spielt keine Rolle.«

»Aber wessen Geld ist es denn?«

»Dorette Lesters. Ihre kleine Tochter sollen wir nach Delhi bringen.«

»Wer ist Dorette Lester?«, fragte Dominic ahnungslos.

»Sie ist der amerikanische Filmstar, den sie für die Rolle der Marianne in Chloes Film herübergeholt haben. Ich hab dir doch davon erzählt. Alle hatten Angst, dass sich die beiden anfauchen würden wie zwei Tigerinnen, und dabei sind sie einander gleich beim ersten Zusammentreffen in die Arme gefallen und sind seitdem ein Herz und eine Seele. Nur deshalb ist ja Chloe bereit, mich auszuleihen, um Dorette zu helfen. Sie hat gesagt, wir sollen nach Bath kommen, damit uns Dorette alles erklären kann. Das jedenfalls könnten wir doch eigentlich ruhig tun, was meinst du?«

»Heute? Jetzt?«

Sie nickte. Ihr Gesicht war immer noch in die Glut der Erregung getaucht. Indien bekommt man nicht jeden Tag auf dem Präsentierteller angeboten.

»Wir können ja dann immer noch Nein sagen.«

Aber das wollte sie gar nicht. Und er auch nicht. Jedenfalls nicht, wenn das alles stimmte. Sie sahen einander nachdenklich in die Augen, wagten noch immer nicht ganz, an einen solchen glücklichen Zufall zu glauben.

»Die Sache muss einen Haken haben«, erklärte Dominic schließlich.

Sie widersprach ihm nicht. Sie kannte ihre Mutter noch besser als er. Die Befürchtung, dass sie früher oder später ein Haar in der Suppe finden würden, war durchaus berechtigt.

»Aber es müsste schon ein ganz dicker Haken sein, oder?«, meinte sie ehrlich.

Dominic stand auf und hob den Koffer hoch, auf dem er gesessen hatte. Das Schloss hielt.

»Dann ruf sie jetzt lieber an«, meinte er, »und gib ihr Bescheid, dass wir kommen.«

*

Irgendein genialer junger Mann, der in seiner Boutique Aufsehen erregende Kleider verkaufte und nebenher Aufsehen erregende Ideen ausbrütete, die er meist auch erfolgreich an den Mann brachte, war auf den unwahrscheinlichen Gedanken verfallen, aus einer alltäglichen Geschichte ein großes Musical zu machen, und hatte, vom Glück bestrahlt, wie er nun einmal war, für diesen Einfall sogar Abnehmer gefunden, die, wie er, überzeugt waren, dass es sich durchaus erfolgreich verkaufen lassen müsste. Er besaß außerdem – und das war seine stärkste Seite – ein Talent dafür, angenehme Melodien und pikante Texte zu schreiben, die so geistreich waren, dass sie sogar die banalsten Gedanken in spritzige Dialoge verwandelten, und somit war man sich eigentlich allgemein einig, dass der Film nicht nur ein Kassenschlager, sondern auch ein überraschend guter Film werden würde. Das Unternehmen wurde zum größten Teil mit amerikanischen Geldern finanziert, und die Produzenten hatten darauf bestanden, Dorette Lester für die Rolle der Marianne zu engagieren. Der englische Regisseur hatte mit gleicher Entschiedenheit erklärt, dass für die Rolle der Eleanor nur Chloe Bliss in Frage käme.

Die eine der beiden Schauspielerinnen, die man für die Rollen der jungen Schwestern Dashwood verpflichtet hatte, war vor kurzem vierzig Jahre alt geworden, die andere war sechsunddreißig. Dabei gab es junge Schauspielerinnen in Massen, die die Rollen hätten übernehmen können. Doch niemand schien sich an der Besetzung auch nur im Geringsten zu stören. Erst ein Jahr zuvor hatte Chloe Bliss ihrem Repertoire eine Teenagerrolle hinzugefügt. Und was Dorette Lester anging, so hatte einer ihrer glühendsten Bewunderer einmal gesagt, sie könne nicht singen, sie könne nicht tanzen und sie sei beileibe keine begnadete Schauspielerin; aber das alles sei auch ganz unnötig, man brauche sie schließlich nur anzusehen. Die Rolle der hypersensiblen und gefühlsbetonten Marianne Dashwood war daher genau das Richtige für sie.

Dorette hatte geheiratet, als sie Anfang zwanzig und noch kein Star gewesen war. Tossa erzählte auf der Fahrt nach Bath Dominic alles, was sie von Chloe erfahren hatte.

»Weißt du, ich habe das Gefühl, dass sie damals noch in den Anfängen steckte. Er war anscheinend unheimlich reich und muss eine tolle Partie für sie gewesen sein. Ein paar Jahre später hätte sie ihn wahrscheinlich nicht einmal eines Blickes gewürdigt. Er hatte in Indien studiert und war in die Staaten gekommen, weil er Forschungsarbeit leisten wollte. Er war Physiker. Na, sie hat ihn jedenfalls geheiratet, und dann kam das kleine Mädchen auf die Welt. Ein paar Jahre später wurde sie entdeckt und machte Karriere. Ich vermute, dass sie so in ihrer Arbeit aufging und er so in der seinen, dass sie einfach den Weg zueinander nicht mehr fanden. Vielleicht waren sie auch von Natur aus einfach zu weit voneinander entfernt, um jemals zusammenzukommen. Auf jeden Fall ging die Ehe in die Brüche, und sie ließ sich scheiden und widmete sich nur noch ihrer Karriere. Er ging nach Indien zurück und hat sich da sein eigenes Leben aufgebaut.«

»Und das kleine Mädchen«, sagte Dominic nach einer nachdenklichen Pause einigermaßen verwundert, »soll jetzt so mir nichts, dir nichts zu ihm verfrachtet werden?«

»So sieht's aus. – Vielleicht nur zu Besuch«, fügte sie dann zweifelnd hinzu. »Soviel ich weiß, hat Dorette vor, wieder zu heiraten. Vielleicht hat der zukünftige Ehemann bei der Aussicht auf eine fast vierzehnjährige Stieftochter nicht allzu freundlich reagiert.«

»Oder sie hat Angst vor Komplikationen. Sie hat ihn wahrscheinlich überhaupt nicht gefragt. Und ihre Tochter sicher auch nicht.«

Der Haken, den Dominic befürchtet hatte, begann sich zu zeigen. Er fragte sich skeptisch, worauf sie sich da so überstürzt eingelassen hatten. Immerhin, wenn die Lage so war, wie er sie sah, dann war das Mädchen bei seinem Vater vielleicht wirklich am besten aufgehoben. Oder wollte der seine Tochter auch nicht haben? Dominic konnte sich des Eindrucks nicht erwehren, dass er seine Ansprüche auf das Kind eigentlich recht kampflos aufgegeben hatte.

»Auf jeden Fall«, bemerkte Tossa, als hätte sie seine Gedanken erraten, »müssen wir uns die Sache erst mal anhören. Das habe ich versprochen. Wir können ja dann immer noch einen Rückzieher machen, wenn es uns nicht passt.«

Dominic widmete sich plötzlich mit scheinbar ungeteilter Aufmerksamkeit der Straße. Unvermittelt nämlich war ihm eingefallen, auf welch unsicherem Grund er sich hier bewegte. Auch Tossa war das Kind einer egozentrischen Schauspielerin; auch ihre Kindheit war überschattet gewesen von den Wiederheiraten ihrer Mutter, von ihrem Charme, ihrem sprühenden Witz und ihrem Erfolg. Doch Dominic hätte sich deshalb keine Sorgen zu machen brauchen. Tossa hatte längst gelernt, ihr Recht auf einen Platz an der Sonne zu verteidigen. Der Kampf zwischen Mutter und Tochter wurde in letzter Zeit auf gleicher Ebene ausgefochten, und solange

Dominic auf ihrer Seite stritt, hatte Tossa das sichere Gefühl, dass sie siegte.

»Wenn ich's mir recht überlege«, meinte Tossa praktisch, »bin ich wahrscheinlich gerade die Richtige für so einen Auftrag. Wenn das arme Ding schon nichts dagegen machen kann, dass es zu seinem Vater verfrachtet wird, dann hilft's vielleicht, wenn jemand dabei ist, der so ziemlich im selben Boot sitzt.«

»Hm, da kannst du Recht haben«, stimmte Dominic zu. »Na, wir werden ja sehen.«

Die Fräulein Eleanor und Marianne Dashwood saßen Seite an Seite auf einem vergoldeten Empiresofa und hielten Hof, ohne sich von dem Chaos rundherum – den Scheinwerfern, den Kameras, den Gerüsten, den schreienden, hastenden, wild gestikulierenden Menschen – stören zu lassen. Sie wirkten so zart und zerbrechlich wie Meißener Porzellan in den hellen Musselinkleidern, den kunstvoll frisierten Löckchen, den langen weißen Seidenhandschuhen, die bis über die Ellbogen hinaufreichten. Ein Herz und eine Seele, dachte Dominic. Ja, und wenn man vorhatte, es mit diesen beiden Porzellanpüppchen aufzunehmen, dann musste man schon auf der Hut sein. Das war ein Paar, dem nicht leicht beizukommen war.

Es sprach dafür, wie ernst sie beide ihren Beruf nahmen, dass sie nicht einmal in den Aufnahmepausen aus ihren Rollen schlüpften. Chloe blieb weiterhin die ernste, kühle und äußerst wohlerzogene Eleanor, Dorette weiterhin die bald himmelhoch jauchzende, bald zu Tode betrübte, ihren Stimmungen hilflos unterworfene Marianne. Keine von beiden legte die Beine hoch oder steckte sich eine Zigarette an. Kerzengerade saßen sie da, einen Fuß leicht vor den anderen geschoben, wie man es junge Damen gelehrt hatte, lange bevor Minirock und Strumpfhose die Welt erobert hatten.

Dominic fühlte sich gezwungen, den Eindruck von Dorette, den er aus Tossas Schilderungen erhalten hatte, zu revidieren. Sie mochte keine große Schauspielerin sein, aber sie war eine intelligente Diplomatin, die ihre Gaben gezielt einzusetzen wusste. Und reden konnte sie! Reden wie ein Wasserfall.

»... und dann, wissen Sie, Tossa – oh, verzeihen Sie! Darf ich Sie Tossa nennen? Sehen Sie, ich habe das Gefühl, ich kenne Sie schon eine Ewigkeit. Ihre Mutter hat mir so viel von Ihnen erzählt. Und Sie sind ihr so ähnlich. Wissen Sie das?«

Tossa wusste es und fühlte sich geschmeichelt, obwohl sie oft in den Spiegel zu sehen pflegte und nichts dergleichen entdecken konnte.

»... und im Grunde zerstörte seine Familie unsere Ehe, wissen Sie. Oh, Satyavan war der typische Vertreter des neuen Indien, viel gereist, gebildet, hochintelligent. Er war reich, und was er besaß, das hatte er sich selbst geschaffen. Er hatte eine Kosmetikfabrik und außerdem eine Firma, die im ganzen Osten und Nahen Osten Reiseagenturen betrieb. Seine Eltern waren Millionäre. Sie haben ihr Geld mit Textilien gemacht, Baumwolle und Seide. Außerdem stammte er aus einer alten Familie, und diese Inder sind unglaublich stolz. Ich war unerwünscht. Seine Mutter war untröstlich, als er mich heiratete. Sie war damals seit zwei Jahren verwitwet, und Satyavan war das einzige Kind. Und Sie wissen ja, was für einen Kult man bei den Hindus mit Söhnen betreibt. Manchmal denke ich mir, wenn Anjli ein Junge gewesen wäre ... Aber Anjli war ein Mädchen, und nach ihr bekam ich keine Kinder mehr.« Diskret und mit großer Würde tupfte sie eine nicht vorhandene Träne von ihren Wimpern. »Nein, wir hatten gar keine Chance. Wir konnten die Kluft nicht überbrücken. Und es ist eine echte Kluft. Man hätte viel Geduld und Liebe und Geschick – und Glück gebraucht. Doch Glück hatten wir nicht.«

Chloe, die mit zarter Hand ihren Fächer hin und her bewegte und aus großen Augen voll kritischer Bewunderung ihre Filmschwester beobachtete, hob mit Kennermiene lobend eine Braue, und über ihren Mund huschte ein flüchtiges Lächeln.

»Und er hat nicht einmal versucht, das Sorgerecht für Anjli zu bekommen?« Tossa reagierte mit einer unverblümten, scharfen Frage.

Dorettes bleiche Wangen erblühten in zartestem Rosenrot und erblassten gleich wieder zum Wachsweiß der Magnolie. Dominic war fasziniert.

»Tossa, Sie dürfen nicht zu hart sein, Sie müssen verstehen ... Der arme Satyavan! Sie dürfen nicht glauben, dass er sie nicht lieb hatte. O doch, er hat alles versucht, alles, was in seiner Macht stand. Aber sehen Sie, damals waren wir beide sehr verbittert. Und ich habe ebenso hart gekämpft. Vielleicht habe ich es nur dem Umstand zu verdanken, dass ich Amerikanerin bin, dass man sie mir zugesprochen hat. Und das war alles, was mir damals wichtig war. An ihn habe ich nicht gedacht. Und auch nicht an seine Mutter. Für eine Inderin sind Söhne und Enkel das Ein und Alles, aber auch eine Enkelin wäre eine große Freude. Doch meistens wird einem erst viel später klar, welchen Preis das eigene Glück andere gekostet hat. Sie dürfen nicht glauben, dass ich nicht lange, lange Zeit über dies alles nachgedacht habe. Ich habe Qualen durchgestanden. All diese Jahre hindurch, seit ihrem sechsten Lebensjahr. Ich habe mich an ihr freuen und sie wachsen sehen können. Und er – mein armer Satyavan ...« Sie hauchte den Namen hin wie ein kleines Gedicht, und flüchtig betupfte sie wieder ihre Wange mit dem weißen Spitzentüchlein. Kein Zweifel, Dorette war eine Künstlerin.

Tossas trockene, unwirsche Stimme sagte: »Ja, ich verstehe. Sie muss ihm schrecklich gefehlt haben.«

Doch Chloes ungetrübtes Lächeln verkündete heiter, dass

Dorette ihre Sache ganz glänzend machte und sie es sich leisten konnte, eine Feuerpause einzulegen. Vielleicht erriet sie sogar die Motive ihrer Tochter, die nicht so leicht zu unterdrücken waren. Dorettes Intelligenzgrad war eine unbekannte Größe gewesen, doch an Chloes Gescheitheit hatte nie Zweifel bestanden. Dominic hüllte sich in Schweigen.

»Tossa, es kommt eine Zeit, da muss man sich sogar von dem trennen, was man liebt und was man braucht, eine Zeit, da man sich besinnen muss – nicht auf das, was andere wollen und brauchen, sondern auf das, was die Kinder wollen und brauchen.« Dorette wandte leicht den Kopf und schenkte ihnen einen geraden Blick aus strahlend blauen, betörenden Augen. Und ihre Schönheit, von der sie so viel gehört und so wenig gehalten hatten, war überwältigend und unwiderstehlich. Sie begriffen, welche Macht diese Schönheit besaß. Sie sah aus wie achtzehn, erregt, eifrig und flehend.

»Sie hat dort eine ganze Familie, die sich nach einer Erbin sehnt. Sie hat ein Königreich dort, könnte man sagen. Welches Recht habe ich, ihr das alles vorzuenthalten? Was kann ich ihr stattdessen bieten? In Amerika ist sie nichts anderes als ein einfaches kleines Mädchen, bei weitem keine Prinzessin. Und mein Mann …« Einen Moment lang schienen ihr bei diesem Wort Zweifel zu kommen, doch sie schüttelte sie ab und fuhr fort: »Er hat auch Rechte. Sie weiß nichts über das Leben, das er ihr bieten kann; aber sie hat ein Recht darauf, beide Seiten zu kennen, ehe sie eine Wahl trifft. Ich will, dass sie ihren Vater kennen lernt.«

Ein bleicher Mensch mit grünem Augenschirm bog die künstlichen Palmen auseinander und rief:

»Wir sind so weit, Dorrie!«

Und Miss Lester schaltete von Gefühl und Selbstverzicht auf geschäftsmäßige Verbindlichkeit, die Tossa beinahe beleidigend fand, rief: »Komme sofort, Lennie! Noch drei Minuten!«, und schlüpfte sogleich wieder in ihre Mutterrolle. Weitere Beredsamkeit schien zwar nicht nötig, denn Chloes kurzer, beschwichtigender Blick hatte ihr gesagt, dass die beiden schon angebissen hatten. Dennoch spielte sie ihre Rolle, wenn auch etwas weniger feurig, schon um ihres Rufes willen fort.

»Mein Mann erwartet seine Tochter. Ich habe ihm vor einem Monat geschrieben, bevor ich aus Amerika abreiste, um ihm mitzuteilen, dass sie kommen würde. Er wird sich unsagbar freuen, sie zu sehen, und wird Ihnen unendlich dankbar sein. Ich gebe Ihnen seine Adresse in Delhi und auch die seiner Mutter – Mrs Purnima Kumar –, nur für den Fall, dass irgendetwas nicht klappen sollte. Es wird also ganz sicher keine Schwierigkeiten geben. Und für die Reisekosten komme ich natürlich auf. Bleiben Sie ruhig eine Weile in Indien, wenn Sie schon einmal dort sind. Satyavan wird sich bestimmt freuen, Ihnen den Aufenthalt möglichst angenehm zu machen, das weiß ich.«

Sie wusste in Wirklichkeit gar nichts. Sie hatte mit ihrem geschiedenen Mann seit seiner Abreise aus den Vereinigten Staaten nicht mehr in Verbindung gestanden. Doch sie vertraute darauf, dass die Familie schon um ihres Rufes willen sich alle Mühe geben würde, die ausländischen Besucher zu beeindrucken. So gut kannte sie die Kumars immerhin.

»Wann«, erkundigte sich Tossa mit sorgfältig bemessener Ruhe, »soll Anjli denn in London ankommen?«

»Übermorgen. Wenn Sie beide sie mit mir zusammen am Flughafen abholen könnten, dann könnten wir über Nacht in London bleiben, und ich könnte einen Flug für den folgenden Tag buchen. Zum Glück dreht gerade ein guter alter Freund von mir einen Film in Indien, ganz in der Nähe von Delhi. Ich werde ihm ein Telegramm schicken und ihn bitten, Sie dort am Flughafen abzuholen. Wenn Sie irgendetwas brauchen – ganz gleich, was –, dann wenden Sie sich ruhig an

Ernest. Er würde mir jeden Gefallen tun. Aber die Reise kann ich dem Kind allein einfach nicht zumuten. Und wir sind hier so in Terminschwierigkeiten, dass es mir selbst unmöglich ist …«

Ganz unmöglich, o ja. Nicht nur, weil sich daraus Unbequemlichkeiten für sie ergaben. Es steckte mehr dahinter. Indien war eine fremde Welt für sie, in die vorzustoßen sie kein Verlangen hatte, und Satyavan stand ihr ferner als jeder Fremde, eben weil er ihr einmal so nahe gestanden hatte.

»Sie werden mir mein kleines Mädchen doch hinbringen, nicht wahr?« Das war echte Sorge, auch wenn man den wohl berechneten Charme wegwischte.

»Dorette? Fertig?«

»Ja, Lennie. Ich komme sofort. Tossa, Liebste …«

»Ja, Miss Lester. Ja, natürlich bringen wir sie hin.«

»Sie sind ein Schatz. Ich bin Ihnen ja so dankbar. So beruhigt. – Ja, ja, Lennie. Ich komme ja schon. Übermorgen also, ich rufe Sie vorher an. Wie war die Nummer in Midshire?«

Und Chloe lachte, verhalten und vollauf zufrieden. Als sie wieder in Dominics Kleinwagen saßen, starrte Tossa eine ganze Weile schweigend und mit düsterer Miene vor sich hin. Dann sagte sie in zweifelndem Ton: »Wenn wir Pech haben, ist der Vater auch nicht besser. Aber man sollte ihm wenigstens eine Chance geben.« Doch dann kehrte ihr natürlicher Optimismus zurück, und sie setzte hinzu: »Na, wir werden ja sehen, was deine Eltern dazu sagen werden.«

»Ich sehe den Haken zwar immer noch nicht«, war alles, was Dominic zu diesem Thema zu sagen hatte, »aber irgendwo muss einer sein.«

Dominics Eltern sagten in schönem Einklang, obwohl man ihnen die Neuigkeit getrennt beibrachte: »Natürlich fahrt ihr! Ihr wärt ja dumm, wenn ihr diese Gelegenheit nicht beim Schopf packen würdet.« Und Dominics Mutter, die Tossa voller Verständnis anblickte, fügte hinzu: »Wenn alles schief geht, könnt ihr sie ja wieder mit zurückbringen.«

So standen sie denn alle wie verabredet am Flughafen und warteten auf Anjlis Maschine. Dorette war in Nerz gehüllt, Chloe in Leder, eingefärbt in aufeinander abgestimmte lilafarbene Töne, mit einer helmähnlichen Schöpfung ihrer Modistin auf dem wohl geformten kleinen Kopf und hohen Stiefeln an den Füßen. Dominic und Tossa waren dem Winterwetter entsprechend vermummt, doch in ihrem Koffer hatten sie hastig zusammengesuchte leichte Sachen.

Plötzlich löste sich Dorette, eine Wolke aus pastellfarbenem Nerz und Parfümhauch, von der Gruppe.

»Mein Liebling! Herzchen, wie schön, dass du da bist!«

Das Mädchen wandte leicht den Kopf und bot die linke Wange zum unvermeidlichen Kuss. Dann setzte es ein strahlendes Lächeln auf und entzog sich schneller und geschickter, als Dominic es für möglich gehalten hätte, der Umarmung seiner Mutter.

»Tag, Mami! Wie geht es dir? Gott, war das ein Flug. Ich kann mich kaum mehr auf den Beinen halten. – Oh, hallo! Sie müssen Miss Bliss sein. Mami hat mir so viel über Sie geschrieben und über den Film. Gott, das ist ja ein todschicker Anzug! Wirklich, ein Gedicht!«

Befangenheit, Manieriertheit, Natürlichkeit, Eifer und Jugend – das alles drückte sich in diesem Wortschwall aus. Doch es bedurfte eines Menschen in Chloes Alter, die Nuancen alle zugleich aufzunehmen, und Chloe hatte sich mit voller Absicht eine Statistenrolle ausgesucht und hatte keinesfalls vor, sich in den Vordergrund drängen zu lassen. Sollte Tossa, die auf ihre Selbstständigkeit so stolz war, allein den Weg über das trügerische Gelände finden. Chloe lächelte, küsste die kindliche Wange und murmelte ein paar kühle, unverbindliche Worte.

»Und hier ist meine Tochter Tossa, die dich nach Delhi begleiten wird. Und Dominic Felse, ein Freund von Tossa – ein Freund von uns allen.«

»Ja, natürlich«, sagte sie mit klarer, durchdringender junger Stimme. »Ihre Freunde sind auch meine Freunde. Ich hoffe nur, dass ich auch in die Familie aufgenommen werde.« Sie legte eine schmale, braune Hand in Tossas, lächelte strahlend, aber flüchtig, und wandte sich dann mit entschieden größerem Interesse Dominic zu. »Tag, Dominic. Gott, ich kann wirklich von Glück reden, dass ich so gut versorgt werde. Ich bin von ganzem Herzen dankbar. Wirklich!«

Das war also das arme kleine Ding. Klein war sie, zumindest körperlich gesehen; klein und zart wie ein Vogel. Sie trug einen Minimantel aus flauschigem Imitationspelz und eine dazu passende Pelzmütze. Die langen, schlanken Beine steckten in hellen Strümpfen und roten Lederstiefeln, die bis unter das Knie reichten. Über der Schulter trug sie an einem roten Lederriemen eine große Pelztasche. Ein dicker schwarzer Zopf hing ihr bis zur Hüfte hinunter, und das kleine Gesicht war zur Hälfte hinter der größten Sonnenbrille verborgen, die Dominic je gesehen hatte. Doch jene Partien des Gesichts, die zu sehen waren, die Wangen und das Kinn, waren ebenmäßig und zart geschnitten wie eine indische Elfenbeinschnitzerei.

Durch rauchgraue Gläser hindurch blickte sie unverwandt zu Dominic auf. Und plötzlich, als genügte ihr dieser Blick nicht, griff sie mit ihrer freien Hand in einer aufrichtigen Gebärde der Ungeduld zur Brille und riss sie herunter, um sich Dominic genauer und näher ansehen zu können.

Die Veränderung war atemberaubend. Schmale, geschwungene Brauen und große, schmelzende dunkle Augen kamen zum Vorschein. Das Gesicht wurde plötzlich zum Kindergesicht, suchend, kritisch und neugierig; und gleich darauf, kaum dass sich eine Linie in ihren Zügen verändert hätte, zeigte das Gesicht Habgier. Ein anderes Wort gab es nicht.

Sie war im richtigen Alter, um sich auf Anhieb, mit voller Überlegung gewissermaßen, verlieben zu können, wenn sich ein passendes Objekt bot. Dominic war ein passendes Objekt. In ihren Augen, die ihn immer noch unverwandt anstarrten, sah er sich, wie sie ihn sah: ein Idol, das man anhimmeln konnte, und zugleich ein Wild, das erlegt werden musste.

Über Anjlis Kopf hinweg begegnete er Tossas Blick, voller Ausdruckskraft in dem unbewegten Gesicht. Sie verstanden einander. Man brauchte nicht weiter nach dem Haken zu suchen. Er war gefunden.

2

»Ich war früher schon einmal hier«, bemerkte Anjli und entfaltete mit oberflächlichem Interesse den Prospekt von Delhi auf ihrem Schoß. »In Indien, meine ich. Aber ich kann mich fast gar nicht mehr daran erinnern. Es ist so lange her.«

»Das hat uns deine Mutter gar nicht erzählt«, meinte Tossa. »War sie auch mit?«

»Nein, nur mein Vater. Sie wollte nicht, sie drehte gerade. Das war in dem Jahr, bevor sie sich scheiden ließ. Ich war damals erst fünf. Ich habe auch ein bisschen Hindi gekonnt, aber das habe ich inzwischen natürlich ganz und gar vergessen.«

Ihre Stimme klang ganz sachlich. Soweit sie feststellen konnten, empfand sie weder Bedauern darüber, Amerika verlassen zu haben, noch Befürchtungen oder Vorfreude bei der Aussicht auf Indien. Sie war von tüchtigen Hauslehrern und Erzieherinnen großgezogen worden, die dafür bezahlt worden waren, dass sie sich ihrer annahmen, und sie gab sich, was ihre Lage anbetraf, keinen Illusionen hin. Ein Kind, das so aufgewachsen war wie sie, das so intelligent und aufmerksam war wie sie, hatte sich wohl einen Schutzpanzer zulegen müssen, um zu überleben, dachte Tossa. Anjli wusste, dass sowohl ihre Mutter als auch ihr Vater Geld hatten, dass sie, ganz gleich, wie sehr man sie herumschob, mit Hilfe dieses Geldes weiterhin den Lebensstil würde genießen können, den sie gewöhnt war. Und die kühle Gelassenheit, mit der sie sich am Flughafen in London von ihrer Mutter verabschiedet hatte, war eigentlich auch nicht überraschend, wenn man bedachte, dass sie den größten Teil ihres jungen Lebens in gleicher Isoliertheit von ihrer Mutter wie von ihrem fernen und fast vergessenen Vater verbracht hatte.

»Er hat mich mitgenommen, weil seine Mutter mich kennen lernen sollte, glaube ich, aber an sie kann ich mich überhaupt nicht mehr erinnern. Sie war wahrscheinlich ganz außer sich darüber, dass er in Amerika geheiratet hatte und nicht mehr nach Hause wollte. Die Leute da sind ziemlich eng mit der Familie verbunden, nicht wahr?«

»So wie wir alle wahrscheinlich«, erwiderte Tossa. »Sie freut sich bestimmt, wenn sie dich eine Weile dabehalten kann.«

Die Maschine der Indian Airlines flog Delhi entgegen. Die meisten Passagiere dösten vor sich hin, wie Dominic in seinem Sessel auf der anderen Seite des Ganges. Großartig, dachte Anjli ohne Groll, beinahe mit Bewunderung, wie geschickt Tossa ihn dahin gesteuert hatte, obwohl Anjli im Stillen beschlossen hatte, dass er neben ihr sitzen würde wie auf dem langen Flug von London nach Bombay. Doch diesen kleinen Rückschlag konnte sie hinnehmen; sie hatte ja noch Zeit genug, rechnete sie optimistisch, um ihn seiner Tossa abspenstig zu machen, ehe sie Delhi wieder verließen. Im Moment waren sie ja kaum eine Flugstunde von Bombay entfernt. Das Abenteuer hatte eben erst begonnen.

»Ach, ich weiß noch gar nicht, ob ich bleibe«, erklärte sie. »Ich weiß ja gar nicht, ob es mir hier überhaupt gefällt.«

Stirnrunzelnd blickte sie auf die Farbfotos nieder. »All diese alten Ruinen – was soll der Quatsch? Bei uns in den Staaten ist alles neu, und ich bin ja schließlich da aufgewachsen. Die Reise wird sicher ein Erlebnis, aber ich glaube nicht, dass ich es hier lange aushalten werde.«

Sie sprach ganz energisch, und Tossa hielt sie durchaus für fähig zu verlangen, dass man sie wieder mit zurücknehmen sollte, wenn sie Indiens müde war. Und sie würde ihren Kopf auch durchsetzen. Dorette mochte zwar ihre Pläne gemacht haben, doch Anjli war nicht zu übersehen. Anjli hatte das Erbteil ihrer Mutter in sich, einen Kampf mit ihr, wenn es dazu kommen sollte, würde Dorette nicht ohne weiteres gewinnen. Und doch –

»Glauben Sie wirklich«, sagte Anjli unvermittelt, das Gesicht dem Fenster zugewandt, »dass sie sich freuen wird, wenn ich komme? Sie ist alt, und sie war ganz verbittert, als er Mami heiratete.«

»Aber du bist ja nicht Dorette – du bist du. Du bist auch ein Teil ihres Sohnes. Und du bist ihre einzige Enkelin. Bestimmt freut sie sich«, versicherte Tossa.

Es war das erste Mal auf der langen, ermüdenden Reise, dass eine Art Teilnahme zwischen ihnen aufgekeimt war. Und selbst jetzt hatte Tossa das Gefühl, sich auf einer dünnen Eisdecke entlangtasten zu müssen. Anjli war ein unzugängliches und selbstständiges Kind. Sie wäre fuchsteufelswild geworden, wenn man versucht hätte, sie zu bemuttern; sie, die ihr ganzes Leben lang ohne mütterliche Fürsorge hatte auskommen müssen. Sie war nicht der Typ, der sich an andere Menschen anklammerte; oder allenfalls in einer besitzergreifenden Weise, so wie sie sich bei jeder Gelegenheit an Dominics Arm klammerte. Verschlossen, gefährlich und selbstbewusst, das war Satyavan Kumars Tochter. Tossa wusste nicht, ob sie für die Enkelin oder für die Großmutter mehr Mitleid empfinden sollte.

»Delhi!«, rief Anjli plötzlich aus.

Dominic erwachte und kam herüber, um sich über die beiden zu lehnen und mit ihnen hinunterzublicken auf die vielbesungene alte Stadt. Das strahlende Sonnenlicht fiel auf Kuppeln, imposante, weiße Häuserblocks, auf grüne Parks und schnurgerade Straßen, die strahlenförmig auseinander liefen.

Anjli, die voller Zweifel hinunterblickte auf die Stadt, schmiegte ihre Stirn verstohlen an Dominics Arm und überließ sich der Wonne dieses Augenblicks.

Dominic sah die scharfen Linien in ihrem Gesicht und zog seinen Arm nicht weg. Delhi kam ihnen entgegen, eine Stadt in Rot und Weiß.

Die Landung ging schnell und sicher vor sich, und Ernest Felder erwartete sie am Flughafen.

Er war fünfzig Jahre alt, doch er sah jünger aus. Das war seinem schwingenden Schritt und seiner aufrechten Haltung zuzuschreiben. Es hieß, er hätte vor Jahren Dorette ihre erste Chance beim Film gegeben und war ihr seitdem ein treuer Freund geblieben, wenn er auch, wenn man den Gerüchten glauben durfte, eine Zeit lang gehofft hatte, ihr mehr zu werden als nur ein Freund. Er war damals eine Berühmtheit zweiten Ranges gewesen und sie eine blutige Anfängerin. Jetzt war sie der Star des guten alten Unterhaltungsfilms, und er war noch immer eine Berühmtheit zweiten Ranges, vielleicht ein, zwei Stufen tiefer als damals, als sie sich kennen gelernt hatten, doch immer noch ein Regisseur, der allseits Anerkennung fand.

Er kam ihnen entgegen, sobald sie das Flughafengebäude betraten. Eine große, kräftige Hand streckte sich Dominic entgegen. Ein zerzauster, grau melierter Kopf neigte sich leicht, ein wettergegerbtes Gesicht, von Linien des Humors und des Lebensgenusses durchzogen, strahlte ihnen entgegen.

»Mr Felse? Felder. Dorrie hat mir telegrafiert. Miss Barber, herzlich willkommen in Indien. Ich hoffe, die Reise hat Sie nicht zu sehr ermüdet.« Er wandte sich Anjli zu und betrachtete sie lange und voller Wärme, während sie, ohne mit der Wimper zu zucken, seinen Blick erwiderte und ihre schmale Hand schlaff in der seinen liegen ließ. »Und du bist Dorries kleines Mädchen. Lieber Gott, ich hab dich zuletzt gesehen, als du mir kaum bis zu den Knien reichtest.«

Anjli, ganz Würde und Überlegenheit, neigte vornehm den Kopf und sagte in bester Partymanier: »Guten Tag, Mr Felder.« Er sah sympathisch und leger aus, und seine Stimme erinnerte in diesem fremden Land an Amerika, und sie konnte nicht umhin, sich für ihn zu erwärmen. »Es ist wirklich schön, dass Sie da sind«, fügte sie hinzu, ausnahmsweise ganz ohne Berechnung, und ihre schlaffen Finger griffen fest und vertrauensvoll zu.

»Keine Angst, mein Kind. Du wirst dich hier gleich wie zu Hause fühlen. Uns Filmleute kennst du ja. Wir fühlen uns nirgends fremd. Bekannte von mir warten draußen mit dem Wagen. Wir sorgen schon dafür, dass alles klappt.«

»Das ist aber wirklich nett von Ihnen«, sagte Tossa und meinte es auch, »aber wir müssten uns doch eigentlich so bald wie möglich mit Mr Kumar in Verbindung setzen, oder nicht?«

»Sicher, sicher. Das ist richtig. Aber es wird langsam spät, und Sie drei sind eben um die halbe Welt geflogen. Ich meine, es ist am besten, wenn Sie sich eine Pause gönnen, um sich von der Aufregung zu erholen und dann in Sonntagslaune und mit Sonntagsgesichtern zur Minute der Wahrheit antreten.«

Gott sei Dank, er tat wenigstens nicht so, als wäre ihr Vorhaben einfach oder alltäglich. Er kannte seine Dorette gründlich und hatte gelernt, die Krisen, die sie in die Welt setzte, mit Vorsicht und philosophischer Ruhe anzupacken.

»Sie hat ihm Ihre genaue Ankunft bestimmt nicht telegrafiert. Sonst hätte sie mich doch nicht zu mobilisieren brauchen. Ja, ich weiß, dass sie ihm vor drei oder vier Wochen geschrieben hat, aber das ist auch alles. Ich kenne meine Pappenheimer. Bevor du zu ihm gehst« – er wandte sich an Anjli –, »musst du ein Dach über dem Kopf haben, für das du dich bei ihm nicht zu bedanken brauchst, und Freunde, die für dich da sind. Dann kannst du ganz einfach sagen: ›Hier bin ich. Bin ich willkommen?‹ Und wenn nicht, dann lässt sich's eben nicht ändern, und du kannst wieder gehen. Du bist ja nicht auf ihn angewiesen, nicht wahr, meine Kleine?«

Er sah Anjli an. Farbe war in ihre Wangen gestiegen. Sie sah groß und ernst und sehr selbstsicher aus. »Richtig.«

»Da ist also morgen noch Zeit genug, Mr Kumar zu besuchen. Einverstanden?«

»Ja. Dann haben wir heute Abend für uns. Wir haben ja überhaupt noch nichts gesehen. In Bombay sind wir nur aus dem einen Flugzeug aus- und ins andere eingestiegen.«

»Ja«, stimmte Dominic zu, »Miss Lester hat gesagt, dass sie uns Zimmer in einem Hotel bestellen würde und –«

»Das ist alles schon erledigt. Sie wohnen im ›Keen‹. Das ist im Süden der Stadt. Es ist billiger als die meisten anderen Hotels in der Stadtmitte, aber genauso gut. Ich dachte mir schon, dass Sie gern eine Weile bleiben würden, da Sie nun schon einmal hier sind. Wäre doch reine Geldverschwendung, wenn Sie gleich wieder zurückfliegen würden. Na, was halten Sie davon? In Ordnung?«

»Wunderbar«, versicherte Tossa dankbar.

»Schön, dann kommen Sie jetzt, holen wir das Gepäck.« Er nahm Anjli mit der Selbstverständlichkeit eines vertrauten Onkels bei der Hand, und überraschenderweise widersetzte sie sich nicht.

Sie marschierten durch die weiten Hallen des Palam-Flughafengebäudes. Hier waren Lärm und Betrieb ebenso überwältigend wie auf jedem anderen internationalen Flughafen, doch die Farbenpracht der Saris und das gleißende Licht, das durch hohe Fenster hereinflutete, waren neu und ungewohnt. Zwei Träger hoben die Stücke, die Dominic ihnen zeigte, auf ihre Schultern. Dominic wollte selbst einen der Koffer tragen, doch Felder schob ihn zur Seite.

»Nicht! Es kostet nicht viel, und die Burschen müssen auch leben. In diesem Land gibt's eine Menge hungriger Mäuler zu füttern.«

Anjli stand auf den Stufen und blickte auf das kahle, ausgedörrte, rot-goldene Land, in dem ihr Vater groß geworden war. Das Licht der Sonne war so scharf und durchsichtig, dass es schien, als läge Frost in der Luft. Ihr war warm in ihrer Wolljacke, und doch war da eine Klarheit, die scharf wie ein Messer schnitt, jedes Mal wenn sie Atem holte. Das war Delhi im Dezember.

Sie erinnerte sich an nichts, jedenfalls nicht bewusst. Nur seltsam aufgewühlt fühlte sie sich. Es war nicht ein Gefühl der Wärme oder des Hingezogenseins; es war eher so, als lehnte sich etwas in ihr auf. Es war zu hell hier, zu trocken, zu klar, zu offen. Man konnte sich nirgends verstecken.

»Hier herum.« Felder führte sie um das Gebäude herum, wo der Flughafenbus stand, der sich rasch mit fülligen Frauen in Saris und gewichtigen Männern in weißen Anzügen füllte. Felders Wagen war ein Kleinbus, aus dem sich mit jungenhaftem Grinsen zwei junge Amerikaner beugten und ihnen willkommen heißend die Hände entgegenstreckten.

»Tom Hoskins ist unser Fahrer und Mädchen für alles. Es gibt eigentlich nichts, was Tom nicht kann. Und das ist Joe Salt, der zweite Kameramann. Wir haben es herrlich hier. Meistens spielen wir nur die zweite Geige und lassen die Inder den Laden schmeißen, und Ganesh Rao weiß genau, was er will, und hat meistens auch Recht mit seinen Entscheidungen. Wir brauchen uns also um gar nichts zu kümmern. Einsteigen, meine Damen. Jetzt machen wir zuerst einmal eine Stadtrundfahrt.«

Bereitwillig kletterten sie in den Wagen.

»Sollten wir nicht zuerst am Hotel vorbeifahren?«, fragte Dominic.

»Wird gemacht, junger Mann. Wird gemacht. Auf dem Weg nach Mehrauli. Wir wollen ja das Gepäck nicht mit uns herumschleppen, oder? Wir unternehmen jetzt erst einmal nur eine Blitztour, um Ihnen einen ersten Eindruck zu verschaffen. Dann müssen wir nämlich einen meiner Leute abholen. Danach nach Mehrauli, wo wir zur Zeit Außenaufnahmen machen. Ihr Hotel liegt auf dem Weg. – Fahr direkt zum Stadtbüro, Tom. Ashok ist sicher schon dort. Wir sind ein bisschen spät dran.«

Tom fuhr mit dem Temperament und dem Geschick, die ihnen später an den Sikh-Taxifahrern auffielen und besonders an den virtuosen jungen Burschen, die die wenigen kleinen Motor-Rikschas durch die Stadt steuerten. Er hatte sich während seines Hierseins offensichtlich gründlich mit der Stadt vertraut gemacht, und seine Fahrweise konnte es an Kühnheit und Tempo durchaus mit der der Inder aufnehmen. Sie klammerten sich an ihre Sitze und ließen die neuen Eindrücke auf sich wirken.

Zu beiden Seiten der stahlgrauen Straße löste sich das Braun Nordindiens, das zunächst so eintönig gewirkt hatte, in ein herrliches Spektrum von Tönen und Schattierungen, die dennoch alle braun waren. Selbst das Gras war braun, ein trockener, sanfter Ton mit einem Hauch von Grün, der verriet, dass die Gräser entgegen dem ersten Anschein lebten. Alles um sie herum lebte, die Luft, das Licht, der leuchtende Himmel, strahlend blau und gefleckt mit vereinzelten, sachte dahintreibenden Federwölkchen, die die Tiefe seiner Farbe betonten. Zuerst führte die Fahrt sie über kahles braunes Land. Selbst die graue Straße nahm einen rostbraunen Ton an im Widerschein des Landes, durch das sie sich hinzog. Dann brauste der Wagen zwischen verstreut liegenden kleinen Häusern hindurch, um dann ganz unversehens in ein gepflegtes Wohnviertel mit weißen Gebäuden und großen Gärten hineinzuschießen.

»Die diplomatische Enklave«, erklärte Felder. »Es wurde vorgeschlagen, dass jedes Land seine Botschaft im eigenen Stil erbauen sollte.«

Als sie den Willingdon Crescent entlangfuhren, sahen sie flüchtig die Kuppel des Rashtrapati Bhavan aufleuchten, warfen einen kurzen Blick auf die neuen Regierungsgebäude und brausten dann die Irwin Road entlang, Hals über Kopf hinein in das Getriebe des modernen Delhi, in den Strom von Autos, Bussen, Fahrrädern, Motorrädern und Motorrollern, die die baldachinbespannten Rikschas zogen. Und durch dieses Gewirr farbenprächtigen Lebens gelangten sie schließlich direkt ins Einkaufszentrum von Neu-Delhi, zum Connaught Place.

»Fahr ruhig einmal um den Connaught Place herum, Tom, damit sie sehen, dass wir hier auch so was Ähnliches wie den Piccadilly haben.«

Der Platz war viel größer als der Piccadilly Circus, mit einer großen, parkähnlichen Grünanlage in der Mitte, die von einer breiten Straße und einer Kolonnade von Geschäften umringt war. Tom fuhr einmal im Kreis herum.

»Wenn Sie irgendetwas einkaufen wollen, finden Sie es hier bestimmt. – Okay, Tom, zum Büro jetzt.«

Tom bog in die nächste Straße ein. Banken, Autowerkstätten, Restaurants und Läden flogen an ihnen vorbei, dann Bäume und grüner Rasen, alte Gebäude, die in stillen Gärten lagen. Sie hielten vor einer niedrigen grünen Hecke, die ein hohes viktorianisches Haus im Kolonialstil umgab.

»Was machen Sie eigentlich für einen Film?«, erkundigte sich Tossa.

»Hat Ihnen das Dorrie nicht erzählt? Es ist ein Epos über das Leben Buddhas. Der Film soll ganz einfach ›Der Buddha‹ genannt werden. Das will der Produzent so haben. Ganesh Rao meint allerdings, das Schwergewicht läge auf dem Menschen, und wir sollten den Film deshalb ›Siddharta‹ nennen. Ich vermute, dass Rao sich schließlich durchsetzen wird.«

»Ich habe natürlich von Buddha gehört«, bemerkte Anjli, »aber seine Geschichte kenne ich nicht. Können Sie sie mir nicht erzählen?«

»Das überlasse ich lieber Ashok. Der ist auf diesem Gebiet Fachmann. Hupen Sie mal, Tom. Er hat uns nicht gehört.«

Tom drückte auf die Hupe. Sofort öffnete sich die Tür des Hauses, und ein nicht sehr großer, schlanker Mann in enger Hose und einem grauen Achkan eilte die wenigen Stufen herunter. Die Augen waren schwarz, mit langen Wimpern. Sein Lächeln wirkte verschlossen, aber höflich. Der Kopf mit der Hakennase, den scharf hervortretenden Backenknochen und dem ausdrucksvollen Mund wirkte wie eine interessante Skulptur.

»Willkommen in Delhi«, sagte er mit leiser, scheuer Stimme und kletterte in den Kleinbus.

»Ashok Kabir«, sagte Felder, »unser musikalischer Leiter. Wenn du ihn jetzt recht nett bittest, Anjli, dann spielt er uns bestimmt etwas vor, was er für ›Siddharta‹ komponiert hat. Ashok, die junge Dame möchte gern etwas mehr über unseren Film wissen.«

Anjli Kumar und Ashok Kabir sahen sich in die Augen und waren einander verfallen. Guter Gott, dachte Dominic, der die beiden unwillkürlich beobachtete, ich hätte mir nicht träumen lassen, dass es so leicht sein würde, sie loszuwerden. Ich hätte mir gar keine Gedanken zu machen brauchen. Ich war nur ein Lückenbüßer. Anjli sah den Fremden, den Wissenden, der bereit war, sein Wissen mit jedem zu teilen, der aufrichtig danach verlangte. Ashok, der Künstler, sah das suchende Kind, das seine Heimat noch nicht gefunden hatte, das seine Wünsche und Bedürfnisse nicht kannte. Sie sahen sich mit Verwunderung, Interesse und Achtung an und hatten einander noch nichts zu sagen.

»Jetzt fahren wir am besten den Janpath hinunter«, meinte Felder, »damit Sie sich die Regierungsgebäude näher ansehen können. Und dann fahren wir am Lodi-Park vorbei zum Hotel. Da können wir dann das Gepäck abgeben.«

Das Keen-Hotel war ein altmodisches Haus unter englischer Leitung. Jedes der Zimmer in dem uralten, weißen indischen Bau hatte einen Balkon. Es gab nur einen Eingang, und drinnen war es friedlich und still. Pagen nahmen den Neuankömmlingen die Gepäckstücke ab, nachdem diese ihre Mäntel herausgenommen hatten. Felder hatte erklärt, sie würden sie in spätestens einer Stunde gut gebrauchen können. Danach fuhr Tom sie hinaus zu den beiden Villen in der Nähe von Hauz Khas, am südlichen Ende der Stadt, wo eben das ganze Filmteam eingetroffen war.

Das Stimmengewirr war fast ohrenbetäubend, doch es nahm ihnen die Schüchternheit. Wer konnte sich hier gehemmt oder fremd fühlen, wo alle durcheinander schwatzten und niemand sonderlich darauf zu achten schien, was der andere sagte? Die vielen fremden Gesichter, manche noch geschminkt, waren verwirrend, und es war schwer, für das rechte Gesicht den rechten Namen im Gedächtnis zu behalten, sodass man sich später ganz verstohlen noch einmal nach den Namen der wichtigeren Mitglieder der Truppe erkundigen musste. Doch das wurde als ganz selbstverständlich angesehen, und keiner nahm es übel. In einem großen Raum mit hohen Fenstern, hinter denen sich ein verwilderter Garten dehnte, wurden sie begrüßt, aßen, tranken und fühlten sich unerwarteterweise recht vertraut.

Ashok Kabir saß im Schneidersitz auf einem Kissen, den

Sitar in den Armen. Der lange, schöne, polierte Körper des Instruments ruhte an seiner Schulter, und die zwanzig beweglichen Bünde glänzten wie hoch empfindliche Nerven an dem langen, schlanken Hals.

»… und dem König Suddhodana und seiner Königin Maya«, erzählte Ashok mit seiner sanften Stimme, »wurde der Prinz Siddharta geboren. Alle Vorzeichen waren günstig, wenn auch nicht ganz klar. Die Weisen sagten dem König, dass sein Sohn gewisslich ein großer Führer werden würde, doch man wusste nicht genau, auf welche Art. Sie sagten, wenn es dem Prinzen je erlaubt werden sollte, den Blick auf einen heiligen Mönch, einen alten Mann, einen kranken Mann und einen toten Mann zu werfen, dann würde er der Herr eines großen Reichs werden, das jedoch nicht von dieser Welt sein würde. Da dem König mehr daran lag, dass sein Sohn nach ihm auf normale und gewinnträchtige Weise regieren sollte, wurde Siddharta in einer Art angenehmer Gefangenschaft aufgezogen, umgeben von erfreulichen und schönen Dingen. Alle Krankheit, alles Hässliche, alle Qual wurden von ihm fern gehalten. Und als er erwachsen geworden war, da verheiratete man ihn mit der schönsten und edelsten Frau im ganzen Land –«

»Danke«, sagte Kamala mit süßer Stimme und neigte mit aneinander gelegten Handflächen leicht den Kopf. Sie trug einen Sari aus weißer Seide, der mit grünen und silbernen Fäden durchwirkt war. Felder behauptete, sie wäre nicht nur schön, sondern auch hochintelligent und sich ihres Wertes durchaus bewusst. Es hatte die Gesellschaft eine beträchtliche Summe Geldes gekostet, sie für die Rolle der Heldin zu verpflichten.

»– der schönen Yashodhara, die er sowieso von Herzen liebte. Und auch sie liebte ihn und –«

»Natürlich«, murmelte Kamala mit einem Blick auf die imposante Figur ihres Herrn Siddharta, der auf der anderen

Seite des Raums mit einem Glas Limonade in der Hand Hof hielt. »Wie könnte man anders?«

Sie hatten das Gesicht auf einem der riesigen Plakate in der Stadt gesehen. Felder hatte ihnen den Namen genannt. Barindra Mitra, einer der Publikumslieblinge, der in Indien fast wie ein Halbgott verehrt wurde. Barindra Mitra saß mit gekreuzten Beinen auf einer Couch, die er sich zum Thron erkoren hatte. Er wirkte ausgesprochen eindrucksvoll, da er noch im Kostüm war.

»Aber der Prinz wurde von Tag zu Tag ruheloser und hielt es in seinem goldenen Käfig nicht mehr aus. Er wollte hinaus in die Stadt Kapilavastu. Als der König ihn nicht davon abbringen konnte, gab er Anweisung, dass jeder in der Stadt, der krank oder hässlich oder verkrüppelt oder alt war, bei den Besuchen des Prinzen verborgen werden sollte. Und trotzdem, als der Prinz mit seinem treuen Kutscher Channa durch die Stadt fuhr, sah er plötzlich etwas vor sich, was er noch nie in seinem Leben gesehen hatte, von dessen Existenz er keine Ahnung gehabt hatte – einen alten, senilen, heruntergekommenen Greis am Ende seines Lebens. Das Alter in Person.«

»Zu Ihren Diensten«, sagte der junge Mann, der eben ein Tablett mit belegten Brötchen herumreichte. Seine Arme und Beine wiesen noch Spuren der Schminke auf, mit denen der Maskenbildner sie in die Gliedmaßen eines alten Mannes verwandelt hatte. Er trug auch noch die zerschlissenen Kleider des alten Mannes, doch Bart und Perücke hatte er abgelegt, und sein Gesicht war jung.

»Natürlich fragte der Prinz, was das für ein erbarmungswürdiges Geschöpf wäre, ob es überhaupt ein Mensch wäre, ob es tatsächlich von einem Menschen geboren worden oder ob es eine Heimsuchung der Götter wäre. Und Channa musste ihm schließlich erklären, dass das, was er hier sah, das Los aller Menschen sei, dass dieser alte gebrechliche Mensch einst jung und feurig gewesen war wie der Prinz und dass eines Tages der Prinz selbst diesem alten Mann gleichen würde. Und da fuhr Siddharta zutiefst erschüttert in den Palast zurück. Diese Szene ist heute Nachmittag in Mehrauli gedreht worden.«

»Mehrauli ist eigentlich nur ein Dorf«, erklärte der Regisseur, Ganesh Rao, in seinem tadellosen und akzentfreien Englisch, »aber es ist der alten Stadt Kapilavastu wahrscheinlich ähnlicher als alles, was man künstlich aufbauen könnte.«

Deshalb also waren die drei noch nicht ganz aus ihren Kostümen geschlüpft. Der Alte, Channa der Kutscher und Prinz Siddharta: Govind Das und Subbash Ghose, zwei Charakterschauspieler, und Barindra Mitra, der Star des Films. Anjli hockte mit gekreuzten Beinen auf einem Kissen auf dem Boden, bis aufs i-Tüpfelchen die Haltung Ashoks nachahmend. Sie wandte ihre dunklen Augen nur einen Moment lang von seinem Gesicht, um sich die anderen anzusehen und die Tatsache auszukosten, dass sie, Dorette Lesters Tochter, Mittelpunkt der Gesellschaft war.

»Morgen«, bemerkte Ganesh Rao, »drehen wir dort noch die beiden anderen Szenen ab. Das Zusammentreffen mit Krankheit und Tod.«

»Er ist also trotzdem wieder in die Stadt gefahren«, meinte Anjli und richtete den ernsten Blick erneut auf Ashok.

»Zweimal, und da lernte er, was den Menschen wirklich widerfährt. In der Zwischenzeit hatte ihm Yashodhara einen Sohn geboren, doch es war zu spät. Ihr Gemahl sah, dass auch auf sie Alter, Krankheit und Tod warteten und dass niemand je ein Mittel gefunden hatte, diese Übel zu besiegen. So nannte er den Jungen Rahula – das heißt Fessel -, weil das Kind ihn wie eine Kette band. Und noch einmal fuhr der Prinz aus und begegnete einem asketischen Mönch, der die Welt um der Einsamkeit willen aufgegeben hatte und den Frieden suchte, den noch keiner gefunden hat. Und nach dieser Begegnung versenkte sich Siddharta ganz in seine Gedanken. Er wollte den Frieden finden, die Befreiung von den immer wiederkehrenden Leiden, und zwar nicht nur für sich selbst, sondern für jene, die ihm am nächsten standen und für die ganze Menschheit. Und eines Nachts, als die Spiele und Vergnügungen im Palast vorüber waren, stand er in den frühen Morgenstunden auf und blickte auf seine schlafende Frau und seinen Sohn nieder und verließ sie still, um für sie den rechten Weg zu suchen. Der König, der so etwas gefürchtet hatte, hatte alle Tore bewachen lassen. Doch die Wachen schliefen, und alle Tore öffneten sich von selbst, als Siddharta kam.«

»Spiel uns doch etwas von deiner Musik vor«, meinte Kamala. »Spiel mein Lied und dann das Abschiedsthema. Zeig Anjli, wie man aus denselben Melodien ein volkstümliches Lied und eine klassische Meditation machen kann. Weißt du, was ein Raga ist, Anjli? Ragas bilden die Grundlage für unsere klassische Musik. Es gibt Tausende von Ragas, jeder für eine besondere Gelegenheit, eine besondere Jahreszeit, eine besondere Stimmung. In einigen wenigen Noten ist da der Grundgedanke niedergelegt, aus dem dann ein Kunstwerk wächst. Erklär es ihnen, Ashok.«

Ashok erklärte es mit seinen Fingern. Der Hals des Sitar ruhte an seiner Schulter, seine Finger berührten die Saiten, und er schlug eine kurze, ansteigende Melodie an, die gleich darauf in seufzenden tiefen Tönen verklang und sich da wieder auflöste, wo sie begonnen hatte. Er wiederholte sie langsam, um ihnen Gelegenheit zu geben, dem Klang zu folgen. Dann begann er sie auszuarbeiten, verwandelte sie in eine einfache Volksmelodie, die selbst dem westlichen Ohr zugänglich war. Kamala nahm den Faden auf und begann mit sanfter, wimmernder Stimme zu singen.

»Aber das klingt ja selbst für uns ganz melodiös«, sagte Tossa erstaunt. »Ich dachte, es wäre viel schwieriger.«

»Es soll auch melodiös sein. Es soll ins Ohr gehen. Wenn ich das Lied nach dem Erscheinen des Films nicht überall auf der Straße hören werde, dann werde ich enttäuscht sein. Deshalb muss es eine einprägsame Weise sein, die sich schnell aufnehmen lässt; denn man hört sie ja nur einmal. Es ist das Wiegenlied, das Yashodhara Rahula singt, nachdem sie entdeckt hat, dass ihr Herr sie verlassen hat. Und so klingt die Weise, wenn er geht.«

Diesmal erblühte das Thema langsam und begann sich in einer meditativen Entwicklung zu entfalten. Der wimmernde Ton des Sitar schwoll an, bis er in seiner Vielfalt und Fülle an den Klangkörper eines ganzen Orchesters erinnerte. Die Süße der Töne und ihre Fremdheit übten eine hypnotische Wirkung aus, auf die die Nerven reagierten, und obwohl die erwartete Steigerung nicht kam, oder jedenfalls nur in stark gemilderter Form, waren wachsende Spannung und Erregung vorhanden, ballten die Sinne sich in beinahe schmerzhafter Konzentration zusammen. Es gibt Musik, die einschläfert; diese hier rüttelte auf. Und das sollte sie auch; denn sie drückte in einem einzigen symbolischen Akt Verzicht auf die Welt und Annahme der Weltenbürde aus. Sie konnten sie fast vor sich sehen, die einsame Gestalt, die sich lautlos durch die Gemächer des Palastes stahl, die Schlafenden schlafen ließ und durch die Tore trat, die sich vor ihr öffneten. Sie sahen, wie Siddharta seine prächtigen Gewänder gegen das einfache, gelbe Kleid des Jägers austauschte, den fürstlichen Knoten seines Haares abschnitt, voll Trauer seinen Kutscher und sein weißes Pferd Kantaka zurücksandte und ausschritt in der Dunkelheit, um den Kampf mit Leben und Tod aufzunehmen. In dem Augenblick, als er verschwand, erstarb die Musik in einem zitternden Seufzer und brach ab.

Alle regten sich und holten tief Atem. Doch sonst blieb es still. Erst nach einem Moment des Schweigens fragte Anjli: »Haben alle Ragas Namen?«

»O ja, sie haben Namen. Das hier war der Raga Ahllr Bhairab. Es ist ein Morgenraga.«

»Und hat er einen besonderen Sinn? Drückt er eine besondere Stimmung aus, wie Kamala sagte?«

»Er soll«, erklärte Ashok, während er mit den Fingern über die immer noch leise vibrierenden Saiten strich, »in den frühen Morgenstunden gespielt werden, wenn die Gäste aufbrechen.«

Felder fuhr sie gegen neun Uhr abends zum Hotel zurück. Sie waren alle noch ein wenig benommen, alle recht still. Anjli hielt eine Ausgabe von ›Das Leben Buddhas‹ umklammert, die Ashok ihr geliehen hatte. Felder hatte Recht gehabt. Sie brauchten ihre Mäntel. Die Luft war herb und sehr kalt, und kühl glitzerten die Sterne über ihnen.

»Wohin müssen Sie morgen eigentlich? Rabindar Nagar? Das ist eine der neuen Vorstädte im Westen, soviel ich weiß. Werden Sie da auch allein hinfinden?«

»Ich habe ja einen Stadtplan«, meinte Dominic. »Wir werden es schon finden.«

»Ich wäre gern mitgekommen, aber wir wollen morgen in Mehrauli fertig drehen, um dann übermorgen in Benares die Szenen in der Wildnis anzufangen. Ich glaube nicht, dass Sie Schwierigkeiten haben werden, aber wenn Sie doch Hilfe brauchen sollten, dann rufen Sie mich am Abend an. Sie haben ja die Nummern von der Villa und vom Büro. Rufen Sie mich auf jeden Fall an. Es würde mich freuen zu hören, wie alles verläuft.«

»Vielen Dank für alles. Das werden wir tun.«

3

Rabindar Nagar lag nahe am westlichen Rand der Stadt. Es war ein neuer Vorort, der noch im Aufbau steckte, wo jedes Haus ein selbstständiges Projekt war, oftmals überraschend und originell in Stil und Anlage. Es war kein Vorort, wo die Schwerreichen oder die vornehmen Familien ihre Häuser bauten. Doch es gehörte gewiss auch eine Menge Geld dazu, diese weißen Prunkvillen zu errichten und die imposanten Wagen zu unterhalten, die hier überall zu sehen waren. Hier ließen sich der wohlhabende Geschäftsmann im Ruhestand nieder, der kleine Fabrikbesitzer, der sich ein Grundstück in den eleganten und teuren Enklaven der Stadt selbst nicht leisten konnte, und der finanziell unabhängige junge Künstler, dem es ganz recht war, etwas außerhalb zu wohnen, wo er dem Lärm und Verkehr der Stadt oder vielleicht allzu befehlsgewohnten Eltern entgehen konnte. Die Häuser standen Seite an Seite an den gepflegten Straßen, und zwischen den Hintergebäuden führten kleine Gassen hindurch, durch die Händler und Lieferanten die Küchentüren erreichen konnten. Junge Bäume säumten die Straßen.

Die Geräusche des frühen Morgens stellten eine seltsame Mischung aus Wildnis und Zivilisation dar: aufheulende Automotoren, eintönige Rufe der Händler, die ihre Kunden anlocken wollten, und fern und unheimlich aus dem Westen das Heulen der Schakale, die über das unfruchtbare, braune Land irrten. Schulmädchen traten, sauber und ordentlich in ihren Uniformen, aus Gartentoren auf die Straße.

Auf einer großen Fläche unbebauten Grundes stand ein Dorf brauner Zelte, in denen Bauarbeiter wohnten. In langer Kette marschierten die Arbeiter mit rhythmischen Schritten die Straße entlang, in großen Körben, die sie auf den Köpfen trugen, die ausgehobene Erde neuer Fundamente wegtragend. Mehr als die Hälfte der Arbeiter waren Frauen. Sie waren die Ärmsten der Armen, doch sie schritten dahin wie Königinnen. Ihre Kinder, in armselige Fetzen gehüllt, bevölkerten die Straße und bettelten jeden Vorübergehenden an.

Zwei von ihnen strebten zielsicher auf Dominic, Tossa und Anjli zu, sobald diese aus dem Taxi gestiegen waren. Hier waren Fremde, hier gab es etwas zu holen. Doch ein näherer Blick auf Anjli ließ Zweifel erwachen. Und dies war für Anjli selbst ebenso aufschlussreich wie für die Bettler. Während sie noch zögerten, trat aus dem Tor gegenüber eine dicke Frau im Sari und verscheuchte sie empört.

»Das sind die Kinder von den Arbeitern«, erklärte sie in gutturalem Englisch. »Aus Orissa. Ein Kind aus Delhi würde niemals betteln. Das dürfen Sie mir glauben.«

Sie eilte davon, und die Kinder, die sich ein Stück zurückgezogen hatten und angelegentlich den blauen Himmel betrachteten, als sie vorüberrauschte, schossen, kaum dass sie ihnen den Rücken gedreht hatte, wieder auf Dominic, Tossa und Anjli zu, nur um diesmal vom Taxifahrer vertrieben zu werden. Dominic zahlte und ließ den Wagen wegfahren. Er hatte gesehen, dass nur einige hundert Meter weiter ein Taxistand war.

›N 305‹ stand schlicht und einfach auf dem Gartenpfosten, und unter der Nummer hing ein kleiner, sorgsam gearbeiteter Briefkasten aus Holz. Die Mauer, die den Garten umschloss, war weiß, und das Haus lag nur wenige Meter von der Straße zurück. Seine Mauern waren ebenfalls weiß getüncht. Es war ein einstöckiges Haus mit flachem Dach, in dessen Mitte sich eine Art Glaspavillon erhob, gegen Wind und Wetter geschützt, der ideale Aufenthaltsort für einen Menschen, der hin und wieder Einsamkeit braucht. Das Stück Garten vor dem Haus war mit grauen Steinplatten belegt. An den Mauern zogen sich schmale Blumenbeete entlang, und in einem Topf neben der Tür stand ein kleiner, blühender Baum. Seitlich des Hauses jedoch stand auf hartgetretener brauner Erde ein kleiner Schuppen, und neben dem Schuppen, unter einem Dach aus Sackleinwand, die über vier Pfählen gespannt war, stand ein kleiner, brennender Ofen, von dem ein schwerer Duft nach Sandelholz und Weihrauch aufstieg. Hinter dem Ofen hockte mit gekreuzten Beinen und völlig reglos ein alter, magerer Mann mit einem Baumwollturban um den Kopf. Graues wirres Haar und ein zerzauster Bart verbargen fast ganz seine Gesichtszüge. Um die gekrümmten Schultern lag eine braune Decke. Als die drei Fremden durch das Tor traten, hob er den Kopf, doch er wandte sich nicht nach ihnen um.

Im letzten Moment, als sie unmittelbar vor der Tür standen und der Klingelknopf in Reichweite war, zögerten sie alle. Felder hatte ganz unverblümt von der Minute der Wahrheit gesprochen, davon, dass Anjli zuerst ein eigenes Dach über dem Kopf haben sollte, damit sie ihrem Vater unbefangen entgegentreten konnte, ohne auf seine Gunst angewiesen zu sein, doch jetzt, als es so weit war, schien es auf einmal unglaublich wichtig, dass er sie mit offenen Armen aufnahm. Und es gab nur ein Mittel festzustellen, ob sie ihm willkommen war oder nicht.

»Ich klingle«, sagte Anjli rasch und tippte fest und energisch auf den Knopf.

Einen Moment blieb es still. Dann hörten sie leichte Schritte, die sich rasch der Tür näherten. Sehr leichte Schritte nackter Füße. Die Tür wurde weit geöffnet. Ein Junge von etwa neunzehn Jahren, stämmig und kräftig, stand mit strahlendem Lächeln auf der Schwelle. Er hatte ein großflächiges, offenes Gesicht und kurz geschnittenes Haar. Er trug ein Kakihemd und eine kurze Hose, die ihm mindestens eine Nummer zu groß war. Er nickte mehrmals mit dem Kopf, lächelte und blieb stumm, darauf wartend, dass sie etwas sagen würden.

»Guten Morgen«, sagte Dominic schließlich. Ihm war klar, dass ihn der Junge möglicherweise nicht verstehen würde, doch er wusste nicht, was er sonst hätte sagen sollen. Namen wenigstens sind international. »Wir suchen das Haus von Shri Satyavan Kumar.«

Das Lächeln verschwand. Wenigstens verstand der Junge Englisch.

»Ja, hier ist das Haus von Mr Kumar.« Ein Stirnrunzeln, ein verwirrter Blick, sein ganzes Gebaren schien ›aber …‹ zu sagen.

»Können wir Mr Kumar sprechen? Er erwartet uns. Er hat einen Brief bekommen, in dem ihm mitgeteilt wurde, dass wir kommen würden.«

Auch Dominic hatte das stumme ›Aber‹ gehört, doch er hatte sich davon nicht beirren lassen wollen. Vielleicht sollte es einfach heißen ›… aber Mr Kumar ist im Moment nicht zu Hause‹. Das wäre ja keine Katastrophe, auch wenn sie die Spannung, ihn zu sehen, kaum mehr ertragen konnten. Tossa hatte es ebenfalls gehört, und auch Anjli. Ihr Gesicht war verschlossen. Was in ihr vorging, war nicht zu erraten.

»Ja, der Brief ist da«, sagte der Junge langsam. »Aber mein Herr hat den Brief nicht gelesen.« Seine braunen Augen wanderten vergebungheischend von einem Gesicht zum anderen, als hätte er Angst, man würde ihm die Tatsache, dass Satyavan Kumar den Brief nicht gelesen hatte, zum Vorwurf machen. »Der Brief ist hier. Ich bringe ihn.«

»Aber wenn wir Mr Kumar sprechen könnten«, warf Dominic ein, »dann können wir ihm alles persönlich erklären.«

»Es tut mir Leid. Mr Kumar ist nicht hier. Niemand hat ihm den Brief gebracht. Niemand weiß, wo er ist. Vor einem Jahr, in der Nacht, ist Mr Kumar weggegangen. Er hat kein Wort gesagt. Er ist nicht wieder gekommen.«

Nach einem Moment verständnislosen Schweigens, währenddessen die Arbeiterkinder sich verstohlen bis ans Gartentor vorwagten und der alte Mann hinter dem Ofen die braune Decke ein wenig zurückschob und die Welt sich weiterdrehte, als wäre nichts geschehen, sagte Dominic ganz vernünftig: »Können wir einen Moment hereinkommen? Vielleicht können Sie uns weiterhelfen.«

»Bitte. Memsahib – Missysahib –!«

Der Junge verbeugte sich erfreut und wich zurück, um sie einzulassen. Sie folgten ihm in ein kleines Vestibül, das nach westlichen Maßstäben dürftig eingerichtet war, doch sehr elegant mit Wandbehängen und Sitzkissen und einem Paravent aus duftendem Holz. Die nackten Füße tappten zu dem Tisch, wo auf einem silbernen Tablett ein Luftpostbrief lag. Dorette hatte sich umsonst bemüht.

»Bitte. Hier ist der Brief. Nehmen Sie ihn?«

»Nein, behalten Sie ihn hier«, erwiderte Dominic, »falls Mr Kumar nach Hause kommen sollte.«

Doch nach einer Abwesenheit von einem Jahr war wohl kaum damit zu rechnen, dass er ausgerechnet jetzt plötzlich wieder auftauchen würde. Und doch – dies war Indien, und wer kennt Motive und Beweggründe dieser Menschen?

»Sie meinen, Mr Kumar ist einfach von hier weggegangen, ohne einem Menschen zu sagen, was er vorhatte und wann er wieder zurück sein würde? Nicht einmal seiner Mutter? Seinen Angehörigen?«

»Ja, Sahib. Mitten in der Nacht. Er hat nicht in seinem Bett geschlafen. Er hat kein Gepäck mitgenommen. Alles war an seinem Platz. Er ist gegangen. Das ist alles.«

»Wie Buddha«, warf Anjli unerwartet ein, »als es Zeit war, Abschied zu nehmen.«

An ihrem Arm hing eine große Leinentasche, und darin war Ashoks Buch, in dem sie während der Fahrt geblättert hatte.

»Dein Vater«, versetzte Dominic unvorsichtig, »war ein gläubiger Hindu, nach allem, was ich gehört habe.«

»Buddha auch«, entgegnete Anjli prompt. Sie hatte aus ihrer Lektüre gelernt.

»Vater?«, echote Satyavans Hausboy bestürzt.

»Das ist Miss Anjli Kumar, Mr Kumars Tochter.«

Er legte achtungsvoll die Hände aneinander und neigte tief den Kopf. Er stellte keine Fragen, zweifelte nicht. Er glaubte, dass die Leute ihm ebenso die Wahrheit sagten, wie er ihnen.

»Missysahib, ich weiß gar nichts. Ich war nicht hier, als Shri Satyavan weggegangen ist. Als seine Diener ins große Haus Nachricht davon schickten, dass er gegangen war, da hat meine Herrin sie alle weggeschickt und mich hierher gesandt, um das Haus in Ordnung zu halten, bis Shri Satyavan zurückkommt. Keiner hat ihn gehen sehen. Keiner hat etwas gehört. Es ist mehr als ein Jahr verstrichen, und er hat nichts hören lassen.«

»Ihre Herrin?«, fragte Dominic.

»Ja, Sahib. Shrimati Purnima Kumar. Ich bin ihr Diener.«

»Es ist also jetzt niemand mehr hier, der in der Nacht, als Mr Kumar wegging, anwesend war?«

»Nein, Sahib. Niemand. Nur Arjun Baba.«

Er sagte es mit einer Mischung aus Ehrfurcht und Gleichgültigkeit, die nur den Toten gilt und den Verrückten vielleicht, die nicht mehr erreichbar sind.

»Wer ist Arjun Baba?«

»Der alte Mann. Der Bettler. Shri Satyavan hat ihn zu sich genommen und hier im Haus leben lassen. Er kommt und geht, wie er Lust hat. Er isst von unserem Tisch. Jetzt, wo Shri Satyavan weg ist, sorgt Shrimati Purnima für ihn. Er braucht nicht viel. Dies ist sein Heim, bis er stirbt. Arjun Baba ist alt, sehr alt.«

»Aber er war hier im Haus. Er hat vielleicht etwas gehört oder gesehen –«

Der Junge neigte den Kopf und lächelte traurig.

»Sahib, er hat immer gesagt, er hat nichts gehört, er weiß nichts. Und Arjun Baba ist blind, Sahib.«

Natürlich. Der alte Kopf hatte sich gehoben, hatte sich gedreht; aber nicht, um zu sehen, sondern um zu hören. Nicht das Auge war ihnen zugewandt gewesen, sondern das Ohr.

»Sahib, wenn Sie wollen, dann denke ich, sollten Sie zum Haus meiner Herrin gehen.« Er sagte nicht ›zu meiner Herrin‹, und es stellte sich gleich heraus, warum. »Sie ist sehr krank. Als Shri Satyavan weggegangen ist, ist sie sehr krank geworden –«

»Ja, aber hat sie denn nicht versucht – versucht, ihn zu finden, ihn zu erreichen?«

Die jungen Schultern hoben sich in einer Bewegung, die nur ausdrücken konnte, dass es jedem Menschen selbst überlassen bleiben muss, Entscheidungen über sein Leben zu treffen.

»Wenn er gehen muss, dann muss er gehen. Meine Herrin wartet. Aber jetzt geht es ihr schlecht. Aber es ist ja Shri Vasudev da, der Vetter von Shri Satyavan. Er führt jetzt die Geschäfte der Familie. Bitte sprechen Sie mit ihm.«

»Ja«, antwortete Dominic. »Das werden wir tun. Wir haben Mrs Kumars Adresse. Wir werden jetzt dorthin fahren.«

Unter wiederholtem Verbeugen geleitete der Junge sie eifrig zur Tür und hinaus in den warmen Sonnenschein. Auf der Schwelle blieb Anjli stehen und sah ihn nachdenklich an.

»Sie sind nicht aus Delhi?«

»Nein, Missysahib. Ich komme aus einem Dorf bei Kangra. Shrimati Purnima ist von dort gekommen und hat dort ein Haus. Mein Vater ist ihr Gärtner.«

»Wie heißen Sie?«

»Kishan Singh.« Und er legte grüßend die Hände aneinander und lächelte hoffnungsvoll.

»Wir werden uns wieder sehen, Kishan Singh. Ich bin froh, dass Sie hier sind, um das Haus meines Vaters zu versorgen und sich um Arjun Baba zu kümmern. Wenn Sie etwas von ihm hören, dann schicken Sie mir Nachricht ins Keen-Hotel. Jetzt müssen wir zu meiner Großmutter.«

Kishan Singh stand auf der Treppe und verbeugte sich lächelnd, während sie durch den Garten zum Tor schritt. Doch am Tor blieb sie stehen und drehte sich noch einmal um.

»Warten Sie auf mich«, sagte sie zu Dominic. »Ich will mit ihm sprechen – mit dem alten Mann. Er ist zwar blind, aber er hat ein scharfes Gehör. Ich habe gesehen, dass er uns kommen hörte.«

»Du kannst es ja versuchen«, meinte Dominic zweifelnd. »Aber ich fürchte, er wird kein Englisch können.«

»Wir werden ja sehen. Bleiben Sie hier. Ich will allein mit ihm reden.«

Irgendetwas schien sich in Anjli zu wandeln. Ihre Stimme klang anders, ihre Art, sich zu geben, hatte sich verändert, selbst ihr Schritt war anders geworden. Sie blickten ihr nach, als sie über die hartgetretene braune Erde eilte, und es war beinahe der gleitende Schritt einer Frau im Sari. Vor dem reglos dasitzenden alten Mann blieb sie stehen und, obwohl er sie nicht sehen konnte, legte sie zum Gruß die Hände aneinander und neigte den Kopf.

»Namaste!«

Sie hatte selbst keine Ahnung, woher sie wusste, was sie zu sagen hatte; doch als sie es ausgesprochen hatte, da wusste sie, dass es richtig war. Der uralte Kopf hob sich, und die Sonne schien in das Gesicht mit den toten Augen. Langes, graues Haar, buschige Brauen, ein wirrer Bart. Die Nase war schmal und scharf gebogen, die Backenknochen mager und spitz hervortretend, die Stirn breit und hoch. Seine Haut war so braun wie die ausgetrocknete Erde unter ihm. Eine unüberwindbare Mauer der Gleichgültigkeit trennte ihn von ihr.

Anjli kauerte sich auf die Fersen und blickte ihn über das

offene Feuer hinweg an. Ihr Gesicht war auf einer Höhe mit dem seinen. Noch ehe sie sprach, folgte sein Haupt ihrer Bewegung. Was ihm die Augen schuldig blieben, schenkten ihm die Ohren.

»Ich bin Satyavans Tochter. Ich bin Anjli Kumar. Ich bin gekommen, meinen Vater zu finden. Hilf mir.«

Schwach, kaum merklich, huschte ein Zucken über das starre, unveränderte Gesicht wie ein Windhauch über stilles Wasser.

»Du warst hier, als mein Vater in der Nacht von hier fortging. Wenn es ein Geheimnis war, das er vor aller Welt bewahren wollte, dann aber doch gewiss nicht vor mir.«

Glaubte sie das selbst? Sie hatte keine Zeit, darüber nachzudenken. Sie war so sicher, dass der alte Mann sie hörte und verstand. Er war nicht taub, und er war nicht von Sinnen, und wenn sie Satyavans Namen aussprach, wurde das starre Gesicht gespannt und aufmerksam. Er glaubte ihr, doch er kannte sie nicht. Ihr Wort hatte für ihn, der Satyavan gekannt hatte, keine Geltung.

»Ich fahre jetzt zu meiner Großmutter. Auch sie will meinen Vater finden. Wenn du etwas weißt, wenn du weißt, wo er ist, wie wir ihn finden können, dann bitte sage es mir.«

Er hatte sich ein wenig in seine Decke verkrochen, war vor der Sonne zurückgewichen. Er sagte gar nichts. Sie hatte den Eindruck, als hätte er sich nach innen gekehrt, um mit sich selbst Zwiesprache zu halten.

»Komm«, sagte Dominic sachte und legte ihr die Hand auf die Schulter. »Komm, er sagt dir doch nichts.«

Sie schreckte zusammen bei der Berührung und richtete sich gehorsam auf; doch sie blickte nicht auf. Er hatte sie verstanden, und er wusste etwas, das er ihr anvertrauen würde, wenn er nach dem langen und tiefen Gespräch mit sich selbst glaubte, dass es ihm gestattet war. Doch noch war es nicht so weit. Das sah sie. Impulsiv kramte sie in ihrer Handtasche nach irgendeinem Gegenstand, den sie ihm als Erinnerung und als Geschenk dalassen konnte.

»Denk an mich. Ich bin Anjli, seine Tochter. Wenn du mir etwas zu sagen hast, dann schicke jemanden zu mir – schicke Kishan Singh. Du verstehst mich doch? Ich wohne im Keen-Hotel. Kishan Singh weiß das auch.« Sie beugte sich zu ihm, nahm die Hand des alten Mannes in die ihre und schloss die dürren, knöchernen Finger um ihren Talisman, einen gefassten Golddollar, den sie manchmal als Anhänger zu tragen pflegte. »Das ist für dich. Denk an mich und gib mir Nachricht. Namaste!«

Entschlossen richtete sie sich auf, denn sie wusste, dass sie jetzt noch nichts von ihm erfahren würde. Doch ehe sie sich abwandte und durch das Tor davonging, sah sie, wie die beiden alten Hände sich erhoben, als wären sie losgelöst von dem, was hinter dem starren, undeutbaren Gesicht vorging, und sich flüchtig über ihrem Geschenk zusammenpressten in einer Geste der Dankbarkeit und des Abschieds.

»Ja, hier war ich«, sagte Anjli mit Bestimmtheit, als sie das hohe weiße Gittertor sah und die geschwungene Auffahrt, die zwischen Bäumen hindurch zum verborgen liegenden Haus führte. »Ich dachte, ich könnte mich an nichts mehr erinnern. Aber jetzt sehe ich es wieder ganz genau vor mir. Hierher hat er mich gebracht, als ich noch ein kleines Mädchen war.«

»Natürlich«, meinte Tossa. »Damals hat er ja sicher das andere Haus noch nicht gehabt. Er rechnete ja damit, dass er noch einige Jahre, vielleicht sogar für immer, in Amerika bleiben würde.«

Anjli kniff die Augen zu und durchschritt das Tor und ging einige Schritte auf dem rötlich glänzenden Weg vorwärts.

»Vor dem Haus ist eine große Rasenfläche und eine Art

Loggia mit Marmorfußboden. Und in der Mitte der Rasenfläche ist ein großer Springbrunnen.«

Ihre Voraussage stimmte.

»Es muss eigentlich schrecklich sein«, bemerkte Anjli unvermittelt mit zusammengezogenen Brauen, »so reich zu sein.«

Und so weit sie sehen konnten, vorbei an dem langen, flachen Haus mit den weißen Mauern, reichte der grüne Rasen, über den alte Bäume Schatten spendend ihre belaubten Äste streckten. Blumenbeete verliehen dem tiefen Grün farbige Akzente, und Kletterpflanzen mit weißen Blüten wanden sich an der Loggia empor. Unter dem Dach der Loggia hingen mit Blumen gefüllte Töpfe, und durch die offenen Türen strömte duftender Rauch. Die Glocke hing an einer aus roter Seide geflochtenen Klingelschnur.

»Hier will ich nicht bleiben«, brach es aus Anjli hervor. In Rabindar Nagar hatte sie sich alles angesehen und kein Wort des Protests geäußert, war allenfalls noch neugierig einen Schritt näher getreten.

»Du brauchst ja nicht zu bleiben, wenn du nicht willst«, erwiderte Dominic, während er auf den verhallenden Klang der Türglocke lauschte. »Wir können dich immer mit zurücknehmen. Mach dir nur keine Sorgen. Aber wenn deine Großmutter krank ist, musst du dich wenigstens nach ihrem Befinden erkundigen. Und vielleicht weiß man hier etwas über deinen Vater.«

»Ja«, stimmte Anjli zu, die sich schon wieder gefasst hatte.

Drinnen kam jemand. Eilige Schritte huschten über den Boden. Ein Diener in weißem Anzug stand gleich darauf unnahbaren Gesichts vor ihnen.

»Shri Vasudev Kumar?«, fragte Dominic, um gleich allen Sprachschwierigkeiten aus dem Weg zu gehen.

Der Mann trat wortlos zurück und bedeutete ihnen hereinzukommen. Das große Foyer lag im Halbdunkel. Schwere Vorhänge und Topfpalmen verbargen die Fenster. Die Wände waren mit duftendem Holz getäfelt. Im Hintergrund wand sich eine Treppe nach oben. Der Diener zog sich unter Verbeugungen durch eine Tür zur Rechten zurück und ließ sie inmitten dieser unpersönlichen Welt, die Reichtum und Einsamkeit ausstrahlte, zurück.

Sie mussten einige Minuten warten. Dann öffnete sich irgendwo eine Tür, und das gedämpfte, doch erregte Gemurmel von Stimmen drang ins Foyer. Ein Mann kam eiligen Schrittes durch die Tür, durch die der Diener zuvor verschwunden war. Mit unverhohlener Überraschung musterte er die drei Besucher. Er war höchstens mittelgroß, doch seine sehnige, schmale Gestalt ließ ihn größer wirken, und der tadellos geschnittene graue Anzug, der schmale lange Kopf mit dem dunklen Haar betonten noch den Eindruck hoch gewachsener Schlankheit. Seine Haut besaß eine bronzefarbene Tönung, seine Züge waren fein geschnitten, und er musste etwa Mitte dreißig sein. Er wirkte vom Scheitel bis zur Sohle wie der erfolgreiche, selbstsichere Geschäftsmann, der Leiter einer Reihe von Unternehmen, der Lenker menschlicher Schicksale. Doch in diesem Moment war er völlig außer Fassung. Seine Hände zerrten erregt an einem seidenen Taschentuch, sein schmales Gesicht zuckte vor innerer Spannung, und seine Augen, die plötzlich diese drei unerwarteten und ganz und gar unbekannten Menschen wahrnehmen mussten, blickten verwirrt und bestürzt.

»Sie wünschen mich zu sprechen? Ich bin Vasudev Kumar. Aber Sie kommen zu einer höchst ungünstigen Zeit …« Seine Stimme war ziemlich hoch.

»Ja, das sehe ich, und es tut mir Leid, Mr Kumar«, sagte Dominic. »Ich werde versuchen, mich so kurz wie möglich zu fassen. Vielleicht können wir dann bei Gelegenheit ein andermal etwas ausführlicher sprechen. Wir kommen eben vom Haus Ihres Vetters in Rabindar Nagar. Kishan Singh riet uns, mit Ihnen Verbindung aufzunehmen. Wir wissen, dass Mrs Kumar krank ist und wollen Ihnen gewiss nicht noch zusätzliche Sorgen verursachen. Mein Name ist Dominic Felse, und das ist Miss Barber. Auf den Wunsch ihrer Mutter haben wir die Tochter Ihres Vetters nach Indien gebracht. Sie wollte ihren Vater besuchen. Doch nun haben wir erfahren, dass er nicht in Delhi ist und auch den Brief nicht erhalten hat, den man ihm geschickt hat. Das ist Anjli Kumar.«

Dominic war klar, dass diese Nachricht auf den Mann, der sich sowieso schon mit Familiensorgen anderer Art herumzuschlagen hatte, wie eine Bombe wirken musste. Doch eigentlich sah Vasudev, nachdem er sich angehört hatte, was Dominic zu sagen hatte, wesentlich weniger verwirrt aus als zuvor. Es war beinahe so, als hätte dieser zusätzliche Schock nur bewirkt, dass er seine Fassung wieder fand. Freundlicher jedoch sah er deshalb nicht aus. Seine dunklen, glitzernden Augen huschten von einem Gesicht zum anderen und hefteten sich schließlich auf Anjli. Er neigte höflich, doch völlig unverbindlich den Kopf.

»Die Tochter meines Vetters? Aber wir haben keinerlei Nachrichten erhalten. Wir haben nicht damit gerechnet –«

»Nein, das ist mir klar. Der Brief ihrer Mutter an Mr Satyavan Kumar liegt noch ungeöffnet in seinem Haus. Ich glaube, er wird Ihnen eine bessere Erklärung geben, als ich das tun kann. Wir sollten lediglich Anjli zu ihrem Vater bringen – für immer«, fügte er hinzu, da er keinen Anlass sah, die wahren Tatsachen zu unterschlagen. »Keiner von uns hatte natürlich auch nur die geringste Ahnung davon, dass Ihr Vetter vor mehr als einem Jahr verschwunden ist. Wir erfuhren das erst heute von Kishan Singh. Sie werden verstehen, dass wir es unter diesen Umständen für das einzig Richtige hielten, Anjli zu ihrer Großmutter zu bringen, die ja hier ihre nächste Verwandte ist. Auch Miss Lester hat uns geraten, das zu tun, falls Schwierigkeiten auftauchen sollten. Doch es tut mir natürlich sehr Leid, dass wir gerade zu einer Zeit hier eintreffen, die für Sie so schwierig und traurig ist.«

Anjli, die wie versteinert dagestanden und die Inspektion des misstrauischen und feindseligen Mannes, den sie nicht kannte und auch gar nicht kennen lernen wollte, gelassen hingenommen hatte, fragte jetzt mit vorsichtiger, aber doch entschlossener Stimme: »Ist meine Großmutter sehr krank?«

»Sie hat zwei Schlaganfälle erlitten, seit mein Vetter davongegangen ist, ohne ein Wort der Nachricht zu hinterlassen.« Die Worte klangen vorwurfsvoll und grollend.

Er hatte ein Recht darauf, sich bitter zu beklagen. Von heute auf morgen hatte man ihn gezwungen, einzuspringen und die ganze Bürde der Geschäfte auf sich zu nehmen, und doch wollten ihn weder die Angestellten des Unternehmens noch die Geschäftsfreunde als den rechtmäßigen Geschäftsführer anerkennen. Und dann auch noch die Krankheit der alten Frau, die seine Geduld und seine nervlichen Kräfte zu erschöpfen drohte.

»Und gestern hat sie einen dritten Schlaganfall erlitten. Es geht ihr sehr schlecht. Die Ärzte sind schon den ganzen Morgen bei ihr. Ich weiß nicht, was ich für Sie tun kann – es ist wirklich ein unglückseliger –« Ein Funke des Misstrauens sprang plötzlich in seinen Augen auf. »Sie können mir natürlich Papiere vorlegen, aus denen die Identität der jungen Dame hervorgeht?«

»Selbstverständlich. Sie hat ihren eigenen Pass, und Sie können sich auch mit den amerikanischen Behörden in Verbindung setzen. Außerdem liegt ja noch der Brief ihrer Mutter im Haus Ihres Vetters.«

»Ja, ja. Natürlich. Bitte, entschuldigen Sie, aber das kommt so plötzlich, dass ich es kaum fassen kann. Und unter den gegenwärtigen Umständen …«

»Ich glaube«, meinte Dominic verständnisvoll, »dass wir in Anbetracht der Umstände jetzt am besten wieder gehen.

Wir werden uns später nochmals melden, wenn es Mrs Kumar hoffentlich besser geht. Wenn Sie jetzt die Ärzte im Haus haben, dann wollen wir Ihnen nicht noch zusätzliche Mühe machen. Wir wohnen im Keen-Hotel, falls Sie uns erreichen wollen. Sonst können wir Sie auch später anrufen, um uns nach dem Befinden von Mrs Kumar zu erkundigen.«

Vasudev rang die Hände und zerrte wieder verzweifelt an seinem seidenen Taschentuch. Er wollte sie nicht hier haben, dachte Dominic, auf keinen Fall, aber zugleich hielt er es nicht für geschickt, sie jetzt einfach wieder abziehen zu lassen. Auch hatte er noch etwas zu seiner eigenen Verteidigung zu sagen, und es brach plötzlich in einem dünnen, gereizten Aufschrei aus ihm heraus. »Es ist sinnlos«, rief er. »Sie haben nicht begriffen. Mrs Kumar ist kaum bei Bewusstsein. Sie ist gelähmt, sie kann nicht sprechen. Die Ärzte sagten mir, dass sie im Sterben liegt.«

Einen Moment schwiegen sie alle bestürzt. Dann sagte Anjli fest und entschieden: »Dann muss ich sie sehen. Ganz gleich, ob ich hier bleibe oder nach Amerika zurückgehe, ich muss sie sehen, solange noch Zeit ist. Das müssen Sie doch einsehen. Ich bin ihre Enkelin, und ich habe ein Recht darauf, sie zu sehen. Und sie hat ein Recht darauf, mich zu sehen.«

Kein Zweifel, am liebsten hätte Vasudev rundweg abgelehnt. Sie fragten sich später verwundert, warum er dennoch sein Einverständnis gegeben hatte. Nun, zum einen musste er sich decken. Es hätte einen schlechten Eindruck gemacht, wenn er eine Verwandte der Sterbenden hätte davongehen lassen, ohne ihr wenigstens über den Zustand Purnimas reinen Wein einzuschenken, und es hätte einen ebenso schlechten Eindruck gemacht, wenn er dieser Verwandten den Wunsch, die Sterbende zu sehen, abgeschlagen hätte. Doch er hätte zumindest vernünftig klingende Einwendungen erheben können. Aber er tat es nicht. Vielleicht hatte in Anjlis Stimme ein Ton gelegen, den er kannte und respektierte, ein Echo Purnimas, des resoluten Familienoberhaupts, das keinen Widerspruch duldete. Auf jeden Fall maß er Anjli nur mit einem zweifelnden Blick aus schmalen Augen und nickte dann.

»Wie Sie wollen. Bitte folgen Sie mir.«

Tossa murmelte besorgt: »Anjli, willst du wirklich ...«

Doch Dominic legte ihr die Hand auf den Arm und flüsterte: »Lass sie jetzt.«

Anjli folgte Vasudev mit schnellem Schritt durch den holzgetäfelten Gang, dessen Wände mit Brokatbehängen bespannt waren, deren Schönheit sie zu jeder anderen Zeit vor Bewunderung hätte erstarren lassen. Kein Wunder, dass man hier ganze Legionen von Bediensteten brauchte. Ein Korridor mündete in den nächsten, Tür folgte auf Tür. Und schließlich gelangten sie zur letzten Tür, die in ein dämmrig beleuchtetes Zimmer führte. In einer Ecke brannte eine kleine Lampe, und dahinter war auf einem Bord an der Wand ein kleiner Altar errichtet. In der Mitte des Raumes standen zwei weiß gekleidete Dienerinnen an der einen Seite eines niedrigen Bettes, und ein älterer Mann, der wie ein Europäer aussah, saß auf der anderen Seite, die Fingerspitzen am Puls seiner Patientin.

Das Bett war nur ein niedriges Holzgestell, ohne Kopf- oder Fußbrett. Eine dunkelblaue Decke, mit einfachen Stickereien bedeckt, lag über dem eingeschrumpften, alten Körper der Frau. Der Kopf ruhte auf dem Kissen. Das üppige Haar war mit einem weißen Band zusammengefasst. Das zur Decke gewandte Gesicht war so grau wie das Haar, die eine Seite des Mundes ein wenig verzerrt, die Augen waren halb geöffnet und starr. Ihre Hände lagen reglos auf der blauen Decke.

Es hätte das Zimmer irgendeiner beliebigen indischen Frau sein können. Aller Reichtum, aller Luxus, alle Eleganz verblichen beim Anblick dieser kleinen, alten Gestalt, die da auf dem primitiven Bett lag.

Nur die Augen lebten. Sie bewegten sich, als die Fremden

ins Zimmer traten. Das Feuer in ihnen war noch nicht ganz erloschen. Sie hefteten sich auf Anjli.

Anjli trat langsam vor, ging an Vasudev und an den beiden Dienerinnen vorbei und blieb vor dem Bett stehen. Ehrfürchtig legte sie die Hände aneinander und neigte über ihnen den Kopf, wie sie das zuvor für Arjun Baba getan hatte. Doch diesmal besaß die Bewegung eine seltsame, fließende Geschmeidigkeit, die vorher gefehlt hatte.

»Namaste, Großmutter Purnima!«

Die Flamme in den Augen flackerte. Anders konnte Purnima jetzt ihren Empfindungen keinen Ausdruck mehr geben.

Anjli ließ sich neben dem Bett auf die Knie gleiten, um ihr näher zu sein.

»Großmutter, ich bin Anjli, die Tochter deines Sohnes. Ich bin heimgekommen.«

Einen Moment lang schien es Tossa und Dominic, als blitzten die alten, ausgebrannten Augen schwach auf, als nähmen sie Kenntnis von dem knienden Mädchen und hießen es willkommen. Anjli drückte ihre aneinander gelegten Hände auf die Decke und legte ihr Gesicht darauf. Ein winziges, flüchtiges Zucken, so schwach, dass es eine Illusion hätte sein können, durchlief die kraftlosen Finger von Purnimas rechter Hand, rückte sie den Bruchteil eines Zentimeters näher zu dem schimmernden schwarzen Kopf. Dann blieben sie schlaff liegen.

Der Arzt beugte sich nieder, berührte die Augenlider der alten Frau und tastete wieder nach ihrem Puls. Eine der weiß gekleideten Frauen begann leise zu jammern. Tossa drängte sich an Dominic vorbei und nahm Anjli behutsam am Arm, um sie hochzuziehen.

»Komm jetzt. Lass sie jetzt allein. Komm. Es ist besser, wir gehen jetzt.«

Es war unnötig, ihr zu sagen, dass Purnima tot war. Anjli hatte es als Erste gewusst.

4

In der Halle holte Vasudev sie ein, keuchend, mit flatternden Händen und Schweißperlen auf der Stirn. Der schmale Schnurrbart zitterte vor Erregung.

»Bitte! Einen Moment! Es ist schrecklich – ich weiß gar nicht, was – es tut mir wirklich in der Seele Leid. Eine so traurige Heimkehr für meine Verwandte. Lassen Sie mich wenigstens jetzt noch, wenn auch verspätet, meinen Pflichten als Familienoberhaupt nachkommen. Sie müssen verstehen, ich konnte ja kaum glauben, dass – ich meine, so ohne jede Ankündigung! – Natürlich muss Anjli jetzt zu uns ziehen. Hier ist ihr Zuhause. – Erlaube mir, dich hier im Haus aufzunehmen, Anjli, bis der Nachlass meiner Tante geregelt und für dich gesorgt ist. – Die Bediensteten meiner Tante werden sich darum kümmern, dass ihr nichts fehlt, Mr Felse. Sie können sich darauf verlassen. Wir haben gut geschultes Personal. Wirklich, ich bestehe darauf.«

»Es würde uns nie einfallen«, versetzte Dominic sehr rasch und sehr fest, »Sie gerade jetzt in dieser schweren Zeit mit einer zusätzlichen Bürde zu belasten. Sie müssen uns gestatten, dass wir Anjli noch für einige Tage bei uns im Hotel behalten. Wenigstens bis nach der Beerdigung. Sie werden alle Hände voll zu tun haben, und ich glaube, es ist besser, wenn sie von diesen Dingen unberührt bleibt.«

»Ich bin ganz außer mir. Es tut mir Leid, dass ich so wenig gastfreundlich war, aber Sie müssen verstehen. Vielleicht, allerdings, wenn es Ihnen wirklich lieber ist ...«

»Auf jeden Fall für die nächsten Tage, bis nach der Beerdigung. Es ist gewiss besser so.«

Es lag auf der Hand, dass er sie ohne Bedauern gehen ließ, obwohl er sein Angebot mit solchem Nachdruck vorgebracht hatte. Vielleicht war er ebenso verwirrt wie sie, wusste ebenso wenig wie sie, was als Nächstes geschehen sollte. Anjli schritt schweigend und nachdenklich zwischen ihren beiden Betreuern die lange Auffahrt hinunter. Doch sie war ganz gelassen. Was sie getan hatte, war natürlich und aufrichtig gewesen, und jetzt konnte sie nichts mehr für ihre Großmutter tun.

»Hier werden Beerdigungen doch sicherlich ziemlich schnell arrangiert, oder?«, erkundigte sie sich.

»Zu dieser Jahreszeit nicht unbedingt«, erwiderte Dominic. Er fand diese sachliche Haltung unter den gegebenen Umständen ganz richtig. »Vielleicht hätte ich ihn fragen sollen. Ich vermute, dass heute Abend schon Anzeigen in den Zeitungen stehen werden.«

»Meinen Sie, wir sollten zur Beerdigung gehen? Ich weiß ja, dass ich sie eigentlich überhaupt nicht gekannt habe, aber sie war trotzdem meine Großmutter. Und sie hat mich verstanden, als ich mit ihr sprach. Da bin ich ganz sicher. Na, was meinen Sie? Sollen wir gehen?«

»Das weiß ich auch nicht. Ich habe ja keine Ahnung, wie sich so was hier abspielt. Vielleicht sind wir da nur im Weg und fallen unangenehm auf.«

»Hm, das ist möglich«, stimmte sie nach einiger Überlegung zu und drängte nicht mehr.

Und je mehr er über ihr Verhalten nachdachte, desto klarer wurde ihm, dass sie fest auf eigenen Füßen stand.

Sie kehrten zu Fuß zum Hotel zurück, denn Purnimas Haus lag im Süden der Stadt, keine zehn Minuten vom Keen-Hotel. Keiner der drei fragte: Und was machen wir jetzt? Obwohl sie alle es dachten.

Sie warteten, bis die Abendzeitungen herauskamen und entdeckten sogleich die Anzeigen, die den Tod der Shrimati Purnima Kumar verkündeten. Groß und unübersehbar waren diese Anzeigen, wie sich das für eine Frau vom Rang einer Purnima Kumar gehörte.

Jetzt also hatten sie alle Tatsachen vor sich, und während Anjli ein Bad nahm, konnten Tossa und Dominic einander offen in die Augen sehen und sich fragen, was zu tun war.

»Wir können sie auf keinen Fall hier bei Vasudev lassen«, erklärte Tossa.

»Nein, das geht nicht. Er ist wahrscheinlich ganz in Ordnung, bestimmt sogar, aber ohne Vater – und ohne Großmutter, und Vasudev scheint auch nicht verheiratet zu sein ... Ich kann mich natürlich täuschen, aber hattest du auch den Eindruck?«

»Was spielt das schon für eine Rolle?«, fragte Tossa. »Mit Frau oder ohne Frau. Wir können sie unmöglich gerade dem Menschen ausliefern, der zuallererst als Erbe in Frage kommt, wenn Satyavan nicht wieder auftauchen sollte. Ich meine, wenn man es mal aus der Perspektive betrachtet, dann ist Anjli seinen Interessen ausgesprochen gefährlich. Zunächst wird natürlich Satyavan alles erben, wenn er aber nicht wieder auftaucht, wird man ihn eines Tages für tot erklären lassen – oder was immer hier gang und gäbe ist –, und dann wäre Anjli an der Reihe. Wenn aber keine Anjli da ist ...« Sie verstummte zweifelnd und fügte dann mit gesenkter Stimme hinzu: »Das ist ziemlich melodramatisch, was? Und er sieht auch eigentlich gar nicht wie der böse Onkel aus.«

»Nein, so sieht er wirklich nicht aus. Und hier sind böse Onkel wahrscheinlich genau so selten wie in England. Aber trotzdem wäre es natürlich in diesem Land mit seinen fünfhundert Millionen Menschen ganz einfach, ein kleines ausländisches Mädchen verschwinden zu lassen. Eines steht fest: Wenn wir ihren Vater nicht finden, dann liegt die nächste Entscheidung bei Dorette und nicht bei uns. Wir haben gar nicht das Recht, für Anjli Entscheidungen zu treffen.«

»Dorette«, erwiderte Tossa mit erschütternder Bestimmtheit, »würde sie kalt lächelnd an Vasudev abschieben.«

»Vielleicht. Aber das muss sie selbst beschließen. Wir nehmen ihr diese Entscheidung jedenfalls nicht ab.«

»Und was tun wir dann?«

»Pass auf. Ich glaube, es ist am besten, wenn wir Felder anrufen und ihn um Rat fragen. Er hat sich schließlich erboten, uns zu helfen, falls Schwierigkeiten auftauchen sollten.«

Als die Verbindung mit der Villa bei Hauz Khas hergestellt war, meldete sich Ashok Kabir.

»Sie sind noch nicht zurück. Es wird wahrscheinlich spät werden. Und morgen früh fliegen sie nach Benares. Ist es dringend? Warum erzählen Sie mir nicht rasch, worum es geht. Dann kann ich es an ihn weitergeben, und er kann Sie anrufen, wenn er kommt.«

Dominic berichtete ihm von Satyavans Verschwinden und vom Tode Purnimas und fühlte sich durch Ashoks ehrliche Sorge und Teilnahme etwas getröstet. Nachdem er aufgelegt hatte, setzte er sich nieder und wartete auf Felders Anruf. Gleich darauf schlenderte Anjli aus dem Badezimmer herein. Sie trug einen langen, fließenden Morgenrock, und das schwarze Haar fiel in Wellen ihren Rücken hinunter. Zum ersten Mal sah sie wie eine Inderin aus. »Wer war denn eben am Telefon? Vasudev?«

»Nein, ich habe Mr Felder angerufen«, erwiderte Dominic, »aber er war noch nicht zurück. Ich habe ausrichten lassen, dass er uns anrufen soll.«

Er hielt es für unnötig, ihr zu sagen, dass er mit Ashok gesprochen hatte. Sie hätte sich nur geärgert, dass er sie, obwohl sie im Bad gewesen war, nicht an den Apparat geholt hatte.

Sie mussten eine ganze Stunde warten, ehe Felder sich meldete. Anjli lag schon im Bett, die Nase in »Das Leben Buddhas« vergraben, als das Telefon läutete. Mit einem Sprung war sie auf und eilte in Dominics Zimmer. Das Gespräch war kurz und offenbar befriedigend.

»Natürlich«, sagte Dominic mit einem abgrundtiefen

Seufzer der Erleichterung. »Wenn Sie das sagen, klingt es so einfach. Tausend Dank. Das werden wir tun.«

»Und halten Sie mich auf dem Laufenden, ja? Ich mache mir Sorgen um das Kind, aber ich wette, dass das Ergebnisse bringen wird. In den nächsten Tagen können Sie mich im Clark-Hotel in Benares erreichen, okay?«

»Okay, und nochmals vielen Dank. Viel Erfolg bei den Aufnahmen.«

»Danke, den Wunsch kann ich gebrauchen. Und Sie zeigen den beiden Mädchen inzwischen Delhi. Also, auf bald.«

Dominic legte auf. Er war Felder für seine Ermunterung dankbar und fühlte sich grenzenlos erleichtert.

»Was hat er gesagt?« Sie redeten beide auf ihn ein. »Was ist denn so einfach?«

»Er meint, jetzt, wo die Anzeigen von Mrs Kumars Tod in sämtlichen Abendzeitungen veröffentlicht sind und bestimmt auch morgen in den Tageszeitungen erscheinen werden, muss Satyavan sie sehen und wird sich ganz sicher melden, um seine Pflichten als neues Familienoberhaupt zu übernehmen. Kein Sohn lässt zu, dass ein anderer für das Begräbnis seiner Mutter Sorge trägt. Wir brauchen jetzt nur noch abzuwarten und zu sehen, ob dein Vater zur Beerdigung erscheint. Und es spricht alles dafür, dass er sich melden wird.«

*

Zwei Tage lang waren sie ebenso unbeschwert wie die anderen europäischen Touristen in Delhi. Sie durchstreiften die dicht bevölkerten Straßen der Innenstadt, bis ihre Füße wund waren. Sie marschierten, zutiefst beeindruckt von der Großartigkeit, den ganzen King's Way entlang, vom India Gate bis zum Rashtrapati Bhavan, einstmals der Palast des Vizekönigs, jetzt die Residenz der indischen Ministerpräsidenten. Sie setzten ihr Leben aufs Spiel, als sie sich in den frühen Morgenstunden, zur Zeit des Berufsverkehrs, auf die Straße wagten und beinahe in einem Gewühl von Fahrrädern, auf denen die Büroangestellten Delhis zur Arbeit radelten, umgekommen wären. Sie ließen sich im stillen Lodi-Park von der Mittagssonne braun brennen. Sie erforschten das alte Delhi nach Einbruch der Dunkelheit, wo in Decken gehüllte Gestalten im Schein rauchiger Laternen auf dem Boden kauerten, stumm und unerforschlich wie Götter, und wo überall der Geruch nach Kuhdung und Räucherkerzen und Jasmin und Schweiß aufstieg.

Sie fuhren mit einer von einem Motorrad gezogenen Rikscha zum Qutb Minar und der riesigen Ruinenstadt Tuqhluquabad südlich von Delhi, die still und wunderbar friedlich innerhalb ihrer hohen, abbröckelnden Mauern ruhte. Und von dort, nach einem Picknick in der Sonne, überquerten sie die Straße und besuchten das kuppelgekrönte Grabmal des Ghias-ud-Din Tuqhluq, eingeschlossen in rote Mauern, die so unvergänglich waren wie die ägyptischen Pyramiden.

Mit einem Taxi fuhren sie hinaus zu Humanynns Grabmal, der Ruhestätte des zweiten Mogul-Kaisers, das sich im Osten Delhis in einem sorgsam gepflegten, nach französischem Muster angelegten Garten erhob. Sie hatten keine Ahnung, dass sich ihnen hier ein Bild bot, das auf seine Art ebenso schön war wie der Anblick des Tadsch Mahal, das sie während ihres Besuches kaum zu sehen bekommen würden. Als sie auf dem Rückweg zum Taxi durch das Tor traten, lockte ein Schlangenbeschwörer mit einschmeichelndem Lächeln eine braune Kobra aus seinem Korb. Das Tier wirkte Mitleid erregend, nicht bedrohlich. Es war beinahe gewiss, dass es keine Giftdrüsen besaß. Sie fragten sich, ob die Musik es wirklich verzauberte oder ob sie einfach schmerzte. Sie ließen sich dann von ihrem Taxi zum Red Fort bringen, wo sie auf ihren Wanderungen durch weiße Marmorbauten und paradiesische Gärten die Zeit vergaßen. Die verschlungenen

Wasserwege in den Gärten waren zu dieser Jahreszeit noch ausgetrocknet, und die Brunnen waren stumm, doch es bedurfte nur eines kleinen Funkens Fantasie, sich die silbernen Wasser, die im Sonnenlicht in allen Farben des Regenbogens sprühen würden, vorzustellen.

Aus der ruhigen und würdevollen Atmosphäre dieses Palastes stürzten sich die drei Touristen direkt in das Gewühl und das Getriebe des Chadni Chowk, des Marktplatzes Alt-Delhis. Sie spähten in lange, schmale Geschäfte, in denen Seiden- und Baumwollstoffe in unvorstellbarer Vielfalt aufgestapelt waren, Kaschmir-Schals so fein wie Spinnweben, Gold- und Silberschmuck, Glasperlenketten, Nüsse und Gewürze, nie gesehene Gemüse, Süßigkeiten, bei deren Anblick einem das Wasser im Munde zusammenlief. Von Pferden gezogene Karren, Motor-Rikschas, Autos, Fahrräder, herrenlose Hunde, Fußgänger – alles wirbelte auf den Straßen durcheinander. Der Lärm war ohrenbetäubend. Und danach, weil sie ihrer Karte zufolge kaum einen Kilometer entfernt waren und den Weg leicht zu Fuß gehen konnten, besuchten sie Radschgat, jene Stelle nahe am Flussufer, wo man Mahatma Gandhis Leiche nach seiner Ermordung verbrannt hatte und wo jetzt eine weiße Balustrade ein mit Steinplatten belegtes Mahnmal umgibt. Hier war es, obwohl es von Menschen wimmelte, still.

Am Ende des ersten Tages erwarteten sie halb, dass Vasudev anrufen oder ihnen eine schriftliche Nachricht schicken würde, um sie entweder seiner Sorge um Anjli zu versichern oder um sich behutsam zurückzuziehen und die Sache in der Schwebe zu lassen, bis Anwälte sich ihrer annehmen konnten. Doch Vasudev meldete sich nicht.

»Er hat wahrscheinlich unheimlich viel zu tun«, meinte Tossa zweifelnd. »Und er ist ja auch nur ein Vetter von Anjlis Vater. Solange Dorette noch da ist, können wir kaum verlangen, dass er die ganze Verantwortung übernimmt.«

»Ich vermute«, sagte Anjli zynisch, »dass er jetzt zu Hause hockt und die Luft anhält und die Augen zukneift und hofft, dass wir wieder verschwinden, wenn er sich ganz still verhält.«

Auch am zweiten Abend wartete keine Nachricht auf sie. Sie hatten den ganzen Nachmittag die Läden und Geschäfte in Neu-Delhi inspiziert, weit weg von den Ufern des Yamuna, wo die Todesriten zelebriert werden. Keiner sprach von der Beerdigung. Doch alle drei dachten im Stillen an die kleine, zusammengeschrumpfte Gestalt, die unter der blauen Decke gelegen hatte. Als sie nach einem chinesischen Essen ins Hotel zurückkamen, war Purnimas Körper schon zu Asche verbrannt.

Und am Empfang wartete wiederum keine Nachricht auf sie. Niemand hatte angerufen.

»Vielleicht hat er einen ganzen Schwarm von Gästen da, um den er sich kümmern muss«, sagte Tossa, »und hatte noch gar keine Zeit, an uns zu denken. Ich weiß ja nicht, wie das hier vor sich geht. Es gibt sicher gewisse Gepflogenheiten …«

»Wir müssen uns Gewissheit verschaffen«, erklärte Dominic. »Wenn er nicht anruft, müssen wir es eben tun.«

Eine hohe, gehetzte Stimme meldete sich in Hindi, als die Verbindung hergestellt war. Nachdem Dominic einige Minuten gewartet hatte, drang Vasudevs erregte Stimme an sein Ohr, sprudelte Begrüßungsformeln, Entschuldigungen und Beteuerungen hervor.

»Es ist wirklich eines Sohnes unwürdig. Ich kann dieses Verhalten nicht verstehen. Alles muss ich selbst in die Hand nehmen – alles. Und dann die Zeitungen, die mir keine Ruhe lassen. Wir leben in einer dekadenten Zeit, Mr Felse. In allen Ländern der Welt vernachlässigen die Menschen ihre Pflichten, sagen sich von der Familie los. Die alte Ordnung ist im Zusammenbruch begriffen, nichts ist den Menschen mehr heilig. Was können wir tun? Es bleibt den Pflichtgetreuen überlassen, mit der eigenen Bürde auch noch die anderer zu tragen ...«

Es schien, als hätte sich damit Dominics Frage selbst beantwortet. Trotzdem stellte er sie mit aller Deutlichkeit, als es ihm endlich gelang, zu Wort zu kommen.

»Anjlis Vater ist also nicht nach Hause gekommen? Nicht einmal zur Beerdigung?«

»Nein. Alles bleibt mir überlassen. Es ist unverständlich, wie ein Sohn so –«

»Und er hat auch nicht geschrieben? Es wäre ja möglich, dass er irgendwo im Ausland –«

»Mr Felse, ehe ein indischer Staatsbürger ins Ausland gehen kann, müssen gewisse Formalitäten erledigt werden: Die Behörden wüssten Bescheid, wenn das der Fall wäre. Ich habe mich natürlich erkundigt – mit aller Diskretion, das versteht sich. Meine Tante wollte es nicht, doch ich hielt es für meine Pflicht. Nein, wir haben nichts von ihm gehört. Es ist in dieser Hinsicht alles unverändert.«

Dominic ließ den Wortschwall an sich abgleiten, verabschiedete sich so höflich wie möglich und legte auf. Sie sahen einander an und schwiegen. Nicht, weil sie nichts zu sagen hatten, sondern weil das, was sie am stärksten bewegte, vor Anjli nicht gesagt werden konnte. Warum, dachte Dominic, ist uns bis jetzt überhaupt nicht der Einfall gekommen, uns zu fragen, ob er aus freien Stücken gegangen ist? Warum haben wir uns nie gefragt, ob es nicht einen endgültig zwingenden Grund dafür gibt, dass er nicht zurückgekehrt ist? Und ist dieser Gedanke auch Vasudev wirklich niemals gekommen? Während all dieser Zeit? Wo es um so viel Geld geht?

»Vielleicht hat er die Zeitungen gar nicht gesehen«, sagte Tossa. »Ich kenne Leute in England, die nehmen wochenlang keine Zeitung zur Hand.«

»Er kann sie nicht gesehen haben«, erklärte Anjli mit Nachdruck, »sonst wäre er hier.«

»Aber was machen wir jetzt? Wir können natürlich noch ein paar Tage warten, vielleicht sogar zwei Wochen. Aber wenn er wirklich so unerreichbar ist, was hat es dann für einen Sinn? Und riskant wäre es auf jeden Fall, denn wir können nicht hier bleiben und dann noch für Anjlis Rückflug nach London bezahlen. So viel Geld haben wir nicht. Wir müssen uns jetzt entschließen.«

Anjli starrte ihn einen Moment fassungslos an. Doch sie erholte sich rasch.

»Sie meinen, ich soll mit Ihnen nach England zurückfliegen?«, fragte sie.

»Was können wir denn sonst tun?«, versetzte Dominic ganz logisch. »Deinem Vater konnten wir dich nicht übergeben und deiner Großmutter auch nicht. Und das war doch der Zweck der Reise. Dein Vormund ist deine Mutter – jedenfalls zur Zeit. Ich sehe gar keinen anderen Weg. Wir müssen dich mit zurücknehmen. Oder hast du einen besseren Vorschlag?«

»Wir könnten auf jeden Fall für eine Weile in das Haus meiner Großmutter ziehen. Er hat es uns ja angeboten. Dann brauchen wir keine Hotelrechnungen zu zahlen und hätten immer noch genug Geld, um meinen Rückflug zu bezahlen, wenn es so weit kommen sollte.«

»Nein, das ist unmöglich. Uns hat er es nicht angeboten. Nur dir. Und du hast doch selbst gesagt, dass du da nicht bleiben willst. Außerdem«, setzte Dominic mit einem kleinen Lächeln hinzu, »glaubst du doch wohl nicht, dass wir dich ganz allein bei einem Mann lassen würden, den wir überhaupt nicht kennen?«

Nach einem Moment des Nachdenkens gestand sie ein, dass das wohl zu viel verlangt wäre.

»Na ja, gut, aber was sollen wir denn dann tun?«

Schweigend nahm sie ein kleines Päckchen vom Tisch und wickelte das zarte Armband aus weißen Jasminblüten, das Dominic ihr am Nachmittag auf dem Markt gekauft hatte, aus dem feuchten Papier.

»Ich werde euch sagen, was wir tun«, bemerkte Tossa. »Wir fliegen zurück nach London. Etwas anderes bleibt uns gar nicht übrig. Morgen können wir uns um deinen Flugschein und eine Buchung kümmern.«

»Gut, wenn Sie meinen«, erwiderte Anjli. »Sie sind schließlich die Reiseleiter.«

Sie musste in den Korridor hinaus, um in die Suite zu gelangen, die sie mit Tossa gemeinsam bewohnte. Im Gang traf sie auf den Pagen, den sie am wenigsten mochte. Auf einem kunstvoll gearbeiteten Tablett trug er einen schmutzigen, zusammengefalteten Zettel. Ein Grinsen, merkwürdig verschlagen, verzerrte sein Gesicht, als er sie sah, und er beugte sich ihr zu und hielt ihr das Tablett entgegen.

»Missysahib, ein Bote das für Sie bringen. Sagt, bitte, allein geben. Ihr Zimmer dunkel. Ich denke, vielleicht ich lieber warten ...«

Seine Stimme und sein Gehaben wirkten plump vertraulich. Sie war Menschen seines Schlags schon früher begegnet, und sie wusste sie zu nehmen. Sie ließ ein Geldstück auf das Tablett fallen und nahm den fleckigen, gefalteten Zettel an sich, ohne ihre Neugier zu zeigen.

»Danke. Das ist alles.«

Er ging rückwärts, nicht aus Unterwürfigkeit, sondern weil er ihr Gesicht und ihre Reaktion sehen wollte, wenn sie den Brief auseinander faltete und las. Doch seine Neugier brachte ihm nichts ein. Sie öffnete das Schreiben nämlich erst, als er unter dem kühlen Blick ihrer Augen sich umgedreht hatte und die Treppe hinuntergeeilt war. Dann riss sie den Zettel mit fliegenden Fingern auseinander und hielt ihn unter die Lampe im Korridor. Nur eine einzige Zeile stand auf dem Blatt Papier. Ein Blick darauf genügte, und sie wusste die Worte auswendig.

Englische Buchstaben, die formlos und zitternd auf das Papier gemalt waren. Die Handschrift eines alten Mannes.

›Tochter, komme morgen vor Tag allein.‹

Sie hatte den Zettel so hastig auseinander gefaltet, dass etwas, das darinnen verborgen gewesen war, zu Boden gefallen war. Sie hob es auf, erkannte es, noch ehe sie es zum Licht hob. Es war der Golddollar, den sie Arjun Baba gegeben hatte.

Der Page lungerte auf der Treppe herum, als sie ihn einholte. Jetzt war keine Zeit, diplomatisch zu sein. Ihr Instinkt befahl ihr, vielmehr gebieterisch zu sein.

»Page!« Er reagierte bei dem harten Ton rascher, als er es sonst zu tun pflegte. »Wer hat den Brief gebracht?«

»Ein Bote, Missysahib.« Die beflissen gekrümmten Schultern zuckten beredt. »Vielleicht ein Träger? Oder ein Bürobote? Er hat roten Turban wie Träger.«

»Und sonst hat er keine Nachricht hinterlassen? Er hat nur den Brief gebracht? Wann war das?«

»Diesen Moment, Missysahib. Ich komme herauf, Ihr Zimmer dunkel, ich sehe Sie und – er vielleicht noch im Hof.«

Natürlich. Einen anderen Weg zur Straße gab es nicht. Wenn man zu Fuß in das Hotel gelangen wollte, musste man durch einen schmalen Torbogen hindurch, dann um eine hohe Hecke herum und fand von dort in den Innenhof. Wenn man mit dem Wagen kam, musste man ein höheres Tor weiter oben an der Straße passieren, musste um einen Seitenflügel fahren und gelangte ebenfalls in den gepflasterten Innenhof.

Anjli ließ ein weiteres Geldstück auf das Tablett des Pagen rollen, der ihr so unsympathisch war, und rannte schnurstracks zum Fenster im Treppenhaus, um in den Innenhof hinunterzuspähen. Lampen bestrahlten die weißen Pflastersteine und die immergrünen Pflanzen in den großen Keramiktöpfen. Und durch den silbernen Schimmer schlenderte eine Gestalt auf den Schatten der hohen Buchsbaumhecke zu. Im Licht der letzten Laterne sah sie den sorgfältig geschlungenen Turban aus verblichenem rotem Tuch. Wie ein Träger! Doch Arjun Baba hatte keine Bediensteten, die ihm seine Botengänge abnehmen konnten. Und Kishan Singh war das nicht. Vielleicht ein freundlicher Nachbar, der in der Stadt zu tun gehabt hatte.

Der Mann unten, der jetzt gleich hinter der Buchsbaumhecke verschwinden würde, pfiff. Die Töne stiegen klar durch die frostige Nachtluft zu ihr empor. Sie folgte der Weise ganz unbewusst und ertappte sich plötzlich dabei, dass sie ganz richtig mitsummte, noch ehe sie wusste, was kommen würde.

Aber nein, das war doch unmöglich! ›Siddharta‹ war doch noch gar nicht fertig gestellt. Nicht einmal der Film war zu Ende gedreht. Und ganz gewiss war die Musik noch nicht aufgenommen. Wie konnte ein Träger, ein Bürobote Yashodharas Wiegenlied, das vereinfachte Thema des Morgenragas Buddhas, vor sich hin pfeifen, als hätte er es schon hundert Mal gehört?

Dominic, der sich über das Geländer des Balkons beugte, spitzte plötzlich die Ohren. »He! Hast du das gehört? Hör mal!«

»Da pfeift jemand«, stellte Tossa unbeeindruckt fest. »Was ist da schon dabei. Du weißt doch, dass Ashok gesagt hat –«

»Pst!«

Sie verstummte gehorsam. Er schien die Sache für sehr wichtig zu halten. Sie hielt den Atem an und folgte dem Auf und Ab der Töne. Es war eine merkwürdig traurige Melodie.

Plötzlich wurde das Pfeifen leiser, gedämpft von der hohen Hecke. Doch es war noch immer zu hören. Dann brach es ab. Der Pfeifende musste die Straße erreicht haben.

»Hast du das gehört? Weißt du, was das war?«

»Ja, natürlich habe ich es gehört«, erwiderte sie verwundert. »Aber was war denn daran so besonders?«

»Du hast nicht erkannt, was er gepfiffen hat?« Dominic begann selbst leise die Weise zu pfeifen. »Du erkennst sie nicht? Aber es ist doch dieselbe Melodie, die er gepfiffen hat, oder?«

»Ja, ich glaube schon. Sie klingt jedenfalls genauso. Warum? Woher kennst du das Lied?«

»Ich habe es neulich erst gehört, und du auch. Es ist ein Lied aus dem Film. Erinnerst du dich nicht? Ashok hat es uns doch vorgespielt. Er sagte noch, er würde enttäuscht sein, wenn die Leute die Melodie nicht auf der Straße pfeifen würden, sobald der Film herauskommt. Aber der Film ist doch noch gar nicht abgedreht. Ich verstehe das nicht.«

»Ja, aber bist du denn sicher?«, fragte sie voller Zweifel. »Ich meine, die Ragas sind doch gewissermaßen Volksgut. Man kann alles Mögliche aus ihnen machen. Vielleicht hat jemand ganz zufällig eine Melodie erwischt, die so ähnlich klang wie Ashoks Thema. Das ganze Team ist doch jetzt in Benares. Von den Filmleuten kann es keiner gewesen sein.«

»Ich weiß. Ich habe wahrscheinlich Wahnvorstellungen«, stimmte Dominic zu und kehrte fröstelnd aus der kühlen Nachtluft in die Wärme des Zimmers zurück.

5

Anjli stand in den frühen Morgenstunden auf und blieb einen Moment vor dem Bett stehen, um in die Stille zu lauschen. Nicht einmal das Rascheln des Windes in den Bäumen vor dem Fenster war zu hören. Die Luft war klar und still.

Sorgfältig und überlegt kleidete sie sich an, denn sie war felsenfest überzeugt, dass sie nicht zurückkehren würde, dass sie gleich jetzt alles richtig machen musste, weil sie später keine Gelegenheit haben würde, Fehler zu korrigieren. In Delhi würde es in den nächsten Wochen noch so sein wie in England im Frühling, die Nächte würden kalt sein, nur mittags würde das Thermometer auf sommerliche Temperaturen klettern. Da war es besser, auf alle Möglichkeiten vorbereitet zu sein. Sie schlüpfte in das erdbeerfarbene Angorakostüm, nahm einen Schal und einen leichten Wollmantel und zog sich weiche Schuhe über. Dann stopfte sie ein Baumwollkleid, Sandalen, Toilettensachen und ein Handtuch in ihre große Tasche. Das war alles. Als Buddha zwischen ahnungslos Schlafenden durch die Gärten des Palasts geschritten war, da hatte er nur das bei sich gehabt, was er auf dem Leib getragen hatte, und selbst das hatte er weggegeben, als er in die Welt hinausgetreten war und Channa mit dem weinenden weißen Pferd Kantaka zurückgesandt hatte.

Sie hatte etwas eigenes Geld und Reiseschecks. Ihr Pass, ihre Papiere – es schien ihr unrecht, sie mitzunehmen. Doch sie lebte in der modernen Welt, und einen gewissen Respekt musste man den Gesetzen des Landes zollen. Sie gestattete sich also den Besitz des Geldes und ihrer Ausweispapiere. Und im letzten Moment kehrte sie noch einmal zum Toilettentisch zurück und band sich mit einiger Mühe das Armband aus Jasminblüten, die nicht mehr ganz frisch waren, um das Handgelenk.

Im anderen Bett schlief Tossa friedlich und ungestört. Sie rührte sich auch nicht, als die Tür des Zimmers sachte geöffnet wurde. Anjli drehte sich noch einmal um. Sie war beruhigt und, seltsamerweise, gleichzeitig gerührt. Sie hatte eigentlich gar nichts von Tossa erwartet. Leute, die sich von ihrer Mutter dazu rekrutieren ließen, ihr Unangenehmes abzunehmen, waren von vornherein verdächtig. Doch Tossa hatte sie überrascht. Sie war so ruhig, so vernünftig und so verständig, als kenne sie alle inneren Zusammenhänge. Dabei war das bestimmt nicht möglich, denn eine zweite Dorette gab es gewiss nicht auf der Welt. Anjli hoffte, die beiden würden sich für ihr Verschwinden nicht verantwortlich fühlen; sie hoffte, sie würde bald mit ihnen Verbindung aufnehmen und sie beruhigen können. Sie hoffte, dass sie Dorettes Geld bis auf den letzten Pfennig ausgeben und ihren Aufenthalt in Indien genießen würden, ehe sie nach England zurückkehrten.

Im Korridor brannte nur eine kleine Lampe. Nichts regte sich. Sie lauschte. Das ganze Haus schien zu schlafen. Leise schloss Anjli die Tür hinter sich und tastete sich auf Zehenspitzen an der Wand entlang zu der Glastüre im Treppenhaus, die auf die Balkons hinausführte. Dort führte eine Treppe in den Hof hinunter. Keine Tür verschloss den Torbogen, der auf die Straße hinausführte. Sie kannte sich inzwischen hier aus. Sie wusste, dass ein Stück weiter oben an der Straße immer Taxis und Rikschas warteten, auch in der Nacht.

Sie dachte nicht daran, in Dorettes künstliche Welt zurückzukehren. Niemals. Gewiss, es gab viele Dinge in Indien, die ihr nicht gefielen oder die sie bedrückten – das Ungeziefer, der Schmutz, die ausgemergelten Pferde, die unter der Last ihrer Arbeit zusammenzubrechen drohten, die verkrüppelten Tiere, die niemand töten wollte, die aber auch niemand Zeit hatte zu bemitleiden, der Hunger, die Krankheiten, die ungeheure Gleichgültigkeit. Trotzdem war Indien das Einzige, was sie wollte, Indien und die Bande, die sie an das Land fesselten – ihr Vater.

In der Loge am Ende des Korridors hockte zusammengekrümmt ein Page und schlief. Sie huschte lautlos an ihm vorüber und eilte die Treppe hinunter in den Hof und dort hinüber zur Buchsbaumhecke und ungesehen an der Hecke entlang. Jetzt musste sie nur noch am Pförtnerhäuschen vorüber. Auch die beiden Männer dort schliefen fest, und sie glitt an ihnen vorbei wie ein Geist. Dann war sie auf der Straße, und ihre Gestalt verschmolz mit den dunklen Schatten der Bäume.

Im letzten Moment entschloss sie sich, doch lieber keine der beiden Rikschas zu nehmen, die dort wartend am Straßenrand standen. Stattdessen überquerte sie die Fahrbahn und schlug einen großen Bogen um die Fahrzeuge. Wenn man erst begann, wegen ihres Verschwindens unruhig zu werden, würde man gewiss zuallererst die beiden Fahrer befragen, die in dieser Nacht hier gestanden hatten. Nicht weit von hier war das Hotel Claridge. Dort ließ sich sicher ein Taxi finden.

Der Fahrer des Taxis, das vor dem Hotel stand, war hinter dem Steuer eingeschlafen. Hinter dem Wagen stand eine Rikscha hinter einem Fahrrad. Im Inneren der Rikscha hockte, in eine Decke vermummt, ein schlanker brauner Junge. Anjli entschloss sich für die Rikscha. Zwar würde die Fahrt länger dauern, doch das Gefährt würde schweigend durch die Straßen rollen, ohne von irgendjemandem bemerkt zu werden. Außerdem würde es billiger sein, und vielleicht würde sie ihr Geld später noch dringend brauchen. Wer konnte wissen, wie weit sie würde reisen müssen, um ihren Vater zu finden, selbst wenn Arjun Baba ihr den Weg zeigen konnte?

Der Junge fuhr ruckartig aus dem Schlaf hoch und streckte seine langen, mageren Glieder wie eine erschreckte Spinne.

»Ich möchte zu der neuen Schule in Rabindar Nagar«, sagte Anjli mit leiser Stimme. »Können Sie mich da hinbringen?«

Sie hätte ihm die Nummer des Hauses geben und sich dort absetzen lassen können, doch wenn man nach ihr fahndete, dann würde man vielleicht sogar diesen Jungen ausfindig machen. Sie wollte keine Zeugen.

Der Junge neigte den Kopf und bedeutete ihr einzusteigen. Lautlos schob er sein Fahrrad auf die Straße hinaus. Es war eine lange Fahrt, das wusste er, gut drei Kilometer; doch sie war ja kein schwergewichtiger Passagier, und das Fahrrad war neu und gut in Stand gehalten. Wenn sie ankommen würden, würde es noch dunkel sein. Die Bauten Neu-Delhis glitten schattenhaft an ihr vorüber. Hin und wieder sah sie einen Menschen noch schlaftrunken zur Arbeit taumeln, hin und wieder das Glimmen kleiner Laternen, die neben Gemüseständen brannten. Die Sterne glänzten noch am Himmel, wie Silber auf dunklen Samt gestreut. Jetzt hatten sie die Stadt hinter sich gelassen, und die ersten weißen Villen tauchten auf.

Der Junge hielt vor den Toren der neuen Schule an und stellte keine Fragen. Wahrscheinlich sprach er kein Englisch, denn er hatte während der ganzen Fahrt nicht ein Wort gesagt. Immerhin musste er ein wenig Englisch verstehen, sonst hätte er sie kaum so sicher hierher bringen können. Als sie ihre Handtasche öffnete, brauchten sie keine Worte. Er hatte sie schon eingeschätzt, nach ihrer Erscheinung, ihrer Kleidung, ihrer Jugend. Er lächelte sie schmeichelnd an und hob unterwürfig zwei Finger. Er glaubte, sie wüsste nicht, wie viel der Tarif betrug. Doch ihre Gedanken waren sowieso ganz woanders. Sie gab ihm die beiden Geldstücke, und das war eine gute Kapitalanlage, denn er bestieg prompt wieder sein Fahrrad und radelte davon, ohne sich umzudrehen. Er sah nicht einmal, in welcher Richtung sie sich entfernte.

Nur noch knapp hundert Meter jetzt. Es war fast noch ganz dunkel. Nur am Horizont zeigten sich erste Streifen der bleichen Dämmerung. Sie sah die Umrisse des Hauses ihres Vaters, das einzige, das von einem kleinen Pavillon gekrönt war. Einen Moment lang überlegte sie, ob er dort oben wohl einen Wintergarten angelegt hatte oder ob dort vielleicht blühende Pflanzen in Tontöpfen aufgestellt waren wie der kleine Baum vor der Haustür. Das Weiß der Wände wirkte bleigrau, denn noch hatte der Tag keine Farben, und die Häuser wirkten wie Kulissen, denen die Tiefe fehlte.

Sie kam zum Tor aus kunstvoll gearbeitetem Schmiedeeisen und hatte plötzlich Angst, dass es verschlossen sein könnte. Was würde sie dann tun? Doch der Riegel ließ sich geräuschlos hochschieben. Am Ende der Gartenmauer, dicht am Bürgersteig, ein kleiner Lieferwagen. Konnte das bedeuten, dass jemand nach Hause gekommen war? Oder gehörte das Fahrzeug nur dem Mann nebenan, dem Ehemann der dicken Frau, der vielleicht Vertreter war?

Sie trat in den Garten. Das Haus lag dunkel und still vor ihr. Kishan Singh schlief sicherlich fest. Doch im Hof flackerte ein Lichtschimmer, und der inzwischen vertraute Geruch nach Staub, Räucherkerzen und menschlichen Ausdünstungen stieg ihr stechend in die Nase, als sie auf Zehenspitzen durch den Garten schlich.

Vor dem Schuppen, unter der Plane aus Sackleinwand, saß Arjun Baba, genauso, wie sie ihn vor drei Tagen zum ersten Mal gesehen hatte. Gegen die Kälte der Nacht in seine braune Decke gehüllt, hockte er vor dem winzigen Flämmchen des offenen Feuers und starrte blicklos vor sich hin. Rote Glut spielte auf den hervorspringenden Backenknochen. Als er ihren Schritt hörte, hob er den Kopf. Doch er wandte sich nicht nach ihr um. Sie hatte plötzlich das Gefühl, dass drei Tage verloren waren, dass alles, was sich während dieser Zeit zugetragen hatte, Fantasie gewesen war, nicht Wirklichkeit.

Oder vielleicht hatten diese drei Tage eine Art Prüfung für sie sein sollen, um sie auf das vorzubereiten, was noch kommen sollte.

Sie überquerte das schmale Stück trockener, harter Erde mit dem geschmeidigen, gleitenden Schritt einer Frau im Sari und sank auf die Knie, um ihn über das Feuer hinweg anzusehen. »Namaste! Ich bin Anjli Kumar. Du hast mich gerufen. Ich bin gekommen.«

Der alte Mann regte sich sachte unter seiner Decke und legte unter dem Kinn grüßend die Hände aneinander. Eine knarrende Stimme drang durch das Gewirr grauen Haares und sagte heiser: »Namaste.«

»Du hast mir etwas zu sagen?«

Der uralte Kopf bewegte sich hin und her. Langsam schüttelte der alte Mann die Decke von den Schultern und hob seine Augen zu ihrem Gesicht.

Es war der Widerschein des Feuers, der sie warnte. Sie hatte sich unwillkürlich dagegen gewappnet, in die blinden, trüben Augen zu sehen, und stattdessen starrte sie in ein leuchtendes Dunkel, in dem helle Lichter funkelten, in den scharfen durchdringenden Blick sehender Augen. Einen Moment lang erwiderte sie den Blick wie erstarrt. Dann wich sie, ohne einen Laut von sich zu geben, vor ihm zurück, sprang auf und wirbelte herum.

Eine Hand streckte sich aus und packte ihr langes schwarzes Haar. Sie öffnete den Mund, um zu schreien, doch die Decke flog über ihren Kopf, und harte Finger zogen das stickige Tuch fest um ihren Kopf, stopften ihr das Tuch zwischen die geöffneten Lippen. Ein langer Arm umfasste ihre Mitte und hob sie hoch. Gleich darauf spürte sie, wie irgendetwas um ihre Arme geschnürt wurde, sodass sie sie nicht mehr bewegen konnte. Sie versuchte mit den Füßen zu treten, doch da wurden die Falten der Decke schon festgezogen und verhinderten jede Bewegung. Finger suchten tastend ihren Mund, stopften die Falten des Stoffes noch tiefer zwischen ihre Zähne und wanden einen Strick um ihren Kopf, der tief in ihren Mund einschnitt.

Der erste bleiche Streifen des neuen Morgens hatte sich zu einem goldenen Band ausgedehnt. Gerade bevor der erste fliegende Händler seinen Karren in die Gasse zwischen den Häusern schob, sprang der Motor des kleinen Lieferwagens an, der am Straßenrand stand, und dann entfernte sich das Fahrzeug gemächlich in Richtung zur Hauptstraße.

6

Dominic erwachte gegen acht Uhr, als jemand beharrlich an seine Zimmertür klopfte. Das Zimmer war vom Licht der Morgensonne durchflutet. Er ließ sich aus dem Bett rollen und griff nach seinem Morgenmantel.

»Dominic, bist du wach? Ich bin's, Tossa. Mach die Tür auf!« Sie stürzte ins Zimmer. »Du hast Anjli wohl auch nicht gesehen?« Eine dumme Frage, dachte sie gleich. Er hatte ja kaum die Augen offen. »Sie ist weg. Verschwunden. Ich bin eben erst aufgewacht und kann sie nirgends finden. Ihr Bett ist kalt. Zuerst dachte ich, sie wäre im Bad, aber da ist sie nicht. Ihr Schlafanzug liegt zusammengefaltet auf dem Kopfkissen. Sie ist verschwunden.«

»Es ist so schön draußen«, meinte Dominic ganz vernünftig, »da hat sie sicher einen Spaziergang gemacht. Sie ist bestimmt unten im Garten.«

Tossa schüttelte wild den Kopf.

»Nein, sie hat die Reisetasche genommen, du weißt schon. Ich habe gleich nachgesehen, als ich sie nicht finden konnte. Sie hat ihr ganzes Geld mitgenommen und ihren Pass auch. Ihr Mantel hängt nicht mehr im Schrank, ihre Toilettensachen sind aus dem Badezimmer verschwunden, und eines von ihren Baumwollkleidern fehlt auch. Nein, Dominic, sie hat irgendetwas vor. Sie will auf eigene Faust etwas unternehmen. Ich glaube, ehrlich gesagt, sie will einfach nicht zurück nach Amerika. Ich fand sie sowieso merkwürdig still und vernünftig, als wir davon sprachen, dass wir heute zurückfliegen wollten.«

»Ja, aber sie würde doch bestimmt nicht einfach allein auf und davon gehen. Sie hat doch hier keinen Menschen, auch wenn sie noch so ungern nach Amerika zurückwill.«

»Sie hat Vasudev«, erinnerte ihn Tossa mit einigen Zweifeln.

»Sie schien sich aber gar nicht für ihn erwärmen zu können.«

»Ich weiß, aber er scheint der einzige nahe Verwandte zu sein, den sie hier hat. Auf jeden Fall sollten wir zuerst einmal bei ihm nachfragen, meinst du nicht?«

»Jetzt geh du erst mal in dein Zimmer und zieh dich an. Mal sehen, ob sie bis zum Frühstück wieder da ist. Wenn nicht, dann können wir im Hotel fragen, ob jemand sie hat weggehen sehen.«

Das klang vernünftig, und Tossa klammerte sich dankbar an diesen Trost. Anjli besaß einen gesegneten Appetit und war zu den Mahlzeiten immer pünktlich. Doch diesmal wirkte der Zauber nicht. Sie trafen sich an ihrem Tisch im Speisesaal. Der Tee wurde gebracht, der Toast, die Eier. Doch Anjli ließ sich nicht blicken.

Sie suchten den Pagen. Der Junge, der am Abend zuvor Dienst gemacht hatte, hatte seinen freien Tag, und der scheue Junge aus dem Süden hatte Miss Kumar nirgends gesehen. Auch der Straßenkehrer, der unten im Hof beschäftigt war, hatte sie nicht gesehen, und die Träger ebenfalls nicht. Dominic erwartete immer noch, dass ihr impulsiver Schützling plötzlich wieder auftauchen würde. Doch die Zeit verstrich, eine Informationsquelle nach der anderen versiegte, und noch immer von Anjli keine Spur. Schließlich beschlossen sie, ihr Glück auf jeden Fall noch am Empfang zu versuchen, wenn sie sich auch nicht viel davon versprachen, da der Angestellte dort erst um acht Uhr, als sie Anjlis Verschwinden schon bemerkt hatten, seinen Dienst angetreten hatte.

»Miss Kumar? Nein, ich habe sie heute Morgen noch nicht gesehen, tut mir Leid.« Der junge Mann war höflich und zuvorkommend. Sein Blick schweifte von einem besorgten Gesicht zum anderen, und er begriff, dass die Sache ernst war. Aus reiner Menschenfreundlichkeit fühlte er sich getrieben, seiner Erklärung noch etwas hinzuzufügen, auch wenn das sicherlich nicht von Nutzen war. »Ich habe sie seit gestern Abend, als sie mit Ihnen zurückkam, nicht mehr gesehen. Allerdings erinnere ich mich, dass ihr später ein Brief gebracht wurde.«

»Ein Brief?«, echote Dominic. Er warf Tossa einen Blick zu. Die schüttelte den Kopf. Anjli hatte nichts von einem Brief erwähnt. »Hat sie ihn bekommen?«

»Natürlich, Sir. Ich habe ihn hinaufschicken lassen, gleich nachdem er hier abgegeben worden war. Durch einen Pagen.«

»Sie wissen nicht, von wem der Brief kam? Wer ihn abgegeben hat?«

»Nein, Sir. Ich kann Ihnen nicht sagen, von wem er kam. Er wurde von einem Boten abgegeben. Es könnte ein Ladengehilfe gewesen sein. Ich erinnere mich allerdings, dass das Schreiben nicht in einem Umschlag steckte. Es war einfach ein Blatt Papier, das man zusammengefaltet hatte. Und es war ein wenig beschmutzt.«

Das klang ganz und gar nicht nach Vasudev. Und wer sonst würde Anjli in Delhi einen Brief senden? Das Filmteam hielt sich in Benares auf, und sonst kannte sie hier niemanden.

»Um welche Zeit war das ungefähr?«

»Das kann ich nicht genau sagen, Sir, aber ich glaube, es war kurz nach neun.«

Ungefähr zu dieser Zeit hatte Anjli verkündet, dass sie ein Bad nehmen wolle. Und nur wenige Minuten später war aus dem Hof die Melodie des Morgenraga zum Fenster aufgestiegen. Nein, er stellte Verbindungen her, wo gar keine bestehen konnten. Tossa hatte Recht. Die Ragas waren Volksgut. Jeder konnte sie genießen und nach Belieben abwandeln.

Also musste die Suche nach Anjli aufgenommen werden. Am besten fing man damit in Purnimas Haus an. Denn wo sonst, sagten sie einander tröstend im Taxi, konnte Anjli sonst sein.

»Ein Brief?« Vasudevs schmaler, schwarzer Schnurrbart bebte vor Verwirrung. »Nein, ich habe meiner Verwandten keinen Brief gesandt. Ich würde niemals mit ihr direkt Verbindung aufnehmen, sondern mich stets zuerst an Sie wenden, da ihre Mutter sie Ihnen ja anvertraut hat. O gewiss, ich hatte mir überlegt, dass ich – ich hatte die Absicht, Sie heute anzurufen und Sie zu bitten, mich hier zu besuchen. Es müssen ja gewisse Fragen geregelt werden. Aber ich habe ihr keinen Brief geschickt. Mein Gott, das ist ja schrecklich! Sie glauben doch nicht, dass jemand sie weggelockt hat? Aber wer wusste denn von ihrer Anwesenheit hier? Ihre Freunde vom Film, sagen Sie, sind in Benares. Wer sonst kann wissen, dass Sie und Anjli hier in Delhi sind – und wo Sie zu finden sind?«

»Wir haben hier in Delhi natürlich mit einer ganzen Reihe von Leuten gesprochen«, bekannte Tossa, »aber das waren alles beiläufige Unterhaltungen – mit anderen Touristen, in Läden und Geschäften, in Restaurants und mit Fremdenführern. Der einzige Ort, wo wir bekannt sind, wenn man so sagen kann, ist außer diesem Haus hier das Hotel und das Haus von Anjlis Vater in Rabindar Nagar.«

»Natürlich!« Dominic schnalzte erleichtert mit den Fingern. »Warum habe ich daran nicht gleich gedacht. Kishan Singh! Ein Brief, der ein wenig beschmutzt war und von einem bezahlten Boten überbracht wurde! Das kann sein. Vielleicht hat Kishan Singh von Anjlis Vater gehört. Vielleicht ist er nach Hause gekommen.«

Vasudevs Miene drückte zuerst Zweifel, dann Hoffnung aus. Und nach einigen Sekunden des Überlegens zeigte er sich erregt und entschlossen. Mit einem Sprung war er aufgestanden.

»Kommen Sie. Wir nehmen den Wagen, und ich fahre Sie hinüber nach Rabindar Nagar. Wir müssen feststellen, ob das wirklich zutrifft. Oh, ich hoffe es. Damit wären alle Probleme auf die glücklichste Weise gelöst.«

Er eilte zur Hintertür des Foyers und klatschte in die Hände. Gleich darauf hörten sie ihn mit hoher, scharfer Stimme seine Befehle geben. Wenig später rollte der Wagen majestätisch über den Kies. Am Steuer saß ebenso majestätisch ein Sikh mit kunstvoll geschlungenem Turban. Es war ein blitzender neuer Mercedes, dunkelgrau und konservativ, offensichtlich der ganze Stolz des Chauffeurs, der ihnen mit beinahe leutseliger Herablassung die Türen zu seinem Heiligtum öffnete. Doch an diesem Morgen durfte er den Wagen nicht fahren. Vasudev selbst fuhr den Wagen mit einem Feuer und einer Geschicklichkeit, die sie ihm nicht zugetraut hätten.

An der ersten Seitenstraße, die von der Hauptstraße in den neuen Vorort hineinführte, trat Vasudev zögernd auf die Bremse.

»Ich war schon lange nicht mehr hier. Müssen wir hier abbiegen?«

»Nein, erst an der nächsten Ecke. Fahren Sie noch ein Stück. – Ja, hier ist es.«

Sie fuhren an den stolzen, kerzengeraden Frauen von Orissa vorbei, die in flachen Körben auf den Köpfen Ziegel zu den halb fertigen Häusern trugen. Beim Anblick des luxuriösen Wagens patschten die nackten Kinder auf bloßen Füßen über die Straße und rannten mit ausgestreckten Händen neben dem Fahrzeug her. Doch diesmal verjagte die dicke Frau von nebenan sie nicht. Sie war da, sie und ein Dutzend anderer Menschen drängten sich um das eiserne Tor vor dem Haus Satyavan Kumars. Schrille Stimmen mischten sich mit lauten Männerstimmen. Keiner hatte jetzt Zeit für aufdringliche, bettelnde Kinder. Und selbst die kleinen Bettler schienen zu merken, dass es hier mehr zu holen gab als ein paar Münzen, und schlängelten sich zwischen den Körpern der Erwachsenen hindurch zum Tor, um zu sehen, was es dort zu sehen gab.

»O Gott, nein«, betete Tossa stumm auf dem Rücksitz und zerrte am Türgriff.

Kleine Mädchen verschwanden und tauchten eines Tages grässlich verändert wieder auf. Jeder wusste, dass es so etwas gab. Aber doch nicht hier. Sie wäre mitten in der Nacht mutterseelenallein durch Delhi gewandert, ohne sich auch nur die geringsten Gedanken zu machen. Und doch konnte diese Menschenansammlung nur bedeuten, dass etwas Schreckliches geschehen war.

Sie stiegen aus dem Wagen, hastig und überstürzt.

»O mein Gott! O mein Gott!«, schrillte Vasudev, und seine Stimme überschlug sich fast vor Erregung. »Es ist etwas passiert. Irgendetwas ist hier nicht in Ordnung. Miss Barber, Sie sollten lieber im Wagen bleiben.«

Doch sie war ihnen schon vorausgeeilt, bahnte sich einen Weg durch das Menschenknäuel vor dem Tor und schob sich rücksichtslos zwischen den Gaffern hindurch. Sie folgten ihr, zerrten an ihren Armen, beschworen sie umzukehren. Doch Tossa hörte gar nicht. Gewiss, auch für Dominic und Vasudev war es schlimm genug, doch sie war es gewesen, die leichten Herzens den Auftrag angenommen hatte, weil sie Indien hatte sehen wollen, nicht aus Fürsorge um das junge Ding, das da wie ein Päckchen durch die halbe Welt geschickt werden sollte.

Sie riss sich mit verzweifelter Bewegung aus der Umschlingung eines weißen Sari und stolperte hinein in den Garten. Dominic schlang seinen Arm um sie und hielt sie fest. Die Tür zu Satyavans Haus stand weit offen. Auf dem weißen Steinboden davor stand Kishan Singh mit weit aufgerissenen, verschreckten Augen, schluchzte und protestierte und schrie laut in Hindi, während er von zwei verbissen aussehenden Männern in Uniform hin und her gestoßen wurde. Ein dritter Mann in Kakiuniform, offenbar der Vorgesetzte der beiden anderen Beamten, stand breitbeinig vor dem Trio und schoss scharfe Fragen an den verängstigten Jungen ab, während er ihm mit einem kurzen Stöckchen vor dem Gesicht herumfuchtelte. Was immer auch geschehen sein mochte, die Polizei von Delhi hielt die Zügel fest in der Hand.

Kishan Singh, der mit wilder Bewegung seinen Kopf von einem zum anderen drehte, erhaschte einen flüchtigen Blick auf die Neuankömmlinge und stieß einen schrillen Schrei der Freude und der Erleichterung aus.

»Sahib, Memsahib, bitte, es ist etwas Schreckliches geschehen. Sagen Sie den Männern hier, dass ich ehrlich bin, dass ich nichts verbrochen habe. Warum hätte ich die Polizei rufen sollen, wenn ich das hier getan hätte?«

Dominic blickte dem Sikh-Beamten gerade ins Gesicht. »Kishan Singh ist der Wächter dieses Hauses und war Shrimati Purnima Kumar und ihrem Sohn immer ein guter Diener. Wenn Shrimati Purnima noch am Leben wäre, dann würde sie jetzt für den Jungen sprechen, das weiß ich, und ich bin sicher, dass Mr Kumar hier, ihr Neffe, Ihnen dasselbe sagen wird. Ich weiß nicht, was hier geschehen ist, aber ich weiß, dass man Kishan Singh vertrauen kann.«

Wusste er das wirklich nach diesem einen kurzen Zusammentreffen? Ja, er wusste es. Es gibt Menschen, bei denen weiß man von Anfang an, woran man ist. Kishan Singh gehörte zu diesen. Es gibt eine Unschuld, die absolut ist, und man erkennt sie klar, wenn man ihr begegnet.

»Wenn ich recht unterrichtet bin«, versetzte der Beamte und musterte sie aus zusammengekniffenen Augen, »ist dieser Junge der einzige Bewohner des Hauses. Trifft das zu?«

»Ja, soviel ich weiß, stimmt das. Abgesehen von dem alten Mann, der hier im Hof in einer Hütte lebt.«

»Natürlich«, erwiderte der Polizeibeamte ganz sanft. »Darum geht es ja. Leider ist es uns nicht möglich, den alten Mann als Zeugen beizuziehen.«

»Ich weiß, dass er blind ist. Ist denn hier ein Verbrechen verübt worden?«

»Ein sehr schweres Verbrechen.«

Er machte eine Geste mit dem Stock und lenkte die Aufmerksamkeit aller auf den fernen Winkel im Hof, der dem Blick der Neugierigen zum Teil durch die hervorspringende Hausecke entzogen war. Tossa hätte am liebsten die Augen geschlossen; doch sie tat es nicht. Welches Recht hatte sie, die Augen vor dem zu verschließen, was es dort zu sehen gab?

»Kommen Sie, damit Sie es sich näher ansehen können«, sagte der Sikh und setzte sich in Bewegung. Nur einmal drehte er sich um und sagte in gebieterischem Ton: »Die junge Dame muss hier bleiben.«

Die junge Dame blieb. Doch ihre Augen folgten der kleinen Gruppe über den leuchtend weißen Steinboden, über die rissige braune Erde zu dem Schuppen, zu dem Platz unter der Plane aus Sackleinwand, wo Anjli –

Nein, das war nicht der Honigton von Anjlis Haut, nicht das Schwarz ihres Haares, nicht das Erdbeerrot ihres Angorakostüms. Zwei Polizeibeamte und ein Mann in Zivil hockten um irgendetwas herum, das dort auf der Erde lag. Und als der Sikh seine Zeugen hinüberbrachte, standen diese drei auf und gingen auseinander und das, was ihre Aufmerksamkeit gefesselt hatte, war plötzlich klar zu sehen.

Dort konnte man ihn nicht gefunden haben. Jeder Vorübergehende, der zufällig einen Blick über die Mauer geworfen hätte, hätte ihn sehen müssen. Man musste ihn hierher getragen haben, ins Licht, nachdem man ihn in der dunklen Ecke des Schuppens entdeckt hatte.

Die braune Decke war nicht mehr da. Nur eine knochige kleine Gestalt, kaum größer als ein Affe, lag schlaff auf der dunklen Erde in Satyavans Hof, und das strähnige graue Haar umgab seinen Kopf wie verstreute Asche. An dem mageren langen Hals waren dunkle Druckstellen zu erkennen, die verrieten, dass er erwürgt worden war.

Die Augen standen offen, ausdruckslos, rund, gläsern.

Arjun Baba, der uralte Mann, hatte die Erde in der Nacht verlassen und keine Nachricht hinterlassen.

Kishan Singh tappte hinter dem Polizeibeamten her durch den Hof.

»Ich habe den alten Mann nicht angerührt«, beteuerte er. »Ich schwöre es. Sahib, warum hätte ich ihm etwas antun sollen? All diese Jahre habe ich ihm sein Essen gegeben und war sein Diener, wie meine Herrin es mir befohlen hat. Immer, wenn ich am Morgen aufstand, saß er vor seinem Feuer. Heute war er nicht da. Ich habe ihn gerufen, und er hat nicht geantwortet. Deshalb habe ich im Schuppen nachgesehen. Sahib, da lag er im Dunkeln, so wie Sie es selbst gesehen haben. Ich habe gesehen, dass er tot war. Ich habe auch gesehen, wie er gestorben ist, und deshalb habe ich die Polizei gerufen. Hätte ich das getan, wenn ich ihn getötet hätte?«

»Vielleicht hofftest du, dass man dich dann am ehesten für schuldlos halten würde«, versetzte der Beamte trocken. »Vorausgesetzt, dass du zu einer solchen Überlegung den nötigen Verstand hast.«

»Aber warum hätte ich ihm denn etwas antun sollen? Was konnte ich mir denn davon für einen Gewinn versprechen? Glauben Sie, dass er Geld besessen hat?«

»Vielleicht war es dir einfach zu mühselig, für ihn zu sorgen. Vielleicht war er dir im Weg. Man hätte sich leicht mit ein paar Sachen aus dem Haus davonmachen können, wenn kein Zeuge da gewesen wäre, der –«

»Aber er war doch blind!«

»Aber gehört hat er dafür umso besser«, rief die dicke Frau von nebenan, und alle anderen Frauen stimmten zu. »Alles hat er gehört. Ich brauchte nur auf mein Dach hinaufzusteigen, und schon hat er mich gerufen. Er hat mich an meinem Schritt erkannt, wenn ich meinen Waschkorb unter dem Arm trug.«

»Der Junge war immer ein zuverlässiger Bediensteter«, mischte sich Vasudev voller Erregung ein. »Ich kann nicht glauben, dass er dem alten Mann Böses angetan haben soll.«

»Er hat sich hier als Herr gefühlt, obwohl er nur ein Diener war. Sie wissen nicht, wozu er fähig ist. Heutzutage haben die jungen Leute keine Zeit, sich um die Alten zu kümmern. Arjun Baba war ihm eine Last. Nur so kann es gewesen sein. Wer sonst kann es getan haben? Sagen Sie mir das! In der Nacht kümmert sich hier keiner um das, was im Haus seines Nachbarn vorgeht. Es war leicht, den alten Mann umzubringen und ihn dann am Morgen angeblich tot aufzufinden.«

Andere Stimmen erhoben sich, und bald war der Garten erfüllt vom schrillen Geschrei der Streitenden. Die beiden Polizeibeamten begannen, die Leute durch das Gartentor auf die Straße hinauszudrängen, wurden empört angefahren und schimpften ebenso ärgerlich zurück. Lärm und Geschrei steigerten sich zu solcher Stärke, dass es beinahe körperliche Schmerzen bereitete.

Und die ganze Zeit starrten Dominic und Tossa auf den schlaffen, knochigen Körper des alten Arjun Baba und empfanden – so schrecklich es angesichts dieser grausamen Tat war – nichts als Erleichterung. Nicht den alten Mann hatten sie befürchtet zu sehen.

»Wenn du es nicht getan hast, wer hat es dann getan? Wer sonst kann den alten Mann getötet haben? Was für Feinde hatte Arjun Baba?«

»Er hatte keine Feinde – und keine Freunde, außer mir. Ich weiß nicht, wer das getan haben kann. Aber ich war es nicht. Ich war es nicht.«

Im feinen Staub vor der Hütte des alten Mannes leuchtete es weiß auf. Vorsichtig stieg Dominic über die mageren braunen Beine hinweg und bückte sich, um das kleine Ding aufzuheben, das niemandem aufgefallen war. Zusammengerollt und so leicht wie eine Feder lag es in seiner Hand – eine dünne grüne Schnur, in die welke Jasminblüten geflochten waren. Sie waren welk und beschmutzt, doch ihr Duft war noch nicht verweht. Er sah, dass die grüne Schnur nicht losgebunden, sondern abgerissen war.

Anjli war hier gewesen.

Ganz vage und verschwommen begann sich ein Bild, eine Vorstellung zu formen. Anjli war hier gewesen, und das Blumenband, das sie getragen hatte, war ihr gewaltsam vom Arm gerissen worden, vielleicht im Kampf. Und der alte Mann, der einzige, der noch von jenen übrig war, die in der Nacht von Satyavans Verschwinden im Haus gewohnt hatten, war tot. Anjli hatte ihm ein Andenken gegeben und ihn zu überreden versucht, ihr zu sagen, was er wusste. Und am vergangenen Abend hatte Anjli eine Botschaft auf einem beschmutzten Zettel erhalten; einen Brief, den ein Bote gebracht hatte, und der sie veranlasst hatte, sich heimlich, vor Tagesanbruch, davonzuschleichen. Sie war hierher gekommen. Das bezeugte das Armband aus Jasminblüten.

Er wandte sich dem Polizeibeamten zu und sprach mit lauter Stimme, um sich Gehör zu verschaffen.

»Haben Sie sich eigentlich Arjun Babas Sachen angesehen? Darf ich fragen, was Sie gefunden haben?«

»Seine Sachen? Sahib, ein solcher Mann hat keine Besitztümer – eine Feuerstelle, ein Lendentuch, eine Decke –«

»Aber ist Ihnen denn nicht aufgefallen, dass die Decke nicht hier ist? Und es war kalt heute Nacht.«

Das war richtig. Der Polizeibeamte warf einen raschen Blick in die Hütte und wandte sich wieder Dominic zu, den er auf einmal recht interessant fand. Mit etwas mehr Respekt zählte er die wenigen Dinge auf, die Arjun Babas Eigentum waren.

»Sonst nichts? Auch nicht eine kleine Goldmünze?«

Ein Achselzucken und ein nachsichtiges Lächeln. »Woher hätte der alte Mann eine Goldmünze haben sollen?«

War dann vielleicht das kleine Andenken zurückgeschickt worden, um Anjli hierher zu locken? Wenn ja, von wem? Von Arjun Baba? Oder von seinem Mörder? Eine goldene Münze, um sie in der Dunkelheit zu einem Treffen zu locken; eine Decke, um ihre Schreie zu ersticken …

»Ich kann Ihnen sagen, woher er die Goldmünze hatte«, sagte Dominic. »Von einem jungen Mädchen, das vor einigen Tagen mit uns hierher kam und ihm den Golddollar gab, den sie als Talisman zu tragen pflegte. Wir sind hierher gekommen, weil wir auf der Suche nach ihr sind, und ich glaube, es ist wirklich am besten, wenn wir Ihnen jetzt einmal die ganze Geschichte erzählen, denn es sieht so aus, als wäre sie in der Nacht hier gewesen und als hätte der Mörder von Arjun Baba auch Anjli entführt. Können wir nicht ins Haus gehen, wo es ruhiger ist?«

Es wäre wahrscheinlich viel rascher gegangen, wenn es jemandem gelungen wäre, Vasudevs an Hysterie grenzende Schreckensschreie und Selbstvorwürfe zum Verstummen zu bringen. Waren seine Proteste und Beteuerungen nicht vielleicht eine Spur übertrieben? Tossa spürte das Prickeln der Nervosität. Gewiss, Vasudev hatte sie bereitwillig und auf schnellstem Weg hierher gebracht, doch war das nicht vielleicht einfach ein Teil eines sorgsam durchdachten Plans? Der überaus besorgte Verwandte, dem sein Gewissen keine Ruhe lässt, weil er glaubt, die junge Tochter seines Vetters vernachlässigt zu haben. Wer würde hinter dieser Fassade einen Mörder und Kidnapper vermuten? Das Vermögen der Kumars war groß, und der pflichtbewusste Geschäftsführer, der dieses Vermögen in den letzten zwölf Monaten verwaltet hatte, hatte sich inzwischen sicherlich daran gewöhnt, in Millionenbeträgen zu denken. Wen würde es groß wundern, wenn …?

»Es steht also fest«, rekapitulierte der Polizeibeamte mit einigem Scharfblick, »dass nicht nur der Vater dieser jungen Dame ein überaus vermögender Mann ist, sondern dass auch die Mutter mit den Gütern dieser Welt gesegnet ist. Wenn sie, wie Sie sagen, tatsächlich entführt worden ist, dann können wir das Motiv nur in Gewinnsucht suchen. Ein anderes bekanntes Motiv für eine Entführung gibt es fast nicht, es sei denn, das Ziel einer solchen Entführung wäre heimliche Heirat. Aus Liebe natürlich. Somit lautet also die erste Frage, die sich stellt, folgendermaßen: Wie viele Menschen hier in Indien haben gewusst, dass Miss Kumar eine große Summe Geldes wert ist? Sämtliche Mitglieder dieser Filmgesellschaft, das ist gewiss. Die meisten von ihnen sind Inder. Sie wissen, dass die Kumars Millionäre sind. Die anderen, die Amerikaner, die vielleicht über die Familie Kumar nicht so gut informiert sind, würden auf jeden Fall wissen, dass Miss Kumars Mutter berühmt und vermögend ist.«

»Und das wäre nicht das Einzige«, warf Dominic ein. »Amerikanische Filmstars heiraten keine armen Inder.«

»Sehr gut beobachtet. Geld, Mr Felse, kommt meistens zu Geld. Damit hat also die gesamte Filmgesellschaft Bescheid gewusst. Und wer noch? Die Mitglieder Ihres Haushalts, Mr Kumar, waren sich doch nach dem Besuch der jungen Dame am Sterbebett von Mrs Kumar gewiss auch über den Wert Ihrer Verwandten im Klaren. Unter Hausangestellten spricht sich so etwas schnell herum, und Sie haben eine große Zahl von Angestellten. Dann dürfen wir auch diesen Jungen hier nicht vergessen, Kishan Singh. Er ist beileibe nicht dumm, und wir wissen, dass Miss Kumar ihm ausdrücklich erklärt hatte, wer sie ist und –«

»Nachdem ich das bereits getan hatte«, warf Dominic ein. Er konnte sich Kishan Singh einfach nicht als Mörder und Kidnapper vorstellen.

»Natürlich. Trotzdem bleibt die Tatsache bestehen, dass er nach den Leuten vom Filmteam der Erste war, der von Miss Kumars Aufenthalt hier erfuhr. Doch damit ist der Kreis der Verdächtigen sicherlich noch nicht geschlossen. Filmstars machen Schlagzeilen. Es ist durchaus möglich, dass die Zeitungen in Indien über die Ankunft Miss Kumars in unserem Land berichtet haben. Ein einziger aufmerksamer Passagier beim Flug kann die Neuigkeit weiterberichtet haben. Und nach Ihrer Ankunft hier können gewisse Leute Miss Kumar beobachtet haben.«

»Da käme ja fast jeder hier in Indien als Täter in Frage«, stellte Dominic zweifelnd fest.

»Ja, aber trotzdem stehen natürlich jene Leute, die mit Miss Kumar direkt in Berührung gekommen sind, in der ersten Reihe der Verdächtigen. Wir werden auf jeden Fall alle Personen, die in Frage kommen, gründlich unter die Lupe nehmen. Darauf können Sie sich verlassen. Es bleibt allerdings auch noch die Möglichkeit, dass Miss Kumar in Freiheit ist und sich aus Gründen, die nur ihr selbst bekannt sind, versteckt hält. Vielleicht darf ich Ihnen einen Auftrag geben, Mr Kumar? Ich weiß zwar, dass Miss Kumar kein Hindi spricht, aber vielleicht würde eine Annonce in den englischsprachigen Zeitungen Erfolg bringen. Ich halte es durchaus für möglich, dass sie die Zeitungen liest, wenn sie in Freiheit ist. Sie wird kaum der Versuchung widerstehen können, nachzusehen, was man über sie zu berichten hat.«

Vasudev klammerte sich an diesen Vorschlag wie ein Ertrinkender in hoher See an einen Rettungsring. Wenn er handeln konnte, war er in seinem Element. Mit einem Sprung war er aus seinem Sessel aufgestanden und blickte auf seine Uhr.

»Ich werde sofort dafür sorgen. Für die Abendzeitungen dürfte es noch nicht zu spät sein. Bitte entschuldigen Sie mich. Oh, meine Gäste! Können Sie dafür sorgen, dass sie zur Stadt zurückgebracht werden? Oder kann ich später zurückkommen …?«

»Machen Sie sich darüber kein Kopfzerbrechen«, sagte Tossa. »Auf der Hauptstraße ist ja ein Taxistand.«

»Dann entschuldigen Sie mich jetzt? Und bitte setzen Sie sich gleich mit mir in Verbindung, wenn Sie etwas Neues hören. Ich werde selbstverständlich das Gleiche tun. Auf Wiedersehen.«

Mit einem kleinen, ledergebundenen Notizbuch in der einen und einem Kugelschreiber in der anderen Hand eilte er hinaus, um schleunigst seine Anzeige aufzugeben. Vielleicht waren seine Erleichterung und sein Eifer echt; vielleicht waren sie gespielt. Das ließ sich im Moment nicht feststellen.

Der Polizeibeamte stand mit gerunzelter Stirn am Fenster und blickte hinaus, bis der Mercedes aufheulte und abbrauste. Nach dem düsteren Ausdruck auf seinem Gesicht zu urteilen, als er sich wieder umdrehte, war es ihm nicht gelungen, sich über Vasudev ein klares Bild zu machen. Vielleicht hatte er auch über Dominic und Tossa seine Zweifel. Anjli war schließlich eine Menge Geld wert. Wer wusste das besser als die beiden jungen Leute, die man ihr als Betreuer mitgegeben hatte?

»Jetzt möchte ich Ihnen noch einige Fragen stellen, Mr Felse.« Es stellte sich heraus, dass es nicht nur einige Fragen waren, sondern eine ganze Reihe von Fragen. Waren er oder Tossa früher jemals mit der Familie Kumar in Berührung gekommen? Was wussten sie über die Familie? Es lag auf der Hand, dass alle Gedanken an Vasudev für den Augenblick beiseite gelegt waren. Geduldig berichteten sie dem Polizeibeamten in allen Einzelheiten von ihrer kurzen Bekanntschaft mit den Kumars.

Hatten sie vielleicht in geheimer Verbindung mit Kishan Singh gestanden? Es war ihnen doch sicherlich klar, dass Kishan Singh, selbst wenn jemand mit höherer Intelligenz den Plan ausgeheckt haben sollte, am ehesten als Handlanger und Komplice in Frage kam?

»Er wäre der letzte«, sagte Dominic im Brustton der Überzeugung, »den ich mir als Komplicen für ein schmutziges Geschäft aussuchen würde.«

»Ein unschuldsvolles Gesicht kann eine Gabe Gottes sein, die selbst jenen manchmal geschenkt wird, die einer solchen Gabe unwürdig sind. Aber wir sprachen ja nicht ausdrücklich von Ihnen. Kishan Singh kann sich den Plan sogar selbst ausgedacht haben, nachdem er die Szene zwischen dem alten Mann und dem jungen Mädchen beobachtet hatte. Sie sagten doch, er hätte die Sache mit angesehen, nicht wahr? – Gut. Es wäre mehr als leicht für ihn gewesen, der jungen Dame das Goldstück zu schicken und sie aufzufordern, hierher zu kommen. In diesem Punkt haben Sie Recht, da bin ich sicher. Diese impulsive Handlung von ihr kann sogar den Anstoß zu dem Verbrechen gegeben haben.«

Hatten sie sonst noch etwas hinzuzufügen? Hatten sie vielleicht irgendeine Einzelheit ausgelassen oder vergessen? Dominic war inzwischen eingefallen, dass er nichts davon erwähnt hatte, dass er an jenem Abend, als Anjli der Brief überbracht worden war, die Melodie Ashoks gehört oder zu hören geglaubt hatte. Doch er hatte gesehen, wie der Hase lief, und beschloss, diese Kleinigkeit lieber für sich zu behalten – jedenfalls vorläufig. Das Problem war sowieso schon verwirrend genug, warum da noch etwas hinzuzufügen, was er nicht einmal mit Bestimmtheit als Tatsache angeben konnte und was allenfalls neue Verwirrung stiften würde?

»Sehr gut, dann wollen wir es für den Moment dabei bewenden lassen. Sie sind im Keen-Hotel erreichbar, nicht wahr? Ich muss Sie bitten, Delhi vorläufig nicht zu verlassen.«

»Wir haben keine Reisepläne«, erwiderte Dominic. »Wir bleiben hier, bis Anjli gefunden ist. Und ich hoffe, Sie haben nicht vor, Kishan Singh in Haft zu nehmen, denn auch er wird jederzeit für Sie erreichbar sein, wenn Sie ihn brauchen. Er wird das Haus nicht verlassen.«

»Sie scheinen sehr besorgt um den Jungen, Mr Felse. Das ist großmütig von Ihnen – und interessant.«

»Ich bin besorgt, weil er noch so jung und ganz allein ist. Sie wissen ja, dass seine Herrin gestorben ist, und seine Familie lebt nicht in Delhi. Und ich bin sicher, dass er vollkommen unschuldig ist. Arjun Baba war ihm so heilig wie die Spatzen, die hier im Haus aus und ein fliegen. Der Junge war für ihn vor Mrs Kumar verantwortlich, die er tief verehrt hat –«

»– und die, wie Sie eben bemerkt haben, jetzt tot ist. Der Tod eines Menschen kann in jenen, die ihm nahe standen, umwälzende Veränderungen bewirken.«

Ihre Stimmen klangen plötzlich laut, und da erst fiel Tossa auf, dass draußen alles still geworden war. Sie hob den Kopf und lauschte nach draußen, doch sie hörte nichts als ein sanftes Murmeln, das unglaublich friedvoll und beschwichtigend klang.

»Leise!«, rief sie, und aus reiner Überraschung verstummten die beiden Männer. »Es ist ganz still geworden. Was ist denn geschehen?«

Die wohltuende Ruhe verzauberte sie einen Moment. Der Polizeibeamte drehte sich um und schritt zum Fenster. Dominic und Tossa hefteten sich an seine Fersen. Sie starrten zu dritt in den Garten hinunter und vergaßen alle Unstimmigkeiten.

Vor dem Gartentor stand ein höchst auffallender Wagen. Nur ein Rolls-Royce hatte so geräuschlos vorfahren können, dass man sein Nahen gar nicht bemerkte. Es war ein uralter Rolls-Royce, und er war, nach dem Zustand der ehrwürdigen Karosserie zu urteilen, nicht einmal sonderlich gepflegt, wenn auch allem Anschein nach der Motor sich in erstklassiger Verfassung befand. Die Kinder umdrängten voller Neugier und Entzücken den Wagen und wurden, wenn nötig, freundlich von dem hoch gewachsenen, schlanken Fahrer verscheucht, der in Kakishorts und kurzer, gegürteter Jacke auf dem Trittbrett hockte. Die Frauen vor dem Tor waren verstummt und zu einer dekorativen Gruppe erstarrt. Sie blickten mit Mienen der Bekümmerung und der Ehrfurcht hinüber zu jener Stelle, wo die Leiche Arjun Babas lag. Neben dem Toten stand ein Mann, der auf eine eigene unaufdringliche Weise ebenso bemerkenswert war wie sein Wagen.

Der Mann war nicht groß. Er brauchte sich nicht niederzubeugen, um Kishan Singh den Arm um die Schultern zu legen, und Kishan Singh war stämmig und untersetzt. Dennoch vermittelte der Mann den Eindruck, als überragte er alle Menschen in seiner Umgebung. Das mochte an der kerzengeraden, unnahbaren Haltung seines Körpers liegen; vielleicht aber auch an der stolzen Art, wie er leicht nach hinten geneigt den schmalen, kahl geschorenen Kopf trug. Es war keine natürliche Haltung, doch gekünstelt oder gewollt wirkte sie nicht. Er wusste, was er war, und setzte dieses Wissen ganz zur Erreichung seiner Ziele ein, die keiner kannte. Das gebräunte Gesicht, schmal geschnitten und entwaffnend milde und sanft im Ausdruck, wurde von großen, dunklen Augen belebt. Der Kopf wirkte wie gemeißelt, beinahe asketisch in seiner Magerkeit, und das wohlwollende Lächeln auf seinem Gesicht war beruhigend und doch aufrührend. Er trug ein Gewand aus safranfarbenem Tuch, das in starren Falten auf seine Knöchel niederwallte. Die Füße in den ausgetretenen Sandalen sahen aus wie die Füße eines Bronzeskeletts.

Er hatte den Arm um Kishan Singh gelegt, und die Aura seines Schutzes schien den Jungen wie ein Glorienschein zu umfließen. Die beiden Polizeibeamten wirkten jetzt wie Randfiguren eines religiösen Gemäldes.

Die eindrucksvolle Gestalt spürte den Blick der Beobachter, die sich am Fenster eingefunden hatten. Er hob den Kopf und forderte sie mit einer höflichen Handbewegung auf, herbeizukommen, um das Bild zu vervollständigen.

Da ihnen auf die stumme, aber gebieterische Aufforderung des Mannes keine bessere Antwort einfiel, marschierten sie gehorsam hinaus in den Garten.

7

»Sie müssen verzeihen«, sagte der Neuankömmling, »dass ich zu einem so ungelegenen Zeitpunkt hier erscheine. Wir hatten keine Ahnung, dass wir mitten in eine tragische Begebenheit hineingeraten würden. Mein Name ist Premanathanand. Ich bin Beamter der Landwirtschaftlichen Mission und bin heute hierher gekommen, um meinen alten Freund Satyavan Kumar zu besuchen. Ich war bis vor kurzem auf Reisen und habe lange keine Gelegenheit gehabt, ihn zu sehen. Doch diese Frauen hier sagten mir – und auch der Junge – ein guter Junge, ich kannte ihn schon in Mrs Kumars Haus in

Kangra –, dass Mr Kumar gegenwärtig nicht hier ist. Man hat mir ferner erzählt, dass hier ein junges Mädchen aus der Obhut seiner Betreuer verschwunden zu sein scheint.«

Das konnte er nur von Kishan Singh gehört haben. Er war der Einzige gewesen, der mit angehört haben konnte, was zwischen Dominic und dem Polizeibeamten gesprochen worden war, ehe sie sich ins Haus zurückgezogen hatten. Wenn Kishan Singh diesem Mann so vertraute, dachte Dominic, dann hatte er ihm sicherlich auch berichtet, dass Satyavan schon seit über einem Jahr verschwunden war und dass niemand, nicht einmal seine eigene Mutter, gewusst hatte, wo er war, und dass man auch jetzt von seinem Verbleib keine Ahnung hatte. Schon diese Tatsache ließ Dominic den Mann interessant erscheinen, und noch interessanter wurde er ihm, als er so beiläufig über die Abwesenheit Satyavans hinwegging, als wäre dieser nur für ein Wochenende verreist.

Und jetzt, da Dominic Gelegenheit hatte, den Mann aus der Nähe zu betrachten, fand er dieses fremde Gesicht ungewöhnlich zwiespältig, offen und unzugänglich zugleich, gebend und zurückhaltend, genau wie sein Lächeln tröstete und beunruhigte. Jedes Detail, das man sich besah, war so alltäglich wie das staubige Land Indiens; das safranfarbene Gewand war, wenn man näher hinsah, abgetragen, ein wenig verblichen, ausgefranst am Saum; der braune Strickschal, der um seine Schultern lag, war hier und dort geflickt; die Hände waren sehnig, mit groben Gelenken, an Arbeit gewöhnt; die Brille auf der schmalen, geraden Nase saß in einem Stahlrahmen mit leicht verbogenen Bügeln, und das eine Glas war dicker als das andere, sodass die Brille stets ein wenig schief saß und das eine Auge hinter dem dickeren Glas überraschend groß wirkte. Dennoch war der Gesamteindruck so überwältigend, dass die Details gar nicht ins Gewicht fielen.

»Es steht mir nicht zu«, sagte er mit höflichem Lächeln zu

dem Polizeibeamten, »über eine Angelegenheit Fragen zu stellen, die mich allem Anschein nach nichts angeht. Dennoch kann ich als Freund des Vaters des jungen Mädchens nicht umhin, mir Sorgen um ihr Schicksal zu machen.«

Gewiss, es mochte ihm nicht zustehen, Fragen zu stellen, doch er hatte keinen Zweifel daran gelassen, dass er einen Bericht wünschte, und der Polizeibeamte berichtete ihm. Die intelligenten braunen Augen mit den schweren Lidern wanderten von einem Gesicht zum anderen, nahmen Kenntnis von den Rollen, die jeder Einzelne in diesem Drama spielte, richteten sich mit mildem Lächeln auf Tossa und Dominic, starrten nachdenklich auf den kleinen, schlaffen Körper, der jetzt vor der Sonne und den neugierigen Blicken mit einem weißen Tuch geschützt war.

»Es hat den Anschein«, meinte er schließlich, »als hätte jemand, der von Miss Kumars Geschenk und der Bitte an Arjun Baba wusste, sich dieses Wissen zu Nutze gemacht, um sie hierher zu locken und zu entführen. Um den Plan reibungslos durchführen zu können, musste der Täter Arjun Baba beseitigen. Er brauchte ja das Andenken, das Miss Kumar Arjun Baba geschenkt hatte, und wollte seinen Platz einnehmen, um das junge Mädchen zu täuschen, wenn es hier ankam. Es sieht daher ganz so aus, als hätten wir es – obwohl zwei Verbrechen vorliegen – nur mit einem Täter zu tun. Sind Sie da nicht meiner Meinung?«

»Ich bin zum gleichen Schluss gekommen, Swami«, erwiderte der Sikh respektvoll.

»Es wäre somit wohl am besten, wenn man sich auf die Klärung jenes Verbrechens konzentrierte, das die beste Möglichkeit bietet, zu retten, was noch zu retten ist, und den Täter festzunehmen. Arjun Baba ist tot und kann nicht mehr gerettet werden. Doch das junge Mädchen ist am Leben und muss am Leben erhalten werden, wenn der Täter sein Lösegeld bekommen will. Deshalb kann es noch gerettet werden, wenn wir mit Umsicht und Klugheit zu Werke gehen. Derjenige, der Arjun Baba getötet hat, kann im Moment nur ein Interesse haben: sich zu verbergen und unterzutauchen. Derjenige jedoch, der das Mädchen entführt hat, muss sich bemerkbar machen, um aus seiner Handlung den erhofften Gewinn zu erzielen. Deshalb muss der Täter den ersten Schritt tun, und es kann sein, dass er sich dann verrät.«

»Genau, Swami. Und deshalb ist klar, dass wir uns auf die Entführung des jungen Mädchens konzentrieren müssen, wenn wir den Mörder finden wollen.«

»Ich bewundere Ihren Scharfsinn, Inspektor«, sagte der Swami ohne Ironie. »Wenn ich Sie richtig verstanden habe, gelangen Sie genau wie ich zu dem Schluss, dass sich, da der Vater des jungen Mädchens nicht hier ist und nichts von diesem Verbrechen weiß, zwei Möglichkeiten ergeben: Entweder weiß der Verbrecher, wo der Vater zu finden ist, und hat vor, sich direkt mit ihm in Verbindung zu setzen; oder er weiß es nicht und beabsichtigt, mit der gleichfalls vermögenden Mutter Kontakt aufzunehmen. Oder mit ihren Vertretern.« Sein Blick ruhte auf Tossa und Dominic und kehrte dann zu dem Polizeibeamten zurück. »Ich bin froh, dass dieser ernste Fall in den Händen eines so fähigen Beamten ruht. Wenn ich Ihnen in irgendeiner Weise behilflich sein kann, dann geben Sie mir bitte Bescheid. Sie wissen doch, wo unser Sitz in Delhi ist?«

»Ja, das weiß ich, Swami. Jeder weiß es.«

»Gut. Was immer ich für Satyavan und seine Tochter tun kann, will ich gern tun. Und der Junge hier kann weiterhin für das Haus sorgen? Es wäre mir angenehm, und ich würde für ihn bürgen.«

»Ich hatte nicht die Absicht, ihn zu verhaften, Swami.«

Das konnte wahr sein, es konnte aber auch nur eine Geste des Entgegenkommens diesem geachteten und bemerkenswerten Mann gegenüber sein. Doch Kishan Singh würde froh sein über diese Entscheidung, ganz gleich, aus welchem Motiv heraus sie getroffen worden war.

»Dann werde ich Sie jetzt nicht weiter von der Arbeit abhalten. Ach ja, eines noch. Arjun Baba hat weder Frau noch Söhne. Wenn Sie seine Leiche freigeben, dann bitte ich Sie, mich zu benachrichtigen, damit ich für seine Bestattung Sorge tragen kann.«

»Wie Sie wünschen, Swami«

Die milden braunen Augen des Swami richteten sich nachdenklich auf Tossa und Dominic.

»Es tut mir Leid«, sagte er höflich, »dass Sie auf so traurige Art und Weise mit unserem Land Bekanntschaft machen müssen. Wenn Sie ins Zentrum der Stadt zurückwollen, kann ich Sie gern mitnehmen. Es ist genug Platz, wenn es Ihnen nichts ausmacht, den Fond des Wagens mit einigen Getreideproben zu teilen, die wir bei uns haben. Und ich würde mich freuen, wenn Sie bei mir im Büro eine Tasse Kaffee trinken würden.«

»Vielen Dank«, erwiderte Dominic. »Das wäre sehr nett.«

Die Polizeibeamten, die Frauen am Tor, sogar die wilden Kinder nahmen unwillkürlich Haltung an, als der Swami Premanathanand, von den beiden Engländern gefolgt, durch den Garten hinausschritt zur Straße. Der hoch gewachsene, schlanke Fahrer richtete sich geschmeidig auf und öffnete den Gästen die Tür zum Fond. Doch niemand achtete auf ihn oder die jungen Leute. Aller Augen waren auf den Swami gerichtet. Er besaß die Gabe, Aufmerksamkeit auf sich zu ziehen, wenn er wollte, und ebenso abzulenken, wenn er wollte. In diesem Moment beliebte es ihm, gesehen zu werden. Er ließ sich auf dem Platz neben dem gleichmütigen Fahrer nieder. Kleine Säcke mit Getreidekörnern waren auf dem Boden aufgeschichtet, doch den Füßen der Fahrgäste kaum im Weg. Mit Pomp und Würde fuhren sie ab und ließen den Schauplatz von Arjun Babas Tod hinter sich.

Der Hauptsitz der Landwirtschaftlichen Mission befand sich in Alt-Delhi, nicht weit von den überbevölkerten Bezirken rund um den Sadar Bazaar. Sie hatten eigentlich erwartet, dass der Wagen irgendwo in einem stillen Teil der Stadt vor einem weitläufigen Gebäude inmitten grüner Rasenflächen anhalten würde; stattdessen jedoch schlängelte sich das ehrwürdige Vehikel zwischen Ziegen, Karren, Fahrrädern und Kindern hindurch und rollte schließlich in einen engen, kleinen Hof, der von einer Reihe einfacher, aber solide gebauter Hütten gebildet wurde.

In einem winzigen, kahlen Büro standen zwei Männer über einen mit Papieren beladenen Tisch gebeugt und diskutierten mit gedämpften Stimmen, während am anderen Ende des Tisches ein Mädchen auf einer museumsreifen Schreibmaschine tippte. Alle drei blickten kurz auf, lächelten flüchtig und wandten sich gleich wieder mit Eifer ihrer Arbeit zu. In einem Raum dahinter boten ein niedriger Tisch und mehrere Klappstühle den Gästen etwas mehr Bequemlichkeit.

Das Mädchen, das an der Maschine gesessen hatte, brachte Kaffee, und der Swami setzte sich nach europäischer Art mit ihnen an den Tisch. Gleich darauf erschien schweigend auch der Fahrer und setzte sich nach indischer Art abseits. In respektvollem Schweigen, doch ganz und gar unbefangen, trank er seinen Kaffee aus der gesprungenen Tasse, während er aus intelligenten dunklen Augen mit gezügelter, aber unverhohlener Neugier die Gruppe am Tisch beobachtete. Er hatte seine Sandalen vor der Schwelle abgelegt. Die schlanken braunen Beine hatte er geschmeidig unter sich gekreuzt, und die Hände lagen in seinem Schoß, groß und kräftig. Der Swami wandte sich, wenn er etwas bestätigt haben wollte, ohne zu zögern an ihn.

»Girish wird sich erinnern, wann Satyavan mich hier das letzte Mal besucht hat. Es muss länger als ein Jahr her sein.«

»Es war im September letzten Jahres«, bestätigte Girish.

Der Klang seiner Stimme war ruhig und tief, und sein Englisch war so klar wie das seines Herrn. Ohne zu lächeln blickte er dem Swami ins Gesicht.

»Ich kann Ihnen natürlich Ihre Verantwortung nicht abnehmen. Ihnen ist das Kind anvertraut worden, und Sie wissen am besten, was seine Mutter wünscht. Sie haben der Polizei alles gesagt, was Sie wissen, und nun überlegen Sie natürlich, was Sie sonst noch tun können und müssen. Wenn Sie mich irgendwann brauchen, wenn Sie einen Wunsch haben, so können Sie mich hier erreichen. Schreiben Sie sich die Telefonnummer auf, dann können Sie mich jederzeit anrufen.«

Er wusste inzwischen, wo sie in Delhi zu erreichen waren, wusste alles, was es über sie zu wissen gab, sogar das eine, was sie der Polizei verschwiegen hatten. Milde lächelnd saß er ihnen gegenüber, und sie berichteten ihm Dinge, von denen sie selbst nicht einmal gewusst hatten, dass sie sie dachten.

»Aber das ist einfach unwahrscheinlich«, sagte Tossa zweifelnd. »Dominic ist zwar musikalisch, aber ich kann nicht glauben, dass er jenen Raga auf Anhieb erkannte – wo er ihn doch nur einmal gehört hatte.«

»Aber das ist ja gerade der springende Punkt«, wandte Dominic ein. »Ich habe gar nicht behauptet, den Raga erkannt zu haben. Ich habe ein Volkslied gehört, eine Melodie, von der Ashok selbst gesagt hat, dass sie jedem beim ersten Mal ins Ohr gehen müsste. Und je mehr ich darüber nachdenke, desto überzeugter bin ich, dass es genau die Wirkung hatte, die Ashok sich erhofft. Ich wette, dass auch jemand, der Brahms' Wiegenlied zum ersten Mal hört, es später auf Anhieb erkennen würde.«

»Aber Sie sagten mir doch, dass sich das Filmteam gegenwärtig in Benares aufhält. Und dieser Mann, der Regisseur –«

»Mr Felder«, warf Dominic ein.

»Sie erzählten, dass er ein alter Freund von der Mutter des Kindes ist. Würden Sie sagen, dass er ihr volles Vertrauen besitzt?«

»O ja. Bestimmt.«

»Da nun beide Eltern nicht erreichbar sind, kann er Ihnen vielleicht am besten raten? Doch Sie werden sich selbst überlegen, was Sie zu tun haben, und es steht mir nicht zu, mich einzumischen. Wenn ich glaube, Ihnen irgendwie behilflich sein zu können, werde ich mich mit Ihnen in Verbindung setzen. Und wenn Sie irgendetwas von dem Kind hören, dann lassen Sie es mich bitte wissen.«

Sie versprachen es und dankten ihm für seine Gastfreundschaft.

»Girish wird Sie in Ihr Hotel zurückbringen.«

Auf der Fahrt zum Keen-Hotel saß Dominic neben dem wortkargen Fahrer und musterte verstohlen das Profil des Mannes. Ein Gesicht mit klaren Zügen, schmaler, gebogener Nase, einem stolzen, vollen Mund und eingefallenen Wangen unter scharf hervortretenden Backenknochen. Wenn er lächelte, erhellte sich sein ganzes Gesicht. Doch er lächelte nur einmal, als Tossa unsicher fragte, was denn der Swami nun eigentlich wäre, Mönch, Priester, Brahmane oder was.

»Der Swami ist er selbst. Er passt sich keiner vorgeschriebenen Ordnung an. Er tut selten das, was von ihm erwartet oder verlangt wird – er ist viel zu sehr damit beschäftigt, das zu tun, was er tun will und was getan werden muss. Ich glaube nicht, dass eine bestimmte Gruppe es wagen würde, ihn als einen der Ihren zu erklären.«

»Und was tut diese Landwirtschaftliche Mission, für die er arbeitet?«

»Sie bemüht sich, den Viehbestand zu verbessern – doch das ist ein Kampf ohne Ende – und die Bauern mit besseren und fortschrittlicheren Methoden vertraut zu machen. Das geschieht durch Dorfkooperativen, kleine, gemeinsam erstellte Bewässerungsanlagen, besseres Saatgut, neue Erntemethoden. Wir versuchen, uns überall da einzusetzen, wo Verbesserungen nötig und durchführbar sind. Wir versuchen, solche Dorfkooperativen so weit hochzupäppeln, dass sie schließlich keine Zuschüsse mehr brauchen, sondern aus eigener Kraft und eigenem Einkommen weiterarbeiten. Wenn man schuldenfrei ist, beneiden einen die anderen. Wenn man einen Gewinn nachweisen kann, dient das anderen als Ansporn. Wir haben auch einige Waisenhäuser, wo elternlose Kinder, die sich sonst allein mit Betteln durchbringen müssten, bei der Arbeit mithelfen und sich ihr Brot verdienen können. Selbst ein Siebenjähriger kann schon allerhand leisten.«

»Sieben ...« Tossa riss ungläubig den Mund auf. »Aber so kleine Kinder – so kleine Kinder sind hier schon ganz sich selbst überlassen?«

»Vollkommen«, stimmte er zu. Der altehrwürdige Rolls-Royce bog in gemessener Fahrt in die Auffahrt zum Keen-Hotel ein. »Auch in unserem Land«, sagte Girish, während er den Blick auf die Straße zwischen den hohen Hecken gerichtet hielt, »gibt es Kinder, die von ihren Eltern vernachlässigt und verlassen werden.«

Sie besprachen es beim Mittagessen, auf das keiner von beiden Appetit hatte, und gelangten zu einem Entschluss. Selbst wenn der Swami nichts davon erwähnt hätte, wären sie wahrscheinlich zu eben diesem Schluss gelangt.

»Auch wenn jetzt die Polizei eingeschaltet ist«, stellte Dominic fest, »können wir uns unserer Verantwortung nicht entziehen. Wir müssen irgendjemanden davon unterrichten, was geschehen ist. Kumar ist unerreichbar, und Dorette – na, du weißt wahrscheinlich genauso gut wie ich, wie viel Sinn es hätte, Dorette anzurufen. Sie würde höchstens einen hysterischen Anfall bekommen. Und selbst hierher fliegen würde sie garantiert nicht. Der Film ist ja noch nicht fertig. Das ist leider die nüchterne Wahrheit. Und selbst wenn sie herkommen würde, wäre sie uns bestimmt keine Hilfe. Aber wir haben ja immer noch Felder. Sie selbst hat sich an ihn gewandt, als sie hier jemanden brauchte. In gewissem Sinn ist er also Dorettes Vertreter. Und er ist vernünftig und kennt sich hier aus. Wenn er uns rät, Dorette anzurufen, dann können wir es immer noch tun. Aber vorläufig schlage ich vor, wir halten uns erst einmal an ihn.«

Sie ließen sich also mit dem Clark-Hotel in Benares verbinden und hatten Glück. Das Team war eben zum Mittagessen erschienen. Der Klang von Felders lebhafter Stimme war an sich schon ermutigend, und die Promptheit, mit der er seine Entscheidung traf, tröstlich.

»Tun Sie vorläufig gar nichts. Ich werde mich so bald wie möglich bei Ihnen melden. Wir sind zwar mit den Aufnahmen noch nicht fertig, aber schließlich haben wir es hier mit einem Notfall zu tun. Da müssen die eben mal eine Weile ohne mich zurechtkommen. Heute Nachmittag geht eine Maschine nach Delhi. Wenn ich noch einen Platz bekomme, bin ich gegen Abend da. Nur keine Sorge. Das Büro der Fluggesellschaft ist hier im Hotel. Bleiben Sie im Hotel, für den Fall, dass sich jemand melden sollte. Ich komme auf dem schnellsten Weg zu Ihnen.«

»Melden?«, echote Dominic verständnislos.

»Na ja, die Entführer können den Vater ja nicht erreichen, wenn niemand weiß, wo er sich aufhält. Und Dorette ist schließlich über Sie beide am leichtesten und schnellsten zu erreichen, oder nicht?«

Um sieben Uhr abends traf Ernest Felder, der in letzter Minute noch einen Platz in der Nachmittagsmaschine hatte buchen können, im Keen-Hotel ein. Sein braun gebranntes, sonst immer vergnügtes Gesicht war ausnahmsweise tiefernst. Beim Abendessen mussten sie ihm die ganze Geschichte in allen Einzelheiten noch einmal erzählen. Er gab keine Kommentare, schimpfte nicht, fluchte nicht. Er hörte nur zu, schweigend, nur hin und wieder mit einer Frage unterbrechend, um ihnen weiterzuhelfen. Und allein seine Anwesenheit und seine ungeteilte Konzentration auf das, was sie ihm zu berichten hatten, wirkte beruhigend auf sie.

»Jetzt wollen wir uns mal nicht durch Unwesentliches verwirren lassen. Tatsache ist, dass jemand Dorries Tochter entführt hat. Und der einzige Grund für diese Entführung ist meiner Ansicht nach Geld. Der Täter wusste genau, was Anjli wert ist. Sie hat nicht nur einen reichen Vater, sondern auch eine reiche und berühmte Mutter.«

Sie mussten dem zustimmen.

»Wenn die Täter aber an das Geld herankommen wollen, dann müssen sie sich melden. Und wie schon gesagt – der Vater ist nicht erreichbar, oder aber die Kidnapper wissen mehr als wir. Wenn sie wissen, wie sie mit ihm Verbindung aufnehmen können, umso besser. Das wird ihn zwingen, sich zu zeigen, und wir können uns alle zusammentun. Aber wenn sie nicht wissen, wie er zu erreichen ist, dann werden sie versuchen, sich an Dorrie zu halten. Ich möchte allerdings annehmen, dass sie gar nicht versuchen werden, sich mit Dorrie direkt in Verbindung zu setzen. Wenn man Lösegeldforderungen über die Grenzen schicken will, bis nach Europa, sind bestimmt Komplikationen zu befürchten. Nein, ich glaube, dass man vielmehr ganz sichergehen wird und über Sie an Dorrie herantreten wird. Sie sind gewissermaßen Dorries Vertreter. Sie sind von ihr als Anjlis Betreuer eingesetzt worden. Ich versichere Ihnen, dass Sie von Anjlis Entführern hören werden, und zwar schon bald.«

»Wenn sie Geld verlangen«, sagte Dominic fest, »müssen wir zahlen. Wir können Anjlis Leben nicht aufs Spiel setzen.«

»Auf keinen Fall«, stimmte Felder zu. »Die Anweisungen, die man Ihnen geben wird, müssen bis ins Detail befolgt werden. Wir können keine Risiken eingehen. – Wie steht es eigentlich mit diesem Vasudev, Anjlis Verwandtem? Glauben Sie, dass man sich vielleicht mit ihm in Verbindung setzen wird? Familie wird hier groß geschrieben. Kann gut sein, dass die Entführer damit rechnen, dass er zahlt, wenn es um das Leben einer Verwandten geht. Immer vorausgesetzt natürlich, dass er Zugang zum Familienvermögen hat. Ich weiß nicht, was da für Regelungen getroffen worden sind.«

Tossa und Dominic wussten es auch nicht. Aus ihren Stimmen war eine gewisse Zurückhaltung zu hören, als sie von Vasudev sprachen.

»Natürlich, ich verstehe. Er könnte durch Anjlis Verschwinden nur gewinnen. Aber vielleicht ist er ehrlich, vielleicht ist er unschuldig. Und wenn er's nicht ist, dann kann's auf keinen Fall schaden, ihm hin und wieder auf den Pelz zu rücken. Vielleicht verplappert er sich doch einmal. Aber eines steht fest: Die Entführer müssen von dem Golddollar gewusst haben, und Vasudev wusste nichts davon – jedenfalls nicht durch Sie. Er hat erst heute –«

»Ja, aber er kann es ja von Kishan Singh erfahren haben«, bemerkte Tossa. »Wir haben ihm gesagt, dass wir direkt von Satyavans Haus kämen. Es ist doch gut möglich, dass er hinterher Kishan Singh ausgefragt hat.«

»Das ist wahr. Es kann sogar ein Nachbar beobachtet haben, wie sie dem alten Mann den Dollar gegeben hat. Auch sämtliche Leute von unserem Team können von der Sache gewusst haben – durch das Telefongespräch mit Ashok, wo Sie ihm alles berichteten, was sich abgespielt hatte, weil Sie mich selbst nicht direkt erreichen konnten. Aber die meisten unserer Leute sind noch in Benares und sind auch schon dort gewesen, als Anjli entführt wurde.«

Dominic legte plötzlich seine Gabel nieder.

»Die meisten?«, fragte er. »Ich dachte, Sie wären *alle* nach Benares geflogen.«

»Ja, natürlich, alle, die mit der Produktion direkt zu tun haben zumindest, und fast alle Schauspieler. Kamala natürlich nicht – Yashodhara spielt in den Szenen in der Wildnis keine Rolle. Das ist der Punkt, wo die Entwicklung der heiligen Bruderschaft beginnt. Da haben die Frauen eine Weile nichts zu tun.«

»Aha.« Dominic sagte sich im Stillen, dass er, wie Anjli, das Buch hätte lesen sollen. Alle Frauen waren also in Delhi geblieben. Er dachte einen Moment nach und fragte dann möglichst beiläufig: »Und Ashok?«

»Ashok? In Indien hetzt man einen Künstler von seinem Rang nicht durch die Weltgeschichte. Die letzten Aufnahmen zeigen wir Ashok hier in Delhi. Er sieht sie sich drei- bis viermal an, meditiert eine Weile und präsentiert uns dann die Musik, wenn er so weit ist. Natürlich verbringt er viel Zeit mit uns in Hauz Khas, aber das tut er mehr oder weniger zum eigenen Vergnügen. Es würde ihm nicht einfallen, sich einen ganzen Drehtag lang mit uns abzuplagen.«

»Aha«, sagte Dominic wieder und nahm im Stillen neuerlich Revisionen vor. »Er gehört dann wohl in die gleiche Klasse wie ein berühmter Filmstar, wie?«

»So ungefähr. Ich weiß, woran Sie denken – die Melodie, die Sie den Burschen pfeifen hörten, der durch den Garten davonging. Aber Sie wissen ja nicht einmal, ob das der Mann war, der den Brief gebracht hat! Und, lieber Himmel, es ist durchaus möglich, dass die Straßenkehrer oder die Fahrer, die sich draußen bei der Villa herumtreiben, das Lied aufgeschnappt haben, als Ashok es spielte. Es sollte ja ins Ohr gehen. Und wenn er Aufnahmen macht, dann gibt er sich nicht damit zufrieden, die Sache einmal abzuspielen, das können Sie mir glauben. Nein, wegen dieser Sache würde ich mir keine Gedanken machen.«

Dominic konnte verstehen, dass Felder nicht überzeugt war. Tossa hatte sich ja auch nicht überzeugen lassen. Nicht einmal er selbst war überzeugt.

»Macht es Ihnen etwas aus, wenn ich heute Abend eine Weile hier bleibe? Nur für den Fall, dass etwas geschieht.«

»Im Gegenteil.«

»Ich fände jetzt doch keine Ruhe, wenn ich Sie hier allein sitzen lassen würde«, erklärte Felder beinahe entschuldigend.

Sie begaben sich in Dominics Zimmer und warteten den ganzen Abend. Die Spannung war so unerträglich, dass nach einer Weile sogar die Unterhaltung ins Stocken geriet. Acht Uhr ging vorüber und nichts geschah, um die Spannung zu lösen. Neun Uhr, und immer noch nichts. Halb zehn Uhr …

Felder schüttelte den Kopf und seufzte.

»Heute Abend wird sich niemand mehr melden. Vielleicht hat man sich doch an Vasudev gehalten?«

In diesem Moment klingelte das Telefon.

Sie fuhren alle drei so erregt hoch, als wäre ein Schuss abgefeuert worden. Alle drei sprangen auf und starrten auf den Apparat, streckten sogar die Arme aus, um den Hörer abzunehmen, und hielten dann in letzter Minute inne, als hätten sie Angst. Dominic blickte zu Felder hinüber.

»Ja«, sagte Felder hastig. »Nehmen Sie den Anruf an. Warten Sie aber, bis ich die Tür geöffnet habe und heben Sie dann erst ab. Wenn es einer der Entführer ist, dann geben Sie mir ein Zeichen. Ich laufe dann hinunter zur Zentrale und sehe zu, ob sich nicht feststellen lässt, woher der Anruf kommt. Und wenn es die Entführer sein sollten, dann halten Sie sie hin. Legen Sie ja nicht auf. Reden Sie, machen Sie Einwendungen. Sie müssen dafür sorgen, dass der Bursche lange genug am Apparat bleibt. Und merken Sie sich jedes Wort, das er sagt.«

Mit drei hastigen Sprüngen war er an der Tür und riss sie auf. Dominic hob den Hörer ab.

»Hallo! Hier Dominic Felse!«

»Sie sind der Herr, der gewisse Wertsachen verloren hat«, rief eine hohe, schrille, durchdringende Stimme in sein Ohr. »Ich habe sie. Sie können sie zurückerhalten.«

Dominics Mund war plötzlich wie ausgedörrt. Sekundenlang konnte er keinen Ton hervorbringen. Mühsam nickte er Felder zu, und der Mann glitt lautlos durch die Tür hinaus, zog sie sachte hinter sich zu und ließ die Klinke so behutsam los, dass ihr Einschnappen nicht zu hören war.

Die Stimme am Telefon schrillte ungeduldig: »Ich weiß, dass Sie mich hören können. Sie wollen Ihr Eigentum zurückhaben. Ich kann es liefern. Gegen einen angemessenen Finderlohn natürlich.«

Eine alte Stimme, dachte Dominic, oder zumindest die Stimme einer älteren Person. Jedes Mal, wenn sie laut wurde, drohte sie überzuschnappen. Sie war ohne Timbre, ohne Kraft. Zuerst konnte er sich nicht klar werden, ob es eine männliche oder eine weibliche Stimme war. Eine männliche, dachte er dann. Nervös befeuchtete er die Lippen. Und dann begann er ganz instinktiv sein Verzögerungsmanöver.

»Wer spricht dort? Haben Sie auch wirklich die richtige Nummer? Hier ist Dominic Felse. Wollten Sie mich sprechen?«

»Ich glaube, dass eher Sie mich sprechen wollen, mein Freund«, versetzte die Stimme so schrill, dass es ihn schmerzte. »Das heißt, wenn Sie Miss Kumar wiedersehen wollen.«

»Woher soll ich wissen, dass Sie tatsächlich Informationen über Miss Kumar besitzen? Von wo aus sprechen Sie? Wer sind Sie? Woher wissen Sie überhaupt von der Sache?«

»Wirklich eine originelle Frage – woher weiß ich überhaupt von der Sache!? Ich weiß davon, weil ich Miss Kumar hier bei mir habe. Keine Angst, es geschieht ihr nichts. Sie wollen Beweise? Miss Kumar hat einen amerikanischen Pass ...«

Erbarmungslos leierte die durchdringende alte Stimme die Passnummer, den Ausstellungsort und das Ausstellungsdatum und die Personalbeschreibung Anjlis herunter. In das Schweigen, das darauf folgte, klang grausam das gellende Kichern des Sprechers. »Für zweihunderttausend Rupien können Sie die Dame wiederhaben. Zweihunderttausend in bar.«

»Aber das ist unmöglich. Sie müssen uns Zeit lassen. Woher sollen wir so schnell zweihunderttausend Rupien in bar bekommen?«, protestierte Dominic, während er sich das Hirn nach weiteren Ausreden und Einwendungen zermarterte, mit denen er den Mann hinhalten konnte, und gleichzeitig versuchte, sich jedes seiner Worte einzuprägen. »Ich glaube nicht, dass Sie sie wirklich haben. Sie können ja ihre Handtasche gefunden haben, oder vielleicht haben Sie sie auch gestohlen und sind so an den Pass gekommen. Wenn sie wirklich bei Ihnen ist, dann lassen Sie mich mit ihr sprechen. Erst dann glaube ich –«

Die Stimme unterbrach ihn mit Schärfe.

»Wenn Sie sie wiederhaben wollen, dann hören Sie jetzt genau zu! Sie beschaffen sich die zweihunderttausend Rupien, und zwar in gemischten Scheinen. Die Scheine stecken Sie in eine billige schwarze Schultasche. Und am Sonntag um zwei Uhr –«

»Am Sonntag«, rief Dominic entsetzt. »Aber das sind ja nur noch zwei Tage! Wie sollen wir da –«

»Am Sonntag um zwei Uhr, habe ich gesagt, kommen Sie und das Mädchen zum Birla-Tempel hinaus. Sie geben Ihre Schuhe bei dem lahmen Jungen ab, der vorn an der Treppe sitzt, gleich rechts. Und mit den Schuhen geben Sie auch die Mappe mit dem Geld ab. Dann gehen Sie in den Tempel hinein und bleiben eine halbe Stunde drinnen. Nicht eine Minute weniger! Versuchen Sie ja nicht zu beobachten, was vor sich geht, und verraten Sie weder der Polizei noch sonst einem Menschen ein Wort, wenn Sie das Mädchen lebend wiedersehen wollen. Wenn Sie aus dem Tempel herauskommen, ziehen Sie Ihre Schuhe wieder an und kehren in Ihr Hotel zurück. Am Sonntagabend rufe ich Sie wieder an, und dann werden wir die Übergabe des Mädchens besprechen – wenn Sie getan haben, was ich Ihnen eben gesagt habe.«

»Aber so hören Sie doch. Wir sind ja bereit, alles zu tun. Aber Sie müssen uns Zeit geben. Sie müssen uns mehr Zeit geben –«

»Sonntag. Wenn Sie sie wiedersehen wollen.«

Es knackte in der Leitung, und die Verbindung war abgebrochen. Dominic hielt wie betäubt einen Moment lang den Hörer in der Hand. Dann legte er ihn sehr sachte auf die Gabel. Seine Knie gaben plötzlich unter ihm nach, und er setzte sich rasch.

»Mein Gott, das ist unmöglich. Das können wir nicht. Es ist einfach nicht zu machen. Weder per Telegramm noch per Telefon.«

»Was denn?«, fragte Tossa drängend. »Was hat er gesagt? Was will er?«

»Er will zweihunderttausend Rupien, und zwar am Sonntag. Am Sonntag! Jetzt müssen wir Dorette Lester anrufen. Wir haben gar keine Wahl. Trotzdem bezweifle ich, dass wir das Geld in dieser kurzen Zeit bekommen können, ganz gleich, was wir unternehmen – ganz gleich, was sie unternimmt.«

»Wir müssen es schaffen. Es muss doch einen Weg geben. Ich weiß nicht einmal«, sagte sie ratlos, »wie viel zweihunderttausend Rupien eigentlich sind. Es klingt wie ein Vermögen.«

Sie starrten einander noch immer hilflos an, als die Tür sich öffnete und Felder eintrat. Die beiden erregten Gesichter wandten sich ihm zu, wenn auch ohne große Hoffnung. Er schüttelte niedergeschlagen den Kopf.

»Eine öffentliche Telefonzelle irgendwo in der Stadtmitte.

Mehr ließ sich nicht feststellen. Wahrscheinlich kam der Anruf vom Connaught Circus. Da braucht er nur aus der Zelle herauszutreten, und schon kann er im Menschengewühl verschwinden. Was hat er denn gesagt?«

Dominic räusperte sich und berichtete Tossa und Felder fast Wort für Wort den Inhalt des Gesprächs. Eine solche Unterhaltung ließ sich nicht so leicht vergessen.

»Er hat sich nicht irgendwie verraten – irgendetwas über sich selbst gesagt, was Rückschlüsse auf seine Person zuließe? Wie klang denn seine Stimme? – Ich vermute doch«, fügte er von plötzlichem Zweifel überfallen hinzu, »dass es ein ›er‹ war?«

»Ja, ich glaube schon. Ich bin sicher. Aber zuerst war ich mir nicht ganz klar. Es war so eine hohe, dünne Stimme – alt. Nein, er hat sich nicht verraten. Und jetzt«, sagte Dominic, »bleibt uns nichts anderes übrig, als Miss Lester zu benachrichtigen und zu hoffen, dass sie uns das Geld rechtzeitig telegrafisch überweisen kann. Mein Gott, Sonntag. Da haben hier die Banken bestimmt nicht offen. Bleibt uns also nur morgen.«

»Vasudev ist ja auch noch da«, wandte Tossa zweifelnd ein.

»Nein«, versetzte Dominic entschieden. Er hatte seine Zweifel über den guten Vasudev. Selbst wenn der allem Anschein nach um die Tochter seines Vetters so besorgte Verwandte nicht selbst die Entführung inszeniert haben sollte, war es durchaus möglich, dass ihm das Verschwinden des Kindes, das ihm möglicherweise den Weg zu den Millionen der Kumars versperren konnte, höchst gelegen kam und dass er daher allenfalls versuchen würde, die Zahlung des Lösegelds zu verhindern, anstatt sie zu beschleunigen. Doch diese Gedanken sprach Dominic nicht aus. »Nein«, sagte er noch einmal. »Wir sind gewarnt worden. Wir dürfen keinem Menschen etwas verraten. Vielleicht wissen die Entführer nicht, dass wir uns schon mit Mr Felder zusammengetan haben, aber ich wette, wenn wir uns an Vasudev wenden würden, dann würde ihnen das garantiert nicht entgehen. Wir können keine Risiken eingehen. Es geht um Anjlis Leben.«

»Das ist auch gar nicht nötig«, sagte Felder langsam. Er ließ sich schwerfällig in einen Sessel sinken, und die massiven Schultern unter dem teuren Stoff des maßgeschneiderten Jacketts erschlafften plötzlich, als wäre er sehr müde. »Es ist auch nicht nötig, Dorrie in Angst zu versetzen – noch nicht. Und wenn alles gut geht, wird es auch nicht mehr nötig werden. Wir werden das Geld beschaffen, und zwar zur rechten Zeit. Wie Sie sagen, es geht um Anjlis Leben. Da dürfen wir nichts riskieren.«

Sie starrten ihn voller Verwunderung an, unterdrückten noch tapfer die aufkeimende Hoffnung, dass er eine Patentlösung zur Hand hatte.

»Nein, ich selbst habe so viel Geld nicht hier. Sehen Sie mich nicht so an. Ich persönlich habe das Geld nicht, aber die Gesellschaft hat es. Wir haben hier auf der Bank einen Haufen Geld liegen, um die Kosten für den Buddhafilm zu decken. Wenn ich da zweihunderttausend Rupien abhebe, sind wir deshalb noch lange nicht pleite. Und wenn nötig, genügt meine Unterschrift, um einen solchen Betrag abzuheben. Wenn ich irgendetwas, was Anjli helfen kann, ungeschehen lassen sollte, wäre ich nicht im Stande, Dorrie je wieder ins Gesicht zu sehen. Und sie wird die Schuld bezahlen, sobald sie die Zusammenhänge erfährt. Morgen werde ich das Geld abheben. Sie können eine billige, schwarze Schultasche kaufen, genau so, wie er gesagt hat, und dann zahlen wir. Oder vielmehr – Sie zahlen, und ich halte mich im Verborgenen und versuche, die Schuhe im Auge zu behalten.«

Röte der Erleichterung schoss Tossa ins Gesicht, und ihre Augen leuchteten auf. Dominic stieß einen tiefen Seufzer der Dankbarkeit aus.

»O Himmel! Wenn das möglich wäre! Aber können wir

denn das Geld wirklich einfach so ausleihen? Sie würden doch dann am Sonntag nicht versuchen, irgendetwas zu unternehmen, oder? Ich meine, wir haben uns verpflichtet, die Anweisungen einzuhalten – um Anjlis willen.«

»Nein, natürlich würde ich nichts tun. Aber ich würde auf jeden Fall versuchen, die Person zu verfolgen, die die Schulmappe abholt. Wenn wir Anjli erst zurückhaben, werde ich diesen Burschen die Polizei auf den Hals hetzen.«

»Aber glauben Sie denn, dass es nicht auffällt, wenn Sie da herumstehen?«

»Sie haben den Lakschminarayan-Tempel noch nicht an einem Sonntagnachmittag erlebt! Da geht's zu wie auf einem Jahrmarkt. Nein, da fällt ein Einzelner bestimmt nicht auf. Es wird mir vielleicht nicht ganz leicht fallen, unseren Kunden im Auge zu behalten, aber wir brauchen auf keinen Fall zu fürchten, dass er mich entdeckt. Einen Versuch ist es wert.«

»Er hat aber Birla-Tempel gesagt«, bemerkte Dominic.

»Das ist ein und dasselbe, mein Junge. Der Tempel ist Lakschmi geweiht, und die Familie Birla hat ihn erbaut. Irgendetwas mussten sie ja mit ihrem Geld anfangen.«

Ein leichter Unterton der Bitterkeit schwang in der ironischen Stimme. Kein Wunder in Anbetracht der Situation, in der sie sich zur Zeit befanden.

»Ich kann Ihnen gar nicht sagen«, rief Dominic überschwänglich, »wie dankbar wir Ihnen für Ihre Hilfe sind.«

»Nur keinen Wirbel, mein Junge. Dorrie ist eine alte Freundin von mir, und sie hat mich schließlich gebeten, Ihnen im Notfall Hilfestellung zu leisten. Aber ich glaube, heute Abend mache ich mich lieber durch den Garten davon, was meinen Sie? Und ich glaube, wir treffen uns in den nächsten Tagen auch nur, wenn wir ganz sicher sein können, dass uns keiner beobachtet.«

Er stand auf und streckte sich müde. Hin und wieder sah

er doch recht alt und verbraucht aus, aber das erlaubte er sich nur, wenn er kein großes Publikum hatte.

»Kann ich denn nicht irgendetwas tun?«, erkundigte sich Dominic eifrig, der sich darüber im Klaren war, dass er seine Verantwortung in einem Maß auf einen anderen abgewälzt hatte, das beschämend und doch zugleich erleichternd war.

»Doch, Sie können etwas tun. Sie können morgen früh losgehen – vielleicht am besten allein, wenn es Miss Barber nichts ausmacht – und eine billige, schwarze Schultasche besorgen. Irgendwo in der Gegend vom Connaught Place finden Sie bestimmt das Richtige. Und dann wäre ich Ihnen dankbar, wenn Sie um halb elf Uhr in der State Bank of India, in der Parliament Street, auf mich warten könnten. Wenn unsere Freunde Sie da hineingehen sehen, können sie das nur als gutes Vorzeichen auffassen. Und ich komme allein. Mich kennen sie nicht. Da holen wir dann unsere zweihunderttausend Rupien ab – ich würde sagen, das sind ungefähr elftausend Pfund, grob geschätzt. Wir verpacken das Geld, stecken es in die Schulmappe, und in ein paar Tagen haben wir Anjli gesund und wohlbehalten wieder.«

8

Am Samstagmorgen hob er das Geld vom Konto der Filmgesellschaft in der State Bank of India in der Parliament Street ab. Dominic war mit seiner kleinen schwarzen Schultasche aus Plastik schon da, ehe Felder eintraf. So hatte er Gelegenheit, mit Bewunderung festzustellen, wie gut sich sein Bekannter nach einer Nacht gesunden Schlafs wieder erholt hatte. Von dem Abgespanntsein des vergangenen Abends war nichts mehr zu merken. Felder wirkte wie immer salopp und jugendlich in seinem maßgeschneiderten grauen Anzug.

Der Schalterbeamte tat so, als handelte es sich um eine ganz alltägliche Transaktion, und war höchst beflissen und diensteifrig. Felder hatte seine eigene Aktentasche mitgebracht, ein wesentlich repräsentableres Stück als die billige schwarze Mappe. Er spielte gekonnt und sicher die Rolle des selbstsicheren Geschäftsmanns. Selbst sein Tonfall, als er dem Schalterbeamten den Betrag nannte, war so beiläufig und uninteressiert, als führte er täglich solche Transaktionen durch.

Damit war dieser Teil also erledigt. Mit zweihunderttausend Rupien in gemischten Scheinen in einem großen, braunen, versiegelten Umschlag, der ganz amtlich und geschäftlich wirkte, schlenderten sie gemächlich vom Schalter weg. Es war fast so, als wäre Anjli schon in Sicherheit. Plötzlich schien es Dominic, als wäre eine Ewigkeit vergangen, seit er zum letzten Mal ihr Gesicht gesehen oder ihre Stimme gehört hatte.

»Stecken Sie es jetzt in die Mappe«, riet Felder mit leiser Stimme und streckte ihm den braunen Umschlag entgegen, noch ehe sie von der Tür her gesehen werden konnten. »Oder wäre es Ihnen lieber, wenn ich das Geld bis morgen im Bürosafe verwahre?«

»Ja, behalten Sie es. Sie können es ja morgen am Empfang für uns abgeben. Das fällt bestimmt nicht auf. Im Hotel gehen immer Leute ein und aus. Wenn mich nämlich jetzt jemand beobachtet, kommt er womöglich auf den schlauen Gedanken, mir das Geld abzunehmen, ehe ich wieder im Hotel bin und dann noch mehr zu verlangen. Man muss mit allem rechnen.«

»Schön, wie Sie meinen.« Felder zuckte die Achseln. »Da werde ich wohl die Verantwortung übernehmen müssen.«

Der Umschlag verschwand in der braunen, ledernen Aktentasche. Aktenmappen dieser Art gehörten hier zum täglichen Bild. Kleine, schwarze Schultaschen jedoch, wie Dominic eine trug, waren viel seltener in diesem Tempel des

Mammon. Dominic war froh, dass er einige Bücher mitgenommen hatte, die dem armseligen Täschchen etwas Gewichtigkeit verliehen. Von außen konnte man ja nicht erkennen, ob die Tasche Geldbündel oder nur Bücher enthielt.

»Bis morgen früh dann. So gegen zehn. Ich bringe das Geld zum Empfang. Am liebsten wäre es mir, wenn Sie irgendwo in der Nähe sein könnten. Und wenn Sie am Nachmittag im Tempel waren, dann kommen Sie hinterher auf eine Tasse Tee zu ›Nirula‹. Ich warte dort auf Sie.«

»Wird gemacht«, versprach Dominic.

»Gehen Sie jetzt voraus. Ich komme dann in zehn Minuten nach.«

Dominic marschierte raschen Schrittes durch die hohe Tür des imposanten Gebäudes hinaus und die Parliament Street hinunter.

Es war der längste Samstag, den sie je durchzustehen hatten, und das einzig Gute, was ihnen geblieben war, waren die Hoffnung, Anjli bald wieder zu sehen, und die Tatsache, dass sie diese nervenaufreibenden Stunden zusammen verbringen konnten. Felder ließ sich nicht blicken, und das war sicherlich ganz richtig so. Sie nahmen auch mit keinem Menschen Verbindung auf, um dem Feind, wenn er sie unter Beobachtung halten sollte, die Gewissheit zu geben, dass seine Anweisungen gewissenhaft befolgt wurden. Sie blieben fast den ganzen Tag im Hotel, machten nur gegen Mittag einen Spaziergang durch den Lodi-Park und setzten sich eine Weile inmitten von Blumen und blühenden Büschen in die Sonne. Doch sie wagten nicht, allzu lange wegzubleiben. Es konnte ja jederzeit eine Nachricht oder ein Anruf kommen.

In der Nacht schliefen sie schlecht und unruhig. Felder, in der Villa in Hauz Khas, ging es nicht besser. Beim ersten Strahl der Morgensonne waren sie alle drei auf den Beinen und sehnten den Nachmittag herbei. Den Birla-Tempel kann man von Delhis Einkaufszentrum um den Connaught Place herum ganz bequem erreichen. Man hält sich einfach in westlicher Richtung und wandert ungefähr anderthalb Kilometer die Lady Hardinge Road entlang, und schon ist man da. Man darf allerdings keine historische Gedenkstätte erwarten. Der Tempel wurde erbaut, als sich die britische Herrschaft über Indien ihrem Ende zuneigte, ein Symbol für die Ganzheit aller indischen Religionen, und gehört nun ebenso den orthodoxen Brahmanen wie den Sikhs, den Buddhisten und allen anderen, die offenen Sinnes und mit Andacht seine Hallen betreten. Er ist Naryan und seiner Gemahlin Lakschmi geweiht, doch auch andere hinduistische Gottheiten haben Ehrenplätze in seinem Inneren.

Was Dominic und Tossa sahen, als sie den weiten, freien Platz vor dem Tempel erreichten, war ein riesiger, verschnörkelter Bau, der in mehreren Terrassen angelegt war und sich über einer breiten Treppe erhob. Das Gebäude wurde von drei hohen, schlanken, spitz zulaufenden Türmen vervollständigt, jeder mit einer goldgelben Zwiebelkuppel gekrönt. Die Türme waren weiß, mit gelben Verzierungen, und die terrassenförmig ineinander übergehenden Bauten darunter leuchteten weiß und rostrot, rot und gelb, hier und dort in Grün eingefasst, mit Arkaden, Bogengängen und Balustraden versehen. Felder hatte nicht übertrieben. Das Gelände um den Tempel herum glich einem Jahrmarkt, von dem eine unbeschwerte Menschenmenge in Sonntagslaune Besitz ergriffen hatte.

Vorsichtig überquerten sie den großen Platz. Dominic hielt die kleine schwarze Aktentasche, in der der Umschlag mit dem Geld verstaut war, fest an sich gedrückt.

Neben der breiten Treppe, die ins Innere des Tempels führte, war ein Kordon parallel zur Tempelmauer gezogen, hinter dem etwa ein halbes Dutzend Wächter mit scharfem Auge lange Reihen von Schuhen, Sandalen und Stiefeln bewachten, die die Gläubigen hier abgegeben hatten. Unmittelbar rechts von der Treppe hockte ein magerer, kleiner Junge mit großen dunklen Augen, das eine Bein, sichtbar am Knöchel deformiert, vor sich ausgestreckt wie ein Stück, das nicht zu ihm gehörte. Neben ihm lag eine selbst zurechtgeschnitzte Krücke.

Tossa und Dominic schlüpften aus den Schuhen und streckten sie dem Jungen über die Absperrung hinweg entgegen. Der Junge – wie alt mochte er sein? – dreizehn? – nahm die Schuhe entgegen, und Dominic drückte ihm ein Trinkgeld in die Hand. Gewissenhaft stellte der Junge die beiden Paare nebeneinander auf und klemmte dann die Aktenmappe aufrecht dazwischen. Steckte er mit den Entführern unter einer Decke? Nein, nicht unbedingt. Der Täter konnte jemand sein, den er kannte und dem er vertraute, der ihm eine plausible Geschichte aufgetischt hatte oder der schon einen festen Plan hatte, wie er den Jungen ablenken würde, um an die Aktentasche heranzukommen.

Sie stiegen die Stufen hinauf. Durch die bogenförmigen Türen strömten süße, schwere Düfte. Sie durchschritten weitläufige Hallen, hell beleuchtet, mit Wänden aus buntem Stein und Marmor. Und überall wimmelte es von neugierigen, geschwätzigen, ehrfürchtigen Menschen und Scharen von lebhaften, faszinierten Kindern. Stilisierte Götter hockten reglos meditierend inmitten von Blumenbergen, Glöckchen bimmelten, die unnahbaren Träumer zu erinnern, dass hier beharrlich Betende waren, die Aufmerksamkeit verlangten. Alles war frisch, naiv und festlich. Hier mischte sich die Religion mit dem Alltag, ohne Grenzen und ohne Unterschiede.

Das Sonnenlicht hinter ihnen verglomm, und feine Fäden blauen, duftenden Rauchs streiften ihre Gesichter. Man hatte ihnen befohlen, nicht nach ihren Schuhen zu sehen und frühestens nach einer halben Stunde den Tempel wieder zu verlassen. Sie befolgten die Anweisungen bis aufs I-Tüpfelchen.

Felder stand auf dem Bürgersteig gegenüber und folgte dem nicht versiegenden Strom von Menschen, dem Spiel der farbenprächtigen Saris, dem Flattern der Seidenschals. Ein Mensch allein konnte an einem Sonntagnachmittag so lange er wollte diese Straße auf und ab wandern. Es war höchst unwahrscheinlich, dass er bei diesem Gewimmel irgendjemandem auffallen würde. Von Zeit zu Zeit änderte er seinen Standort, zog sich für eine Weile in den Schatten von Häusermauern zurück, überquerte die Straße, um sich unter die Menge zu mischen, die vor dem Tempel wogte, erklomm sogar die Treppe und schlenderte ein Stück auf der offenen Terrasse entlang. Doch selten, und selbst dann nur für wenige Sekunden, wandte er den Blick von der kleinen schwarzen Schultasche, die aufrecht zwischen den beiden Schuhpaaren stand. Am Ende der Terrasse angelangt, stieg er wieder zur Straße hinunter und spazierte gemächlich am Absperrungsseil entlang, zwischen springlebendig hin und her flitzenden Kindern hindurch, an den wartenden Eltern vorbei, an den Händlern vorüber, die Armbänder aus Glasperlen, Gewürze, Süßigkeiten und duftende Blumengebinde feilboten. Eine halbe Stunde kann sich zur Ewigkeit dehnen.

Niemand außer jenen, die ihre Schuhe abgeben wollten, hatte sich bisher dem Winkel genähert, wo der lahme Junge saß. Die Schulmappe stand nicht weit vom Seil entfernt, in Reichweite für jeden Vorübergehenden, und der Junge hatte viel zu tun. Es war sicher nicht unmöglich, die Tasche einfach zu packen und mit ihr in der Menge unterzutauchen. Doch da stand sie noch immer, eingeklemmt zwischen Dominics und Tossas Schuhen.

Eine Viertelstunde war verstrichen, und noch immer war nichts geschehen. Er drehte sich um, um seine Wanderung wieder aufzunehmen, und prallte direkt gegen einen hoch gewachsenen, schlanken Mann in Kakihose und einem handgestrickten Pullover aus brauner Schafwolle. Der Mann hatte nichts auf dem Kopf und war glatt rasiert. Und nach der Art, wie er hastig und beinahe unterwürfig zurückwich, als er mit dem Fremden zusammenstieß, schloss Felder, dass er kein Einwohner Delhis war. Als Felder sich, aus irgendeinem Grund, den er nicht erklären konnte, umdrehte, um sich den Mann noch einmal anzusehen, stand dieser immer noch zögernd am Randstein und blickte dem Mann nach, den er angestoßen hatte. Er wirkte irgendwie verloren inmitten dieser unbeschwerten Menschenmenge, und irgendwie verwirrt, als hätte er plötzlich gemerkt, dass er am falschen Ort war.

Felder schlug sich den Mann aus dem Kopf und konzentrierte sich wieder auf die schwarze Schultasche. Doch acht Minuten später, als er auf demselben Weg wieder zurückkam, stand der Mann immer noch da, und jetzt wandte sich ihm das schmale Gesicht mit den markanten Zügen und den großen dunklen Augen mit unverhohlenem Interesse zu.

»Sahib, entschuldigen Sie«, sagte er leise und zögernd auf Englisch. »Können Sie mir vielleicht helfen? Ich bin fremd hier. Ich bin nicht aus Delhi. Ich komme aus den Bergen. Bitte, ist das hier der Birla-Tempel?«

»Ja, das ist er.«

Er hatte gar kein Verlangen danach, sich mit dem Fremden in ein Gespräch einzulassen, doch er konnte den Mann auch nicht einfach abschütteln. War es nicht möglich, dass dieses Zusammentreffen mehr als ein Zufall war? War es nicht möglich, dass jemand misstrauisch geworden war und ihn unter Beobachtung hielt, so wie er die Schultasche im Auge behielt?

»Und gibt es nicht auch ein Birla-Haus, Sahib? Ich wollte mir gern das Birla-Haus ansehen.«

In den Gärten dieses prinzlichen Palastes war Mahatma Gandhi erschossen worden. Doch er befindet sich mehr als drei Kilometer vom Tempel entfernt. Felder hielt es für möglich, dass ein einfacher Mann aus den Bergen, der zum ersten

Mal in Delhi war, erwarten würde, dass Tempel und Palast in unmittelbarer Nähe voneinander lagen.

»Ja, aber das ist nicht in dieser Gegend. Sie könnten mit dem Bus hinfahren. Es liegt im Süden.«

»Ich habe kein Geld für den Bus, Sahib.« Es war eine Feststellung, keine Bitte. »Ich laufe lieber, wenn Sie mir den Weg zeigen können.«

Felder musste zu diesem Zweck dem Tempel den Rücken zuwenden und seine Augen in genau die entgegengesetzte Richtung richten.

»Biegen Sie an der dritten Straße rechts ab. Das ist die Market Street. Da laufen Sie dann geradeaus bis zum Parlamentsgebäude. Das haben Sie doch gesehen?«

»Ja, Sahib.«

»Gut. Dann überqueren Sie den Rajpath und gehen geradeaus die Hastings Road hinunter. Am Ende der Hastings Road steht das Birla-Haus.«

Felder zeichnete mit dem Finger einen Stadtplan in die Luft, um die Richtung der einzelnen Straßen anzugeben. Die dunklen Augen folgten der Zeichnung aufmerksam und mit Verständnis.

»Sahib, das ist sehr gütig von Ihnen. Ich danke Ihnen.«

Große, schlanke Hände berührten einander unter dem Kinn. Unter Verbeugungen zog er sich zurück, drehte sich dann um und ging zielstrebig davon.

Felder stieß einen Seufzer der Erleichterung aus, als er ihn gehen sah. Es war also doch ganz in Ordnung. Der Mann war echt, kein feindlicher Beobachter, dem er aufgefallen war. Rasch wandte er sich um, und seine Augen suchten sogleich die kleine schwarze Tasche an der Seite des lahmen Jungen.

Die halbe Stunde war um. Dominic und Tossa traten aus der duftgeschwängerten Dämmerung des Tempels hinaus in das blendende Sonnenlicht. Die schwarze Schultasche war immer noch da.

In einem stillen Winkel bei »Nirula« setzten sie sich zum Tee zusammen. Felder hatte schon vor Eintreffen der beiden jungen Leute bestellt. Es war ihnen nicht nach Teetrinken zu Mute, doch er schenkte trotzdem ein. Jetzt brauchten sie jeden Trost, und wenn er noch so bescheiden war.

»Was ist denn nur schief gegangen?«, fragte Tossa, mehr sich selbst als die anderen, mit Tränen in den Augen. »Wir haben doch alles getan, was er gesagt hat. Wir haben keinem Menschen etwas verraten – von Ihnen kann er doch nichts gewusst haben –, und nicht einmal der Polizei haben wir etwas gesagt. Und Sie haben keine Ahnung, was das heißt, da Dominics Vater doch bei der Polizei ist und Dominic natürlich zuallererst immer gleich an die Polizei denkt, wenn was los ist. Und trotzdem haben wir alles so gemacht, wie diese Leute es haben wollten, obwohl es furchtbar ist, sich solchen Anweisungen beugen zu müssen. Ich verstehe das nicht. Warum ist die Tasche nicht abgeholt worden? Wie sollen wir Anjli da jemals zurückbekommen?«

Die Schultasche lag auf der gepolsterten Sitzbank zwischen ihnen, prall und schwer wie zuvor, als sie sie dem lahmen Jungen ausgehändigt hatten.

»Es ist unglaublich, Mr Felder. Was sollen wir denn jetzt tun? Warum hat man die Tasche nicht abgeholt? Sie können doch nichts von Ihnen gewusst haben, oder? Es ist doch nicht möglich, dass sie auf Sie aufmerksam geworden sind und die ganze Sache abgeblasen haben!« Sie schämte sich dieser Vermutung, sobald sie sie ausgesprochen hatte. Nach allem, was er für sie und Dominic getan hatte! »Nein – seien Sie mir nicht böse. Hören Sie gar nicht auf mich.«

»Ich glaube nicht, dass jemand mich bemerkt hat«, versicherte ihr Felder in ruhigem Ton.

Seine Augen glitten nachdenklich über die Schultasche hin. Plötzlich zog er die Brauen zusammen. In ganz anderem Ton, vorsichtig gedämpft, um keine eitlen Hoffnungen zu erwecken, sagte er: »Machen Sie sie auf. Wir wollen uns doch vergewissern. Machen Sie sie auf!«

Dominic starrte ihn an. Er schien gereizt. Dann plötzlich errötete er und gehorchte. Sie hatten überstürzte Schlüsse gezogen. Sie hatten nicht einmal nachgesehen. Er drückte mit dem Daumen fest auf das Schnappschloss. Wie leicht es aufsprang! Dann hielt er denselben braunen Umschlag in der Hand, den er selbst hineingelegt hatte. Er war versiegelt, offenbar unberührt. Niedergeschlagen starrte er auf ihn nieder. Sie waren alle drei zutiefst enttäuscht. Dann stieß Felder unvermittelt einen kleinen, erstickten Laut des Protests aus und nahm den Umschlag in die Hand und drehte ihn um. Er fuhr mit der Fingerspitze unter den durchsichtigen Klebstreifen, der die Klappe verschlossen hielt, und riss ihn auf. Auf seinen Schoß glitt ein fest verschnürtes Bündel zerschnittener Zeitungsblätter. Nicht ein Geldschein steckte in dem Paket.

»Mein Gott«, flüsterte Felder.

»Der Austausch«, stellte Dominic fest, »kann sehr schnell vor sich gegangen sein. Das Schloss lässt sich ja so leicht öffnen. Aber sie haben ein passendes, ähnliches Paket schon bereithaben müssen. Wenn sie mich gestern in die Bank haben gehen sehen ... Aber konnte man denn Gewicht und Umfang so genau abschätzen? Ist das überhaupt möglich? So ein Umschlag lässt sich wahrscheinlich überall kaufen. Aber diese genaue Schätzung ... Ist es zeitlich überhaupt möglich, dass der Austausch stattgefunden hat?«

»Ja, es ist möglich«, gestand Felder voller Bitterkeit. »Sie hatten ungefähr zweieinhalb bis drei Minuten Zeit. Länger war es auf keinen Fall, das kann ich beschwören. Ich traf mit einem Mann zusammen, der irgendwo aus den Bergen kam. Ich hatte schon das Gefühl, dass man ihn vielleicht auf mich angesetzt hatte, aber als er dann so prompt abzog ...« Er berichtete ihnen kurz und ohne Beschönigung. »Es kann sich höchstens um einen Zeitraum von drei Minuten gehandelt haben. Sofort, als ich ihm den Weg beschrieben hatte, machte er sich davon. Er hat sich nicht einmal umgedreht. Ich würde ihn auch wieder erkennen, da bin ich ganz sicher. Aber weiß der Himmel, wo er jetzt ist. Guter Gott, er wirkte so echt und natürlich, und als ich ihm Bescheid gesagt hatte, da marschierte er gleich ab.«

»Spielt denn das alles überhaupt eine Rolle?«, fragte Tossa unvermittelt. Ihre Augen leuchteten hell und voller Hoffnung. »Gut, es ist uns nicht gelungen, die Leute zu erkennen, aber das ist doch im Grund gar nicht wesentlich, oder? Das Geld ist abgeholt worden. Das ist die Hauptsache. Die Entführer haben bekommen, was sie verlangt haben. Sie haben uns versprochen, dass sie heute Abend anrufen würden, wenn wir ihre Anweisungen beachten. Sie haben versprochen anzurufen, um über Anjlis Übergabe zu verhandeln. Jetzt haben sie, was sie wollen. Warum sollen sie jetzt noch zögern, Anjli auf freien Fuß zu setzen? Es ist viel gefahrloser für sie, wenn sie Anjli jetzt freilassen. Ihr Geld haben sie ja eingestrichen.«

Sie hatte Recht, daran gab es keinen Zweifel. Es war zwar nicht alles so gelaufen, wie sie es sich vorgestellt hatten, aber auf die Frage, um die es einzig und allein ging, hatte das keinen Einfluss gehabt.

Und die Hauptfrage war und blieb Anjli.

Sie warteten den ganzen Abend in Dominics Zimmer im Hotel, in das sich auch Felder über die Gartentreppe und den Balkon eingeschlichen hatte. Acht Uhr ging vorüber, neun Uhr, halb zehn Uhr ... Das Telefon schwieg beharrlich.

Doch um Viertel vor zehn Uhr wurde plötzlich an die Tür geklopft. Dominic sprang auf.

Gelassen und ruhig wie immer, mit einem milden Lächeln auf dem Gesicht, schritt der Swami Premanathanand über die Schwelle. Unten im Hof stand würdig der Rolls-Royce.

9

»Ich hoffe«, sagte der Swami höflich, »Sie werden dieses späte und formlose Eindringen verzeihen.«

Er blickte von Dominic zu Felder, den er noch nicht kannte, und die klugen braunen Augen hinter den ungleichen Brillengläsern versanken tief im Schatten der schweren Lider.

»Es tut mir Leid, dass ich hier eine private Besprechung unterbrochen zu haben scheine. Aber Sie werden verstehen, dass ich mir über Mr Kumars Tochter Gedanken mache, die mir keine Ruhe lassen. Ich kann doch offen sprechen?«

»Ja, gewiss«, erwiderte Dominic, der mit sich selbst im Widerstreit lag und nicht wusste, wie er den inneren Kampf beilegen sollte. »Das ist Mr Felder, ein langjähriger und geschätzter Freund von Anjlis Mutter. Mr Felder führt hier in Indien in einem Film Regie und hat sich seit unserer Ankunft unserer angenommen. Und das ist der Swami Premanathanand von der Indischen Landwirtschaftlichen Mission, ein guter Freund von Mr Kumar.«

»Es ist mir eine Freude«, erklärte Felder warm. »Wir können einen Freund gebrauchen – und einen klugen Kopf. Wenn ich richtig vermute, weiß der Swami doch wohl, was vorgeht?«

»O ja«, erwiderte der Swami zurückhaltend und bescheiden und ließ sich in den Sessel sinken, den Dominic ihm anbot.

An diesem Abend trug er einen alten Trenchcoat ohne Gürtel über seinem safranfarbenen Gewand, und als er ihn ablegte, zeigte sich die eine seiner Schultern nackt und glatt und braun.

»Sie haben verlässliche Nachricht über Anjlis Verbleib erhalten?«

»Nein«, antwortete Tossa unglücklich. »Aber wir haben

einen Anruf bekommen, in dem man uns erklärte, dass man Lösegeld haben wollte.«

Sie sah nicht ein, warum sie irgendetwas hätte verheimlichen sollen. Mit Leidenschaft berichtete sie von den Ereignissen des Nachmittags.

»Und dabei sind wir keinen Schritt weitergekommen. Sie haben ihr Wort nicht gehalten. Wir haben den ganzen Abend hier auf den versprochenen Anruf gewartet, aber er kam nicht. Sie haben uns betrogen. Und wir wissen nicht, wie wir mit ihnen wieder Verbindung aufnehmen können. Wir haben das Geld praktisch zum Fenster hinausgeworfen, und dabei war es nicht einmal unser eigenes. Es muss zurückerstattet werden. Und ich kann den Gedanken einfach nicht ertragen –«

»Wenn man Geld gefordert und akzeptiert hat«, riss sie der Swami mit ruhiger Stimme aus ihren Selbstvorwürfen, »dann ist ganz offensichtlich Geld auch der Schlüssel zu weiteren Verhandlungen. Es war den Entführern ein leichtes, sich diesen ersten geforderten Betrag anzueignen, und ein solcher Erfolg wird dazu verführen, das Manöver zu wiederholen. Sind Sie nicht auch der Ansicht, Mr Felder? Sie sind doch ein erfahrener Mann von Welt und wissen, dass es Menschen gibt, für die ein dickes Bündel Banknoten der wertvollste Besitz ist. Und dann wieder gibt es andere, die Vermögen besitzen und bereit sind, sie zu verschenken, wenn sie sich damit etwas erkaufen können, was ihnen von viel höherem Wert ist.«

»Ich würde alles geben, was ich aufbringen kann«, erklärte Felder warm, »wenn ich damit Anjli zurückbringen könnte. Aber ich habe nicht nur mein Konto überzogen, sondern auch das der Gesellschaft angegriffen. Im Moment bin ich einfach bankrott. Wenn Dorrie einspringt, komme ich aus der Klemme natürlich wieder heraus. Wenn nicht, dann kann ich betteln gehen. Und was habe ich ihr erkauft? Nichts.«

»Sie haben getan, was Sie konnten. Jetzt ist es an anderen, ebenso viel zu tun, wie Sie getan haben. Und an ihnen ist es auch, das, was Sie getan haben, seinem echten Wert nach zu würdigen.«

Wohlwollend leuchtete das übernatürlich groß verzerrte Auge durch das dicke Brillenglas. Er hob die schlanke Hand mit den langen Fingern und nahm die Brille ab. Milde, kurzsichtige Augen zwinkerten Dominic gütig an.

»Seit ich mit Ihnen gesprochen habe, habe ich mich unablässig mit nur einer Frage beschäftigt – mit der Frage nämlich, wo Satyavan Kumar zu finden ist. Ich habe mich ans Telefon gesetzt und alle Möglichkeiten erwogen, alle jene geprüft, die ich für realistisch hielt. Er hat an mehreren Universitäten studiert, er hat an anderen gelehrt und Vorträge gehalten, er hat in Laboratorien an Forschungsprojekten mitgearbeitet. Er hat, nicht immer willig, in den Büros der Familienfirma gearbeitet. Doch hin und wieder hat er sich auch von der Welt zurückgezogen, um zu meditieren und seine Seele zu laben, in die Einsamkeit, in Klöster und Einsiedeleien … Und an einigen dieser Orte war ich mit ihm.« Er blickte auf, lächelte mit der warmherzigen Freude eines Kindes, das Geschenke bringt. »Ich habe«, erklärte er mit jungenhafter Burschikosität, die auf seine sonst so gemessene Rede überraschend wirkte, »Telefonate in rauen Mengen geführt. Aber es ist mir gelungen, Satyavan zu finden.«

»Wirklich?«, schrie Dominic und sprang freudig aus seinem Sessel hoch.

Damit war zwar das Problem noch lange nicht gelöst, damit waren er und Tossa ihrer Verantwortlichkeit nicht entbunden, doch die Welle der Erleichterung und der Entspannung, die ihn überschwemmte, riss ihn in einen Freudentaumel hinein. Wenn Anjlis Vater gefunden war, dann hatten sie jetzt eine elementare Macht auf ihrer Seite, die alle Hindernisse wie ein Wirbelsturm hinwegfegen würde.

»Wo war er denn nur die ganze Zeit? Was hat er gemacht?«

»Kommt er her?«, fragte Tossa, die gleich aufs Wesentliche kam.

»Wo er gewesen ist, kann ich Ihnen nicht sagen. Er war auf Wanderschaft. Gefunden habe ich ihn an einem jener Orte, wo wir manchmal gemeinsam Ruhe suchten, wenn wir sie brauchten. Den Menschen, denen man dort begegnet, stellt man nicht viele Fragen. Nur die Fragen sind wichtig: woher? – wohin? Ja, er kommt her. Morgen, kurz nach Mittag wird die Maschine aus Madras eintreffen.«

»Dann hat er also nicht gewusst«, fragte Tossa zitternd, »dass seine Mutter gestorben ist? Er hat die Zeitungen nicht gesehen?«

»Er erfuhr es erst, als es zu spät war. Man liest die Zeitungen nicht immer. Es gibt Zeiten, da ist es besser, keine Zeitung zu lesen, wenn man sich selbst finden will.«

»Dann mussten Sie es ihm also sagen?«, fragte sie mit Teilnahme. »Das muss für Sie sehr schwer gewesen sein. Und dann, seine Tochter –«

»Es ist niemals leicht«, erklärte der Swami, »in die Welt zurückzukehren. Erst wenn man ihr einmal den Rücken gekehrt hat, lernt man, wie schwer es ist. Doch einen anderen Weg vorwärts gibt es nicht, und keinen zurück. Ja, ich habe ihm alles berichtet, was ich ihm berichten musste. Und morgen Nachmittag wird er hier sein.«

»Aber was kann er denn tun?«, wollte Felder wissen. »Gott allein weiß, wie froh ich bin, dass er wieder aufgetaucht ist und seine Pflichten als Vater übernehmen kann. Er hat sich wirklich genug Zeit gelassen. Aber schließlich ist es Anjli, um die wir uns Sorgen machen, und inwiefern soll es ihm leichter fallen als uns, sie zurückzubringen? Lieber Gott, wir haben doch getan, was die Entführer von uns verlangten. Wir haben den Preis gezahlt, den sie forderten. Aber sie haben uns betrogen. Hat er denn mehr zu bieten als wir?«

»An die zwölf Millionen Rupien mehr«, antwortete der Swami Premanathanand mit der Kaltblütigkeit eines Bankiers oder eines Heiligen. »Sie dürfen nicht vergessen, dass wir es mit Leuten zu tun haben, die relativ Simples verlangen – Geld nämlich. Damit sind wir in starker Position, denn Satyavan hat ein Vermögen zur Verfügung, und ihm bedeutet Geld herzlich wenig. Er kann Geld praktisch aus dem Ärmel schütteln. Töchter hingegen haben einen viel höheren Wert. Er wird jede Summe zahlen, um Anjli zu befreien. Er hat mir das selbst gesagt. Er ist bereit, sein ganzes Vermögen für sie zu geben.«

»Aber wie«, fragte Tossa mutlos, »sollen wir denn mit den Leuten Verbindung aufnehmen? Die wissen, wie sie uns erreichen können, aber wir wissen nicht, wie wir sie erreichen können.«

»Das wird wahrscheinlich gar kein Problem mehr darstellen«, warf Dominic bitter ein, »wenn sich erst herumspricht, dass Anjlis Vater wieder aufgetaucht ist. Ich bin sicher, dass die Burschen jede neue Entwicklung im Zusammenhang mit Anjlis Familie aufmerksam verfolgen. Eine solche Neuigkeit wird ihnen garantiert nicht entgehen.«

»Da können Sie durchaus Recht haben. Doch Satyavan wollte möglichst gar nichts dem Zufall überlassen. Ich habe hier den Text einer Annonce, die unter ›Vermischtes‹ aufgegeben wurde. Er selbst hat mir den Text diktiert.« Er griff in die tiefe Tasche seines Trenchcoats, den er über die Rückenlehne des Sessels gehängt hatte, und brachte ein gefaltetes Blatt Papier zum Vorschein. »Diese Anzeige wird auf seinen Wunsch morgen in allen Zeitungen erscheinen. Es war zu spät, sie in den Morgenblättern unterzubringen, aber für die Abendzeitungen waren wir noch rechtzeitig dran. Wenn wir mit dieser Taktik keinen Erfolg haben, dann wird es sich vielleicht als notwendig erweisen, die Journalisten von der Rückkehr Mr Kumars offiziell in Kenntnis zu setzen, um sie zu veranlassen, etwas darüber zu schreiben. Doch im Augenblick hält er es für klüger, möglichst ohne Aufsehen zurückzukehren und ebenso unauffällig mit den Leuten Kontakt aufzunehmen.« Er faltete das Blatt Papier auseinander und klemmte seine Brille wieder auf die schmale Nase. »Der Text lautet folgendermaßen: ›Anjli: Interessiere mich für Ihre Ware. Hoher Preis garantiert, wenn in gutem Zustand geliefert. Volle Garantien.‹ Dann wollte ich eigentlich Mr Kumars Privatnummer angeben und einen Anruf um eine bestimmte Zeit am Abend verlangen. Doch dann überlegte ich es mir anders. Ich setzte lediglich darunter: ›Erbitte Anruf unter bekannter Nummer, zwanzig Uhr, Kumar.‹ Ich hoffe, Sie haben nichts dagegen. Ich glaube, auf diese Weise lassen sich Falschmeldungen am ehesten vermeiden.«

Felder pfiff leise durch die Zähne.

»Sie denken aber auch an alles.«

»Wenn man gezwungen ist, so etwas zu tun, dann ist es unerlässlich, dass man an alles denkt. Und deshalb«, sagte der Swami milde, »kann ich die eine Möglichkeit, mit der wir traurigerweise auch zu rechnen haben, nicht länger unerwähnt lassen. Wenn ich mir auch vorstellen kann, dass Sie alle selbst schon daran gedacht haben, ohne sie auszusprechen. Anjli kann bereits tot sein.«

Tossa nickte verzweifelt, Dominic stand erstarrt, und Felder protestierte laut.

»Guter Gott, nein! Sie würden doch dem Kind nichts antun! Ich bin sicher, dass Anjli am Leben ist.«

»In Fällen von Kindesentführung ist es üblich, das Opfer zu töten. Solche Leute wollen ganz sicher gehen, dass keiner sie später identifizieren kann, und der gefährlichste Zeuge ist natürlich das Opfer.«

Es klang doppelt entsetzlich, weil es so ruhig und sachlich ausgesprochen wurde. Felders Gesicht war grau vor Schreck. Trotzdem schüttelte er heftig den Kopf, weigerte sich, an diese grässliche Möglichkeit zu glauben.

»Nein, das ist ausgeschlossen. Ich bin sicher, dass sie am Leben und gesund ist.«

»Wir wollen es hoffen. Aber die Entführer haben sich nicht an ihre Vereinbarungen mit Ihnen gehalten. Es muss einen Grund dafür geben, weshalb Sie den erwarteten Anruf nicht erhalten haben. Entweder sind sie gierig geworden und haben beschlossen, ihr Opfer weiterhin festzuhalten, um noch mehr Geld zu erpressen, nachdem der erste Streich so erfolgreich war; oder aber sie können Anjli nicht ausliefern, und Sie werden nie wieder von ihnen hören. Die Ankunft ihres Vaters wird diese Ungewissheit ein für alle Mal klären. Er wird darauf bestehen, seine Tochter mit eigenen Augen zu sehen, ehe er sich mit ihren Entführern überhaupt auf Verhandlungen einlässt. Und weiter, auf meinen Rat hin, möchte er, dass auch Sie, die ja Anjli besser kennen als er, das Kind zu Gesicht bekommen sollen, um zu bestätigen, dass es sich wirklich um Anjli handelt. Er hat seine Tochter seit vielen Jahren nicht gesehen.«

»Aber wie«, fragte Dominic kleinlaut und mutlos, »können wir sie denn dazu bringen, dass sie sich auf ein solches Risiko einlassen?«

»Das müssen die Entführer selbst arrangieren. Satyavan wird ihnen jede Sicherheit, die sie verlangen, garantieren. Ihm geht es nur darum, sich zu vergewissern, dass seine Tochter wirklich noch am Leben ist. Wenn diese Leute ihr Geld haben wollen – und es wird sich für sie lohnen –, dann werden sie sich auch die Mühe machen, dafür zu sorgen, dass Satyavan seine Tochter sehen kann. – Ich habe ferner versprochen«, fügte er hinzu, »dass ich persönlich die Polizei nicht einschalten werde, obwohl die Behörden natürlich über das Verbrechen selbst bereits unterrichtet sind. Eine schnelle Regelung ist deshalb für die Verbrecher nur von Vorteil.«

»Der Gedanke, dass die Kerle ungeschoren davonkommen sollen«, erklärte Dominic mit plötzlicher Leidenschaft, die für ihn ganz ungewohnt war, »geht mir einfach gegen den Strich.« Und es klang wie ein offener Protest gegen den Swami, der diese Möglichkeit ganz ruhig zu akzeptieren schien. Es war zwar das Wichtigste, Anjli zu befreien, sie lebend wiederzubekommen, sie ihrem Vater zuzuführen; doch Menschen, die ein so gemeines und niedriges Verbrechen begangen hatten, ganz zu schweigen von dem Mord an dem alten Arjun Baba …

Der Swami stand auf, ein feines Lächeln auf dem Gesicht, und schlüpfte in seinen Trenchcoat.

»In dieser Beziehung bin ich glücklicher als Sie«, sagte er. »Mein Glaube lehrt mich, dass niemand je ›ungeschoren davonkommt‹. Es wird ständig Buch geführt, und der Saldo muss stimmen. Es wäre sinnlos, jetzt darüber nachzudenken, in welcher Lebensform diese Menschen auf die Erde zurückkehren werden.«

»Als Schlangen wahrscheinlich«, erklärte Tossa voller Ekel.

»Und jetzt«, meinte der Swami, »muss ich gehen. Morgen Abend komme ich wieder. Und ich hoffe, es ist Ihnen recht, wenn ich meinen Freund mitbringe, damit er die Rückkehr seiner Tochter hier erwarten kann.«

»Aber natürlich. Wir finden alle keine Ruhe, bevor sie zurück ist.«

Erst nachdem er sich verabschiedet hatte, fiel es Tossa mit Beschämung ein, dass sie ihm nicht einmal eine Erfrischung angeboten hatten. Seine Persönlichkeit wirkte so magnetisch, dass man in seiner Gegenwart nur zu seinen Füßen kauern und seine beinahe hypnotische Kraft auf sich wirken lassen konnte. Und doch – was wussten sie eigentlich von ihm?

Felder trat auf den Balkon vor dem Fenster und blickte hinunter in den Hof, wo der alte Rolls-Royce wartete. Der Fahrer hatte eben den Swami durch den Garten kommen sehen und glitt geschmeidig hinter dem Lenkrad hervor, um seinem Herrn die Tür zu öffnen.

»Das hätte man sich doch gleich denken können, dass er so einen Wagen hat. Das ist ein Mensch, bei dem alles aufeinander abgestimmt ist. Also, man kann über Indien sagen, was man will, aber wenigstens haben die Leute Stilgefühl.«

Tossa und Dominic traten an seine Seite und beugten sich über das Geländer, während der Swami würdevoll, aber doch mit kraftvollen, athletischen Bewegungen den hohen Sitz neben dem Fahrer erklomm. Als Girish die Tür zuschlug, rollte ein Taxi von der Auffahrt her in den Hof. Die Scheinwerfer tauchten den Rolls-Royce in eine Lichtflut. Girish ging gemächlich um den Wagen herum zu seinem Platz, den Kopf erhoben. Felder stieß plötzlich einen scharfen Schrei der Überraschung aus und beugte sich weit über das Geländer.

»Aber nein! Das ist doch nicht möglich!«

»Was denn? Was ist denn los?«, fragte Dominic unruhig.

»Der Mann da! Sehen Sie. Der Fahrer!«

In diesem Moment glitten die Scheinwerfer von Girish ab und hüllten ihn wieder in dunkle Schatten, als er in den großen Wagen stieg, den Motor anließ und das Fahrzeug aus dem Hof hinauslenkte.

»Girish? Was ist denn mit ihm? Das ist der Chauffeur des Swami. Jedenfalls hat er ihn auch gefahren, als wir ihm zum ersten Mal begegnet sind.«

»Das war der Mann, der mich heute Nachmittag vor dem Tempel angehalten hat«, erklärte Felder mit Bestimmtheit, »und mich nach dem Weg zum Birla-Haus gefragt hat. Das war er. Der Mann, der mich lange genug von der Aktentasche abgelenkt hat, sodass ich den Austausch des Umschlags verpasst habe.«

»Girish? Aber der – mein Gott, der hat uns doch nach Hause gefahren. Sind Sie ganz sicher?«

»Vollkommen. Das Gesicht würde ich überall wieder erkennen. Und jetzt sagen Sie mir einmal«, setzte Felder hitzig hinzu, »warum ein Mann, der seinen Chef ganz reibungslos durch Delhi chauffieren kann, ausgerechnet mich nach dem Weg zum Birla-Haus fragen sollte! Na los, erklären Sie mir das mal. Ich bin ganz Ohr.«

Nach diesem Zwischenfall war es kaum verwunderlich, dass am folgenden Tag, kurz nach Mittag, ein Taxi mit drei Fahrgästen am Flughafen stand und auf das Eintreffen der Maschine aus Madras wartete. Die drei Fahrgäste hielten es nicht für ratsam, sich ins Freie zu wagen, denn auf dem Parkplatz stand ehrwürdig und unübersehbar der Rolls-Royce mit Girish am Steuer. Der Swami Premanathanand war eben eiligen Schrittes im Flughafengebäude verschwunden. Das Taxi stand in guter Position. Seine Fahrgäste konnten ohne Mühe die Türen des Gebäudes sehen, durch die die Reisenden heraustreten mussten. Der Chauffeur, der sich wenig für die Geschäfte seiner Passagiere interessierte, hatte eine Zeitung herausgeholt und vertiefte sich in die Lektüre der Nachrichten. Die Spalte mit den vermischten Anzeigen überging er, und das war schade. Denn dort stand gleich am Anfang eine kleine Anzeige, die so begann: ›Anjli: Bin an Ihrer Ware interessiert …‹

Auch Felder hatte sich eine Zeitung besorgt. Sie wussten also genau, was in der Annonce stand.

Die Passagiere der Maschine aus Madras tauchten auf. Eine geschäftige Frau im Sari, mit einem Kind an der einen und einem Transistorradio in der anderen Hand; der Ehemann in europäisch geschnittenem Anzug folgte mit zwei Koffern beladen; ein blasiertes junges Mädchen, entweder Engländerin oder Amerikanerin, gefolgt von zwei Trägern; ein ruhiges Ehepaar, das sich freundlich mit dem Träger unterhielt; und dann die Flut von Süd-Indern, schmächtig gebaute, goldhäutige, lebhafte, gut gelaunte Leute; und schließlich der Swami Premanathanand, der gemächlich neben einem hoch gewachsenen, stolzen Mann in einem ausgesprochen teuren und ausgesprochen dezenten maßgeschneiderten Anzug in hellem Beige herschritt. In ernstes Gespräch vertieft, traten sie durch die Glastür ins Freie. Der Fremde war breiter gebaut als viele der Inder, die Dominic und Tossa gesehen hatten. Die Augen waren stolz und unnahbar, auf den ersten Blick beinahe abwehrend. Das wellige schwarze Haar war sorgfältig geschnitten, und die Geschmeidigkeit seiner Bewegungen entsprach dem, was sie erwartet hatten. Die Art, wie er sich gab, wie er sich mit seinem Freund unterhielt, eindringlich, ruhig und beherrscht, schien alles zu bestätigen, was sie über ihn gehört hatten. Er war so beherrscht, legte so vollendete Manieren an den Tag, dass er Engländer hätte sein können.

»Das ist er«, sagte Dominic mit Entschiedenheit. »Kein Zweifel. Das ist er wirklich.«

Beim Anblick des Rolls-Royce blieb der Neuankömmling stehen. Es hätte die drei Spitzel nicht überrascht, wenn er ein Monokel ins Auge geklemmt hätte, um das Fahrzeug zu mustern. Doch das tat er nicht. Er kletterte in den Fond, aus dem man sicherlich nicht nur die Säckchen mit den Getreideproben entfernt, sondern auch Schmutz und Staub hinausgefegt hatte. Und der Swami folgte ihm, geschmeidig wie immer.

Gewichtig wendete der Rolls-Royce und rollte majestätisch in Richtung auf Delhi davon.

»Okay, Fahrer«, sagte Felder resigniert, verwirrt und unbehaglich zugleich. »Zurück zum Keen-Hotel.« Und als sich der Wagen in Bewegung gesetzt hatte, fügte er hinzu: »Da wären wir also wieder am Ausgangspunkt angelangt. Es sieht so aus, als ob er es ist. Er muss es sein. Es könnte ja jeder die Passagierliste überprüfen. Ich frage mich nur, wie das jetzt weitergehen soll. Und sagen Sie mir bloß nicht, dass der Fahrer in Ordnung ist!«

Sie sagten gar nichts.

Pünktlich um halb acht Uhr an diesem Abend brachte der Swami seinen Freund ins Hotel. Er schien es für unerlässlich zu halten, ihnen für die Zeremonie der Begrüßung und des Kennenlernens eine halbe Stunde Zeit zu geben. Denn Schlag acht Uhr würden sie alle gewiss in Schweigen erstarren und verkrampft auf den erhofften Anruf warten. Felder war der letzte, der eintraf. Mit einem abgegriffenen Manuskript unter dem Arm eilte er gehetzt herein.

»Ich habe nicht vor, gleich wieder zu gehen«, versicherte er ihnen allen mit einem müden Lächeln, »keinesfalls bevor die Sache mit Anjli geklärt ist. Aber hin und wieder muss ich auch einmal ein wenig arbeiten. Ich hoffe aus tiefstem Herzen, dass ich bald ruhig und unbesorgt nach Benares zurückfliegen kann.«

Es war unverkennbar, dass der Druck der letzten Tage nicht ohne Wirkung geblieben war. Er wandte sich dem Fremden zu und streckte ihm die Hand entgegen, ohne auf eine formelle Bekanntmachung zu warten.

»Mr Kumar, ich bin Ernest Felder. Ich nehme an, dass der Swami Ihnen unsere Rollen hier schon geschildert hat. Ich brauche Ihnen nicht zu sagen, dass Sie unsere ganze Teilnahme haben und dass wir alles Menschenmögliche tun werden, um Ihnen und Anjli aus diesem Dilemma herauszuhelfen.«

»Ja, das hat mir mein Freund berichtet«, erwiderte Kumar ruhig. »Er hat mir auch gesagt, dass Sie schon mehr getan haben, als ich jemals wieder gutmachen kann. Ich bin Ihnen sehr dankbar, glauben Sie mir. Wir müssen die finanzielle Seite so schnell wie möglich regeln. Aber Sie werden verstehen, dass ich im Augenblick nur an eines denken kann.«

Er stand in der Mitte des großen Hotelzimmers, tadellos gekleidet und gepflegt, merkwürdig einsam und distanziert, wie der Held auf der Bühne, der einen Monolog zu sprechen hat. Er war nicht so groß, wie sie geglaubt hatten, doch seiner stolzen, aufrechten Haltung war wohl dieser Irrtum zuzuschreiben. Er war ein gut aussehender Mann, kein Zweifel.

Der Swami, das ständige wohlwollende Lächeln auf den Lippen, gab ihnen allen ein Beispiel, indem er sich ruhig niedersetzte und sich auf die nervenaufreibende Wartezeit gefasst machte.

»Wir sind uns einig und wissen alle, was wir zu erwarten haben. Wir haben alles unternommen, um einen Erfolg zu sichern, wenn das noch möglich ist. Nun müssen wir warten. Wir alle hoffen auf einen Austausch, der für beide Parteien von Vorteil sein wird. Es besteht daher kein Anlass, Betrug zu fürchten. Das würde sich weder für die eine noch für die andere Seite lohnen.«

Die Logik seiner Ausführungen war zwingend wie immer. Doch Kumar, der es jetzt seinem Freund nachtat und sich niedersetzte, war so straff gespannt wie ein Bogen vor dem Abschuss.

»Wenn der Anruf wirklich kommt«, bemerkte Dominic fragend, »soll ich ihn dann entgegennehmen? Und Ihnen den Hörer weitergeben, Sir, wenn es derselbe Mann ist?«

Der Swami nickte zum Einverständnis.

»Es ist Ihre Nummer«, sagte er. »Und es ist durchaus möglich, dass während dieser Zeit ein ganz harmloser Anruf kommt. Bitte melden Sie sich zuerst.«

Es war erst zwanzig Minuten vor acht, und doch war alles schon bereit für den entscheidenden Moment. Die wachsende Spannung würde sie alle gleichermaßen lähmen, bis das erlösende Klingeln ertönte. Doch kaum hatten sie sich niedergelassen, um mit zusammengebissenen Zähnen das Warten zu ertragen, da riss das Läuten des weißen Telefonapparats sie hoch.

Dominic nahm den Hörer ab. Schweißtropfen rannen ihm von der Stirn in die Augen.

»Hallo! Hier Dominic Felse.«

Er hätte sich gleich sagen müssen, dass es zu früh war. Er hätte sich gleich sagen müssen, dass der verfluchte Apparat den ganzen Abend sein Spiel mit ihnen treiben würde.

Eine sanfte, höfliche, leise Stimme meldete sich.

»Ich hatte schon Angst, Sie hätten alle die Stadt verlassen. Ich habe im Speisesaal nach Ihnen gesucht, aber da war von Ihnen keine Spur zu sehen. Hier ist Ashok Kabir. Ich bin unten im Foyer. Kann ich hinaufkommen? Ich habe Anjli ein kleines Geschenk mitgebracht.«

Ganz aus der Ferne hörte Dominic seine eigene Stimme. Es klang so, als läse ein Schauspieler aus einem Manuskript.

»Ah, ich habe mich schon gewundert, dass wir gar nichts mehr von Ihnen gehört haben. Waren Sie auf Reisen?«

»Ja, seit das Team nach Benares geflogen ist. Ich habe in Trivandrum und Cochin drei Konzerte gegeben. Ich bin eben erst zurückgekommen. Komme ich Ihnen vielleicht ungelegen? Vielleicht wollten Sie gerade weggehen? Ich hätte Sie vom Flughafen aus anrufen sollen.«

»Anjli –« Dominic schluckte hinunter, was er hatte sagen wollen. Sein Blick wanderte über die starren Gesichter, die ihn mahnten, Stillschweigen zu bewahren. Unglücklich beugte er sich dem Befehl. Jetzt konnte er nur eines tun. »Warten Sie einen Moment auf mich«, sagte er. »Ich komme hinunter.«

Er legte auf, und sie konnten plötzlich alle wieder atmen.

»Das war Ashok«, erklärte er ohne Umschweife. »Er ist gerade von einer Konzertreise zurückgekommen. Von Anjlis Verschwinden hat er anscheinend keine Ahnung. Er hat ihr ein Geschenk mitgebracht und rechnet vermutlich damit, sie zu sehen. Ich habe ihm gesagt, ich würde hinunterkommen. Was soll ich jetzt tun? Ihm die Wahrheit sagen und ihn mit heraufbringen?«

Sehr gelassen, sehr behutsam, doch mit absoluter Entschiedenheit sagte der Swami: »Nein.«

Es war unmöglich, sich vorzustellen, dass er jemals hastig sprechen würde, und doch hatte er das »Nein« ausgesprochen, ehe irgendjemand sonst Gelegenheit hatte, etwas zu sagen.

»Wir sind schon zu fünft hier«, erklärte er, als sich alle Augen auf ihn richteten. »Wir alle kennen den Sachverhalt. Fünf Leute, mit denen die Verbrecher rechnen müssen. Ich glaube, wenn wir noch jemanden einweihen, setzen wir damit alle unsere Chancen auf Erfolg aufs Spiel.«

»Ich bin völlig sicher«, mischte sich Tossa ein, »dass wir Ashok vertrauen können. Er hat Anjli sehr gern. Das weiß ich.«

»Ich bin sicher, dass Sie Recht haben, aber leider ist das nicht der Kern der Sache. Er kann der vertrauenswürdigste Mensch der Welt sein und dennoch die Verbrecher in Panik versetzen, sodass sie es dann nicht mehr wagen, mit uns zu verhandeln.«

»Er hat Recht«, stimmte Kumar bedrückt zu. »Wir sind sowieso schon zu viele, doch das lässt sich nicht ändern. Wir können aber dafür sorgen, dass die Zahl der Eingeweihten nicht weiter wächst und das Risiko vergrößert.«

Anjli war seine Tochter, und er war willig, das Lösegeld für sie zu bezahlen, ganz gleich wie hoch. Seiner Entscheidung musste man sich beugen.

»Ja, aber was soll ich denn dann tun? Ashok irgendwie abwimmeln? Soll ich ihm sagen, dass Anjli ausgegangen ist? Wenn er nun aber schon mit dem Angestellten am Empfang gesprochen hat?«

»Das würde er nicht tun«, versetzte der Swami mit Bestimmtheit. »Er würde lediglich Ihnen Fragen stellen, da Ihnen Anjli ja anvertraut ist. Ja, gehen Sie hinunter und sprechen Sie mit ihm. Sagen Sie ihm einfach, dass Anjli heute Abend nicht hier ist.« Er rückte seine Brille gerade. »Passen Sie auf«, sagte er, »ich werde Ihnen erklären, was Sie ihm sagen können. Schicken Sie ihn für heute Abend weg, aber laden Sie ihn für morgen Abend nach dem Essen ein – mit Ihnen, Miss Barber und Anjli.«

Dominic starrte ihn einen Moment lang unverwandt an und überlegte sich, wie ernst das gemeint war. Langsam wurde ihm klar, dass der Swami niemals etwas ohne wohl überlegte Absicht sagte.

»Gut«, erwiderte er. »Das werde ich ihm ausrichten.«

Und er wandte sich um und schritt aus dem Zimmer und die Treppe hinunter ins Foyer, wo Ashok wartete.

Es war zwölf Minuten vor acht.

Ashok wickelte die kleine Statuette aus Elfenbein aus dem Stück grauer Rohseide, in die der Schnitzer sie eingehüllt hatte, und stellte sie aufrecht auf Dominics Handfläche. Sie war etwa zwölf Zentimeter hoch, eine schlanke, anmutige Frau, umrankt von Lotusblüten und umspielt von den sorgsam geschnitzten Falten ihres Gewandes. Die Füße wuchsen aus einer Lotusblüte empor, und in zwei der vier zarten Arme hielt sie liebevoll ein Saiteninstrument.

»Das ist eine Vina, kein Sitar, aber Anjli wird das nicht stören. Die Frau ist Saraswati, die Mutter der Vedas, der Göttin des Wortes, der Weisheit und der Künste. Ich habe sie in einem kleinen Laden in Trivandrum gefunden, und ich dachte, sie würde Anjli gefallen. Es tut mir Leid, dass ich sie verfehlt habe, aber ich habe mich ja nicht angemeldet.«

»Ja, das tut mir auch Leid. Aber wenn Sie Zeit haben, könnten Sie dann nicht morgen Abend herkommen? Gegen acht Uhr oder später? Wir würden uns alle drei sehr freuen«, versicherte er.

Er wusste nicht, ob er eine herzlose Lüge aussprach, die ihn in vierundzwanzig Stunden bloßstellen würde. In diesem Moment wusste er nicht mal, wem er traute und wem er misstraute; er war blind und tappte im Dunklen, in einem Gebiet, das ihm völlig fremd war, wo es keine Wegweiser gab.

»Aber gern«, erwiderte Ashok. »Ich freue mich darauf.« Er hatte keine Fragen gestellt, und selbst jetzt richtete er nur eine einzige an Dominic: »Ihr Vater ist noch nicht gekommen, um sich ihrer anzunehmen?«

»Wir haben auf Umwegen von ihm gehört«, erwiderte Dominic ausweichend. »Ich hoffe, dass er bald hier sein wird.«

»Gut, dann hat es sich gelohnt, ein Weilchen zu warten.« Ashok neigte grüßend den Kopf und warf sich den leichten Mantel über die Schultern. »Bis morgen dann! Und bitte grüßen Sie Miss Barber und Anjli.«

Im Hof wartete ein Taxi auf ihn. Der Rolls-Royce des Swami stand nicht weit von der Auffahrt. Der Taxifahrer musterte ihn mit einem respektvollen Blick. Ashok, der im Fond Platz genommen hatte, betrachtete das Fahrzeug nachdenklich. Ehe Dominic sich umwandte, um wieder hinaufzugehen, stellte er fest, dass Girish ausnahmsweise nirgends zu sehen war.

Der zweite Anruf kam Punkt acht Uhr und verzögerte jenen, auf den sie warteten. Die Stimme erkundigte sich lebhaft und vergnügt: »Hallo, sitzt mein Co-Regisseur vielleicht zufällig bei Ihnen?« Es war Ganesh Rao, der ein paar Tage früher als geplant aus Benares zurückgekehrt war.

»Lassen Sie mich mit ihm sprechen.« Felder nahm den Hörer. »Ja, hier spricht Felder. Natürlich, ich bin in ein, zwei Stunden draußen in Hauz Khas, wenn alles glatt geht. Ist die ganze Bande wohlbehalten wieder da? Sie haben ja anscheinend schnell gearbeitet.«

Im Hintergrund konnte er Stimmengewirr, Lachen und Gläserklingen hören. Als er auflegte, war sein Gesicht grau und hager. Und kaum lag der Hörer auf der Gabel, da klingelte es wieder.

Dominic riss den Hörer hoch. Diesmal musste es der Anruf sein, diesmal musste er es einfach sein. Das Warten war kaum mehr zu ertragen.

»Ich rufe«, sagte die unangenehme, schrille alte Stimme, »in Bezug auf Ihre Anzeige an.«

Ohne ein Wort streckte Dominic Kumar den Hörer entgegen. Der war schon auf den Beinen. Einen Moment lang konnten sie die laute Stimme hören. Dann unterbrach Kumar scharf.

»Hören Sie mir jetzt zu. Ich bin Kumar. Sie haben, was ich haben will, und ich bin bereit, dafür zu zahlen. Doch Verhandlungen oder auch nur Besprechungen werden nicht stattfinden, ehe ich mich mit eigenen Augen überzeugt habe, dass meine Tochter wirklich am Leben ist. Vorher bekommen Sie von mir keine Rupie. Nein, ich weigere mich, über die finanzielle Seite überhaupt zu sprechen, ehe ich mich vergewissert habe. Sie haben mein Wort, dass ich keinerlei Maßnahmen ergriffen habe, Sie zu finden. Und ich werde es auch nicht tun. Wenn Sie liefern können, was ich haben will, dann werden weder ich noch die Leute, die hier bei mir sind, etwas gegen Sie unternehmen. Sie haben mein Wort darauf, das muss Ihnen genügen. Wenn Sie mir so weit nicht trauen können, dann müssen Sie wissen, dass ich Ihnen überhaupt nicht trauen kann. Sie werden mir meine Tochter zeigen und auch meinen Freunden, die sie besser kennen als ich. Wenn meine Tochter nicht völlig gesund und unverletzt ist, bekommen Sie keinen roten Heller von mir. Ich bin Geschäftsmann. Ich kaufe nicht die Katze im Sack. Danach können wir uns über die Bedingungen einigen und die nötigen Maßnahmen für den Austausch treffen. Haben Sie mich verstanden?«

Die alte Stimme wurde laut, drohte überzuschnappen vor Ärger.

»Sie haben etwas zu verkaufen«, fuhr Kumar ihn scharf an, »und ich bin bereit zu bezahlen – wenn ich mich vergewissert habe, dass es wirklich das ist, was Sie vorgeben. Ich habe Ihnen versprochen, dass ich sonst nichts unternehmen werde. Ich habe Ihnen einen hohen Preis versprochen. Wenn Sie unter diesen Bedingungen nicht verhandeln wollen, wie wollen Sie dann jemanden finden, der Ihnen mehr bietet? Die Umstände sind Ihr Problem, nicht meines. Entscheiden Sie sich.«

Es folgten kurze, wütende Fragen. Ein Ton der Unruhe lag jetzt in der Stimme.

»Gewiss. Wenn Sie es arrangieren, kann der Austausch morgen stattfinden. Aber zuerst will ich sie sehen. Danach können Sie mich hier anrufen, und ich werde Ihnen keine weiteren Schwierigkeiten machen. Ich werde nur das tun, was unerlässlich ist, um sicherzustellen, dass sie in dem Zustand bleibt, in dem sie mir gezeigt worden ist. Hier geht es nicht um gegenseitiges Vertrauen. Jeder von uns muss dafür sorgen, dass seine Interessen gewahrt bleiben. Treffen Sie Ihre Vorbereitungen. Wir warten.«

Danach saß er eine Weile schweigend da, lauschte mit Konzentration und Geduld der gellenden Stimme, die an sein Ohr drang. Schließlich stieß er einen langen Seufzer aus.

»Gut. Damit bin ich einverstanden.«

Sehr langsam, als wären Ruhe und Stille von höchster Wichtigkeit, legte er dann den Hörer auf und ließ sich wieder in seinem Sessel nieder. Nervös wischte er sich die feuchten Hände an einem großen seidenen Taschentuch.

»Es ist abgemacht. Morgen um zwölf Uhr werden wir fünf uns – o ja, die Entführer wissen, dass wir zu fünft sind – zum Mittagessen bei Sawyer's treffen, und zwar im Speisesaal im ersten Stock. Das ist am Connaught Circus. Man wird unter meinem Namen einen Tisch am Fenster für uns reservieren. Gegenüber ist ein Schokoladengeschäft. Punkt Viertel nach zwölf wird Anjli in einem Taxi zu dem Geschäft gebracht werden. Er behauptet, wir werden sie ganz deutlich sehen können. Doch wenn einer von uns Anstalten machen sollte, den Tisch zu verlassen und etwas zu unternehmen, dann werden wir sie nie wiedersehen. Und wenn wir alle Anweisungen befolgen und unser Mittagessen verzehren und dann hierher zurückfahren, dann wird er uns wieder anrufen, und wir können uns über die Bedingungen und die Frage des Austauschs einigen.«

»Und glauben Sie«, flüsterte Tossa, »dass er Wort halten wird?«

»Ich glaube«, erklärte der Swami Premanathanand behutsam, aber ganz unbeteiligt, »dass ihm Geld und keine Scherereien wesentlich lieber sein werden als kein Geld, eine tote Anjli und eine ganze Menge Scherereien. Sind Sie nicht auch meiner Auffassung, Mr Felder?«

Felder stieß einen Laut des Protests und des Abscheus aus. Von dem völlig unpersönlichen, sachlichen Denkprozess der Inder hatte er wahrlich genug.

»Ich glaube, dass man sie des Geldes wegen entführt hat. Da wird man sich nun auch alle Mühe geben, das Geld für sie zu bekommen. Bis jetzt hat er ja kein Kapitalverbrechen begangen. Warum sollte er da plötzlich dieses Risiko eingehen?«

»Kein Kapitalverbrechen? Nun ja, natürlich«, meinte der Swami mit dünner Verachtung, »es handelt sich ja nur um die Kleinigkeit Arjun Baba.«

»Wer«, fragte Felder schlicht, »ist Arjun Baba?«

Es traf sie wie ein Schock, dass er tatsächlich ahnungslos war. Sie waren zu ihm geeilt, um seinen Rat einzuholen, als Anjli verschwunden war, sie hatten den alten Mann erwähnt, der von den Verbrechern missbraucht worden war, Anjli zum Stelldichein zu locken, doch dies war das erste Mal, dass Felder den Namen Arjun Babas hörte. Namen besitzen einen starken Zauber. Dieses anonyme Korn indischen Staubs, das vom Sturm menschlicher Niedrigkeit hinweggefegt worden war, nahm plötzlich Gesicht an, gewann Identität und Seele.

Zum ersten Mal starrte Felder mit Entsetzen der Realität ins Gesicht. Mord!

Der Rolls-Royce fuhr ab. Der Swami saß allein neben dem Fahrer. Kumar, der zwar mit seinem Freund zugleich aufgebrochen war, schien auf das Transportmittel des Swami nicht angewiesen zu sein.

»Mir gefällt das alles gar nicht«, bemerkte Felder, als er dem großen Wagen nachblickte. »Ich kann mir nicht helfen, aber irgendetwas geht da vor, was mir nicht geheuer ist. Ich traue dem Frieden nicht. Der Mann da unten schiebt uns alle herum wie Schachfiguren. Es war schließlich sein Fahrer, der meine Aufmerksamkeit von der Tasche mit dem Geld abgelenkt hat, sodass die Umschläge ausgetauscht werden konnten. Und heute Abend – warum wollte er nicht, dass wir Ashok einweihen? Warum? Ihnen ist doch bestimmt auch aufgefallen, wie prompt er dazwischengefahren ist. Natürlich, es klang ganz einleuchtend, immerhin so einleuchtend, dass Kumar sich seiner Meinung anschloss. Aber trotzdem – Sie haben doch selbst miterlebt, wie er operiert. Er sitzt da wie ein Gott und nickt, und wir alle tun, was er uns vorschreibt. Und jetzt haben wir uns auf das Mittagessen morgen eingeladen. Er lässt uns nach seiner Pfeife tanzen.«

»Solange es ihm gelingt, Anjli lebend wieder zum Vorschein zu bringen«, meinte Dominic bestürzt, aber ratlos, »spielt das doch gar keine Rolle, oder?«

»Nein, wenn er das fertig bringt, dann ist alles andere unwichtig. Jedenfalls vorläufig. Nein, Sie haben schon Recht. Wir haben eigentlich gar keine Wahl, nicht wahr? Anjli ist das einzig Wichtige. Wenn wir sie erst wiederhaben, dann können wir es uns leisten, ein bisschen neugieriger zu werden.«

Sein Ton besagte, dass das Wort ›neugierig‹ ein ausgesprochen milder Ausdruck war für das, was er im Sinn hatte.

»Sie glauben doch nicht im Ernst«, flüsterte Tossa entsetzt,

»dass der Swami hinter Anjlis Entführung stecken könnte? Aber er ist doch ein Freund ihres Vaters. Man sieht doch gleich, dass das nicht wahr sein kann. Die beiden kennen sich schon seit Jahren.«

»Ganz recht. Und wer weiß besser als der Swami, wie viel Geld sein alter Freund hat und wie wenig Wert er ihm beimisst? Und wer kann den guten Kumar besser nach seiner Pfeife tanzen lassen?«

»Aber das ist doch Wahnsinn! Dem Swami liegt nichts an Geld. Es bedeutet ihm gar nichts«, protestierte sie zitternd.

»Nein, nein, in Dollar, Rupien oder Pfund nicht. Aber dafür in Getreidesamen, in erstklassigem Viehbestand, in landwirtschaftlichen Geräten, in Fachberatung. Eine Gelegenheit ist eine Gelegenheit, ganz gleich, wozu man so viel Geld brauchen kann. Man braucht es ja nicht unbedingt für sich selbst zu wollen. Warum wollte er vermeiden, dass Ashok die Wahrheit erfuhr? Warum hat sein Fahrer mich am Sonntag beobachtet? Warum tat er so, als wäre er in Delhi fremd, obwohl er es wie seine Westentasche kennt?«

Sie bemühten sich Antworten zu finden und stellten fest, dass sie selbst keine auf diese Fragen wussten. Die langen, dünnen Finger des Swami schienen tatsächlich ganz unauffällig, aber sicher und zielbewusst die Fäden zu führen.

»Uns sind jetzt jedenfalls die Hände gebunden«, erklärte Dominic. »Wenn er tatsächlich hinter der ganzen Sache steckt, dann hat er wirklich vor, Anjli morgen auszuliefern. Und wir können gar nichts tun. Wir müssen mitmachen, bis wir sie gesund wiederhaben.«

Und damit trennten sie sich für den Abend. Felder kehrte in die Villa in Hauz Khas zurück, wo Ganesh Rao ihn erwartete. Tossa und Dominic setzten sich in die Bar, um noch eine Limonade zu trinken und etwas Kaltes zu essen, und machten dann einen einsamen Spaziergang durch die ruhigen Straßen am Lodi-Park. Und diesem späten Spaziergang hatten sie es zu verdanken, dass sie noch verwirrter und verständnisloser heimkehrten. Sie wanderten auf dem Rückweg zum Hotel die Aurangzeb Road entlang, die am Hotel Claridge vorbeiführt. Gerade als sie die Hotelanfahrt passierten, sahen sie ein hoch gewachsenes indisches Paar Arm in Arm vom Hotel zum nahen Taxistand schlendern. Der Mann war ein gut aussehender, stolzer, hellhäutiger Mann in europäisch geschnittenem Anzug; die Frau war eine Schönheit, in einen weiß-goldenen Sari gekleidet, das blauschwarze Haar zu einer hohen Krone aufgetürmt. Sie sprachen ernst und ruhig miteinander, mit aufmerksamen Gesichtern. Nichts an ihnen war unangenehm. Man konnte bei ihrem Anblick nur Bewunderung und Freude empfinden. Doch der Mann war Satyavan Kumar, und die Frau – einmal gesehen, nie vergessen – war Kamala, ihnen besser bekannt als Yashodhara, die Gemahlin des Prinzen Siddharta.

10

Anjli saß auf einem Feldbett in einem winzigen Raum, der kaum drei Meter im Quadrat maß und nur durch ein kleines Fenster hoch über ihrem Kopf erhellt wurde. Es war der vierte Tag, den sie in dieser Kammer zubrachte. Sie kannte jeden Gegenstand in dem Zimmer, jeden Riss und jeden Sprung im schmutzig weißen Mörtel der Wände, jeden Knick und jede Falte in dem grellbunten Kalender, der über der wackeligen Kommode an einem Nagel hing. Die Decke war unglaublich hoch. Der Boden war aus rauem Beton, mit einem fadenscheinigen Baumwollteppich bedeckt. Auf dem Bett lag eine dünne Grasmatratze und darüber eine graue Decke. Die Kommode war aus Holz, zerkratzt, mit roter Farbe gestrichen. Auf der bunten Seidendecke, die man über die Kommode gelegt hatte, stand eine verblichene Familienfotografie, so farblos und verwischt, dass sie nicht einmal erkennen konnte, ob die Menschen darauf männlichen oder weiblichen Geschlechts waren.

Sonst war nichts in dem winzigen Zimmer. Und alle drei schliefen sie nachts hier. Die beiden Mädchen auf dem Feldbett, die Frau auf einer Decke, die sie neben ihnen auf dem Boden auszubreiten pflegte.

Dies jedoch war nicht die Gesamtheit der Welt, in der sich Anjli gegenwärtig bewegte. Sie konnte jederzeit durch die Tür des Zimmers aus und ein gehen – oder zumindest fast zu jeder Zeit. Doch auf diesem Weg gelangte sie lediglich in einen kurzen, lehmfarbenen Durchgang, der auf der einen Seite durch eine abgeschlossene Tür begrenzt wurde und auf der anderen in zwei noch kleinere Räume führte; das erste ein indisches Badezimmer, eine Streichholzschachtel aus Beton, die gerade groß genug war, dass man darin stehen konnte. An der Wand befand sich ein Wasserhahn und in der Mitte des Bodens ein Ablauf. Der andere Raum war eine Toilette östlichen Stils mit einem in den Boden eingelassenen Porzellanbecken und zwei erhobenen Sockeln für die Füße. Doch, dachte sie, ganz gleich, wo sie sich befand, sie wohnte im Erdgeschoss. Vor dem winzigen Fenster der Toilette nämlich neigten sich grüne Blätter in einem Winkel ihr zu, der vermuten ließ, dass sie am untersten Zweig eines Baumes hingen.

Das war alles, was sie wusste, doch sie konnte nichts daraus schließen, was ihr von Nutzen gewesen wäre.

Die Erinnerung in Anjli war wach. Sie erinnerte sich genau des Blitzes in den Augen des alten Mannes, der ihr am offenen Feuer nahe beim Haus ihres Vaters gegenübergehockt hatte. Sie erinnerte sich des grässlichen Gefühls der Eingeschlossenheit und der Angst vor dem Ersticken, die sie überkommen hatten, als der Mann die Falten der Decke über sie geworfen hatte. Sie erinnerte sich ihres Kampfes, der schnell erlahmt war, als sie gemerkt hatte, dass sie sich in einem fahrenden Wagen befand. Nicht einen Moment lang hatte sie das Bewusstsein verloren. Doch als sie da verschnürt wie ein Paket bäuchlings auf dem Boden des Wagens lag, ohne Licht, hin und her geworfen bei jeder Kurve, die das Fahrzeug fuhr, hatte sie jede Orientierung verloren. Sie wusste nicht, in welcher Richtung sie gefahren waren. Sie wusste nicht einmal, wie weit sie gefahren waren. Sie wusste nicht, ob sie noch in Delhi waren.

Zwei Leute hatten sie aus dem Wagen herausgehoben und ins Haus getragen. Sie glaubte, dass man sie durch die jetzt abgeschlossene Tür jenseits der Toilette hereingebracht hatte, aber sie war nicht sicher. Sie wusste nur, dass man sie in diesem Raum hier aus der Umhüllung der Decke befreit hatte und dass sie seitdem immer hier gewesen war, ständig beobachtet und bewacht.

Den alten Mann sah sie selten. Er ließ sich nur hin und wieder blicken, um sich zu vergewissern, dass seine Beute ihm nicht entkommen konnte. Während der wenigen Besuche hatte sie ihn eingehend gemustert, weil nur ihre eigene Findigkeit ihr jetzt helfen konnte und diese ihre Nahrung nur aus der Beobachtung ziehen konnte. Je mehr sie vermerkte, desto größer war die Chance, dass sie eines Tages eine schwache Stelle in der Festung entdecken würde. Doch von Anfang an war ihr klar, dass der alte Mann ihr keine Chance bieten würde. Jetzt, da sie Gelegenheit hatte, ihn aufmerksam zu studieren, sah sie, dass er Arjun Baba ganz und gar unähnlich war, und ganz gewiss nicht so alt und so gebrechlich wie der Schützling ihres Vaters. Dieser alte Mann hier, wenn er auch vom Alter zerfurcht und gebeugt war, hätte es an Kraft mit zwei Alten vom Schlag Arjun Babas aufnehmen können. Er hatte breite Schultern und einen stämmigen, muskulösen Körper. Die Kraft seiner Hände und

Arme hatte sie schon kennen gelernt, als er sie überfallen hatte. Er besaß eine raue, gereizte, ständig nörgelnde alte Stimme, die gellend und unmelodisch klang und vermuten ließ, dass er ein Mann von kurzer Geduld war, der zu Bosheit und Heftigkeit neigte. Er sprach kein Wort mit ihr. Es war die Frau, die er herumkommandierte und anbrüllte. Und die Frau tat alles, was er ihr befahl. Sie hatte Angst vor ihm.

Offenbar war es die Frau, die in diesem Haus lebte. Sie war wesentlich jünger als der Mann. Sie wirkte ungefähr wie fünfzig, doch aus gewissen Anzeichen schloss Anjli, dass sie in Wirklichkeit noch viel jünger sein musste. Das auffallendste war das Mädchen, das etwa in Anjlis Alter und unzweifelhaft die Tochter der Frau war. Nicht die Zeit also, sondern die Lebensumstände hatten die Frau gealtert. Sie war beinahe Mitleid erregend mager und verbraucht. Ihre Züge waren erstarrt in Furcht und Hoffnungslosigkeit. Üppig war nur der lange, schwere Zopf dunklen Haares. Sie trug Blusen und Saris aus einfacher Baumwolle, die durch häufiges Waschen so verblichen waren, dass die einst leuchtenden Farben nur noch matt und welk wirkten. Wenn der alte Mann zugegen war, verwandelte sie sich in ein zitterndes, ängstliches Bündel, das jeder seiner Gesten, jedem seiner Befehle unterwürfig gehorchte. Und doch schien sie auf irgendeine Art und Weise, die nicht greifbar war, Anjli vor den Feindseligkeiten des alten Mannes zu schützen. Und wenn er nicht da war, dann war sie scheu und sanft, gab Anjli zu essen und trat den beiden Kindern ihr Bett ab. Doch sie war zu verängstigt, um jemals zu einer Verbündeten werden zu können; zu sehr von ihrer Angst vor dem alten Mann beherrscht, um jemals eine Tür unverschlossen zu lassen.

Und dann war da das Mädchen. Spät am Nachmittag des ersten Tages war Anjli zum ersten Mal aufmerksam geworden. Sie hatte die junge, neugierige Stimme gehört, die die Frau mit Fragen bedrängt hatte, irgendwo jenseits der verschlossenen Tür. Und ganz sicher hatte Anjli daneben ein gedämpftes Brummen gehört, das jetzt, in der Rückschau, an das Summen eines Staubsaugers erinnerte. Doch sie vergaß ihre Neugier über das Geräusch, als die Frau die Tür aufsperrte und das Mädchen in den Gang glitt und stumm vor Scheu aus aufgerissenen Augen seine geheimnisvolle Altersgenossin anstarrte.

Sie hieß Shantila. Anjli hatte gehört, dass ihre Mutter sie so gerufen hatte. Sie lernte in der Schule Englisch, doch noch sprach sie es sehr stockend. Sie war überhaupt ein recht schweigsames Mädchen. Das Leben schien ihr keinen Anlass zu Übermut und Lebhaftigkeit gegeben zu haben. Sie war einige Zentimeter kleiner als Anjli, doch ansonsten waren sie einander in Wuchs und Körperbau sehr ähnlich. Als der alte Mann das nächste Mal auf Besuch gekommen war, hatte er daraufhin befohlen, dass Anjli von jetzt an Kleider des Mädchens tragen sollte. Würde eine Schule auf dem Land seine Schülerinnen in Uniformen kleiden? Oder war sie noch in Delhi? Es hatte keinen Sinn, Shantila zu fragen. Es lag auf der Hand, dass sie angehalten war, striktes Stillschweigen zu bewahren. Wahrscheinlich hatte man ihr sogar befohlen, sich von der Gefangenen fern zu halten. Wenn immer der alte Mann anwesend war, verschwand sie. Doch in seiner Abwesenheit konnte sie ihre Neugier nicht bezähmen. Shantila war es erlaubt, die verschlossenen Türen zu jeder Zeit zu passieren; doch nach einem Tag schon begriff Anjli, dass sie mit dieser Freiheit nichts anzufangen wusste. Es zog sie zu Anjli in die Gefangenenzelle.

Zu Beginn saß sie einfach da und starrte Anjli an, verschlang mit ihren Blicken jedes Detail der Fremdheit an diesem fremdländischen Mädchen; die weichen Lederschuhe, deren Farbe von tiefem Rot zu dunklem Braun changierte; die zarte Erdbeerfarbe des Kleides; die oval gefeilten Fingernägel, die wie durchsichtige Rosenblätter leuchteten. Am zweiten Tag näherte sie sich halb schüchtern, halb kühn, berührte das weiche Material des Kleides, streichelte es, fuhr sogar vorsichtig über die glatten Fingernägel.

Fast ohne Worte gelangten sie zu einer Art Einverständnis. Shantila schüttelte nervös den Kopf, als Anjli begann, ihr Fragen zu stellen. Warum sie also ausfragen? Was sie versehentlich verriet, konnte viel nützlicher sein. Anjli fand außerdem, dass sie ein Wesen, das so furchtsam war, das für seine Furcht so offensichtlich Anlass hatte, nicht quälen konnte. Selbst die Tatsache, dass es um ihr eigenes Leben ging, änderte daran nichts.

Sie wusste natürlich, dass es für ihre Entführung nur einen Grund geben konnte. Sie war das Kind reicher Eltern. Die Entführer wollten sie gegen hohes Lösegeld verkaufen wie eine Ware. Das Schlimme jedoch war, dass sie zu intelligent war zu glauben, dass hierdurch – durch die Gier der Entführer nach dem Geld – ihre Sicherheit garantiert wäre. Sie wusste, dass allzu oft das Gegenteil der Fall war. Doch bis jetzt wenigstens wurde sie wie ein Schatz gehütet, und wenn das Glück ihr hold war, dann würde sich vielleicht doch eine Gelegenheit bieten zu entkommen.

Nachts schliefen sie nebeneinander auf dem durchgelegenen Bett und waren einander ein Trost.

Und dies war nun der vierte Morgen. Die Sonne stand schon hoch, denn die Blätter, die sich zum Fenster der Toilette hinunterneigten, waren golden vom Licht. Shantila war von der Schule nach Hause gekommen. Sie nahmen das Mittagessen zusammen ein, und Shantila saß, wie am ersten Tag, ihr stumm gegenüber.

Anjli sah, wie die großen, hungrigen braunen Augen sich auf ihre Halskette hefteten; nicht neidisch, nur bewundernd. Dorette hatte ihr die Kette einmal aus Schottland mitgebracht. Sie war nur aus hübschen, gerundeten, glatt polierten Kieseln, die man im schottischen Bergland fand.

Anjli griff mit den Händen zum silbernen Verschluss und öffnete ihn.

»Dreh dich um, damit ich sie dir umlegen kann.«

Sie streckte Shantila die Kette entgegen, und das Mädchen fuhr unwillkürlich zurück und schüttelte erschreckt den Kopf.

»Nein, nein! Sie gehören dir.«

»Nein, sie sind für dich. Ich will sie dir schenken. Wenn du sie magst. Du magst sie doch? Ich habe andere«, fügte sie einfach hinzu. Ich hatte andere, berichtigte sie sich im Stillen und fragte sich, ob sie sie jemals wieder sehen würde.

Shantilas Augen, noch immer voller Zweifel, doch unfähig zu lügen, leuchteten auf wie zwei runde Monde vor Freude. Anjli schloss die Kette um ihren Hals und trat zurück, um zu sehen, wie sie wirkte. Shantilas Finger betasteten langsam und bedächtig einen Stein nach dem anderen. Die beiden Mädchen sahen einander lange an, und in ihren Augen stand die Freude über den Austausch von irgendetwas Undefinierbarem, den sie soeben vollzogen und durch den sie beide gewonnen hatten.

Sie waren so vertieft, dass sie die lauten Stimmen draußen im Gang nicht gehört hatten. Der plötzliche Lufthauch, als die Tür aufgerissen wurde, das Erscheinen des alten Mannes, dessen massiver Kopf in einen braunen Schal gehüllt war, trieb sie auseinander.

»Komm, Anjli«, sagte die uralte, kratzige Stimme mit einem widerwärtig schmeichelnden Unterton, der genau zu dem falschen Lächeln auf dem bärtigen Gesicht passte. »Komm, du darfst mit uns einkaufen gehen.«

Er packte ihr Handgelenk, noch ehe sie überlegen konnte, ob es Sinn hatte, sich zu widersetzen oder ob überhaupt etwas zu fürchten war, wenn sie ihm folgte. Die Frau, scheu und ängstlich an seiner Seite, nahm gehorsam Anjlis anderen

Arm. Shantila folgte ihnen zögernd durch den Gang, doch als sie die verschlossene Tür erreichten, drehte der alte Mann sich um und scheuchte sie zurück. Sie blieb reglos stehen und blickte ihnen nach.

Es war das erste Mal, dass Anjli die schmale Holztür offen sah. Über die Schwelle traten sie hinaus in blendenden Sonnenschein, der in einen kleinen Hof mit hohen Mauern fiel. Sie sah drei kleine Schuppen und im Schatten einen unauffälligen dunklen Wagen. Draußen, vor dem geöffneten Hoftor stand in einer schmalen Gasse ganz unverkennbar ein Taxi aus Delhi.

Sie schoben sie auf den Rücksitz zwischen sich. Die Frau hielt ihren linken Arm, der Mann ihren rechten. Als das Taxi sich in Bewegung setzte, zog ihr der Mann mit geschickter Bewegung den Schal über die Augen. Sie widersetzte sich nicht, und einen Moment später, als sie das Haus und den kleinen Hof hinter sich gelassen hatten, nahm er ihr den Schal wieder ab. Delhi lässt sich nicht verbergen, doch für einen Fremden ist es schwer, sich im Gewirr der Straßen, die einander täuschend gleichen, zurechtzufinden.

Sie befanden sich also noch in der Stadt. Nun, das war immerhin etwas. Anjli saß schweigend, doch verkrampft zwischen den beiden, beobachtend und nachdenklich. Was würde jetzt geschehen? War das Lösegeld für sie schon bezahlt worden? Sollte sie jetzt auf freien Fuß gesetzt werden? Sie wagte nicht, daran zu glauben. Warum hatte man sie aus dem Haus gebracht? War es dort vielleicht zu unsicher geworden? Sollte sie zu einem anderen Versteck gebracht werden? Dann musste sie jetzt die Gelegenheit wahrnehmen, hier in den belebten Straßen. Sie konnte nicht daran glauben, dass sie tatsächlich einfach einkaufen wollten.

Eine ganze Zeit lang fuhren sie durch die breiten Straßen der neuen Stadt, doch sie entdeckte nichts, was ihr Aufschluss darüber gegeben hätte, wo sie sich befanden. Und als der Fahrer sie schließlich zu dem Schokoladengeschäft gegenüber von Sawyer's Restaurant brachte, schlug er diejenige der strahlenförmig in den Connaught Place mündenden Straßen ein, die dem Restaurant am nächsten war. Auf diese Weise konnte Anjli von der breiten Ringstraße des Connaught Circus kaum Notiz nehmen.

Am Randstein hielt der Wagen an.

»Komm«, forderte der alte Mann sie strahlend auf. »Wir sind da. Hier werden wir für dich und Shantila Süßigkeiten kaufen. Und du wirst sehr brav und vernünftig sein, nicht wahr, Anjli? Um deines Vaters willen, vergiss das nicht.«

Sie hätte ihnen mit Leichtigkeit davonlaufen können, doch sie ließen keinen Moment ihre Arme los. Und es war niemand in der Nähe, den sie um Hilfe hätte anrufen können; kein Verkehrspolizist, kein vorübergehender englischer Tourist. Einen Moment lang blieb sie stehen und blickte sich um. Nirgends eine Aussicht auf Hilfe. Sie war nichts weiter als ein indisches Schulmädchen, das mit seiner Mutter und seinem Großvater beim Einkaufen war. Wer würde auch nur einen Blick an sie verschwenden? Sie gab dem Ziehen der beiden nach und folgte ihnen in den Laden.

»Ja«, sagte Dominic, der sich über Tossas Stuhl beugte und aufmerksam der zarten Gestalt nachblickte, die unter der Markise des Ladens verschwand. »Ja, das ist Anjli.«

»Sind Sie wirklich sicher?«, fragte Kumar. »Es ist so lange her, seit ich sie zum letzten Mal gesehen habe.«

»Ganz sicher«, bestätigte Tossa.

»O ja, das ist Anjli«, schaltete sich auch Felder ein, und seine Stimme bebte vor Spannung. »Und jetzt? Was tun wir jetzt?«

»Genau das, was wir versprochen haben«, sagte der Swami Premanathanand milde, ohne sich auch nur auf seinem Stuhl vorzubeugen. »Wir bleiben hier, rühren uns nicht von der Stelle, um die Entführer nicht zu beunruhigen. Wir warten, bis sie sich wieder melden. Bis jetzt, das müssen Sie zugeben, haben sie zu ihrem Wort gestanden.«

»Aber lieber Gott, sie ist hier, nur durch die Straße von uns getrennt. Bloß diese beiden alten Leute halten sie uns fern. Wenn wir jetzt hinuntergingen und in den Laden –« Felder wischte sich den Schweiß von der Stirn und atmete schwer.

»Man hat uns gewarnt«, versetzte der Swami ruhig. »Wenn wir irgendetwas unternehmen, sehen wir sie vielleicht nie wieder. Ein solches Risiko dürfen wir nicht eingehen. Wir müssen uns genauso wie die Verbrecher an die abgemachten Bedingungen halten. Um Anjlis willen.«

»Ja, wahrscheinlich haben Sie Recht.« Mit einem tiefen Seufzer des Widerwillens gab Felder klein bei.

»Sie kommen heraus«, flüsterte Tossa.

Alle drei nebeneinander wie zuvor, Anjli, flankiert von Mann und Frau, traten sie aus dem Laden. Die Schachtel mit den Pralinen, die sie gekauft hatten, klemmte unter dem Arm des alten Mannes. Hilflos sahen die fünf Menschen hinter dem Fenster des Restaurants im ersten Stock zu, wie das Trio ohne Eile den breiten Bürgersteig überquerte. Sie sahen, wie der Fahrer sich aus dem Fenster des Taxis beugte und ihnen dann die Tür zum Fond öffnete. Zuerst verschwand die Frau im Innern. Dann folgte das junge Mädchen, dann der Alte. Die Tür wurde mit einem scharfen Knall zugeschlagen.

»Wir können doch nicht –«, hauchte Felder.

Doch keiner von ihnen rührte sich von der Stelle. Der Swami saß kerzengerade, ein kleines Lächeln auf den Lippen.

Das Taxi reihte sich in den Verkehrsstrom ein, der jetzt um die Mittagszeit ein wenig dünner geworden war, und verschwand. Eine Motor-Rikscha mit grellbuntem Dach passierte den Wagen in entgegengesetzter Richtung, und eine andere, ebenso farbenprächtig, wartete, bis das Taxi eine Seitenstraße überquert hatte, ehe es in den Hauptstrom einbog. Hin und wieder fuhren Autos vorbei. Aus einer Werkstatt schoss eine Motorrad-Rikscha und brauste mit knatterndem Motor und flatterndem grünem Dach in derselben Richtung davon, die das Taxi genommen hatte.

Der Swami schien nichts Bestimmtes zu beobachten, nichts zu sehen. Doch er vermerkte jede Bewegung des Verkehrs dort unten. Alle starrten angestrengt zum Fenster hinaus, doch keinem war das einzig Bedeutsame, was geschehen war, aufgefallen. Der Fahrer der Motorrad-Rikscha nämlich war Girish. Girish hatte keine Versprechungen gegeben, hatte sich auf keinen Handel eingelassen. Girish handelte im eigenen Namen.

Das Taxi rollte ohne Eile über die Ringstraße des Connaught Circus, und die Motorrad-Rikscha folgte in gut bemessenem Abstand. Ein besseres Fahrzeug hätte man sich in Delhi, wo man an allen Ecken ähnliche Vehikel sieht, kaum aussuchen können. Man schenkt diesen Fahrzeugen allenfalls Beachtung, wenn man eins mieten will. Es erregt auch kein Aufsehen, wenn sie mit halsbrecherischer Geschwindigkeit durch die Straßen kurven. Das ist gang und gäbe. Girish jedoch hatte nicht die Absicht, sich zu verraten. Ihm lag daran, das Taxi bis zu seinem Bestimmungsort zu verfolgen, nicht aber zu überholen. Er blieb immer an die zehn Meter zurück und fuhr schräg hinter dem Wagen her, ließ hin und wieder andere Fahrzeuge zwischen sich und das Taxi und setzte alles daran, nicht aufzufallen. Er rechnete nicht mit Schwierigkeiten. Er wollte nur wissen, wo sie sie gefangen hielten. Dann würde er handeln. Inzwischen wollte er darauf achten, dass er keinen Fehler beging.

Was als Nächstes geschah, war auch nicht seine Schuld. Es war etwas, wogegen er keine Vorsichtsmaßnahmen hatte ergreifen können.

Im Fond des Taxis saß Anjli zwischen ihren beiden Wächtern, zitternd vor Spannung. Sie wusste, dass sie nicht mehr viel Zeit hatte. Sie waren auf der Fahrt zurück zu dem kleinen Haus in dem stillen Hof, und wenn sie dort erst einmal angelangt waren, dann hatte sie ihre Gelegenheit verschenkt. Diese unerklärliche Fahrt, die auf den ersten Blick so ganz und gar sinnlos schien, musste irgendetwas bedeuten. Wenn sie nur hätte erfassen können, was dahinter steckte. Hatte man sie nur für eine kurze Zeit von ihrem Versteck entfernt, weil man dort gefährlichen Besuch erwartete? Hatte man sie vielleicht in die Stadt gebracht, um sie jemandem zu zeigen, um zu beweisen, wer und was sie war? Es musste irgendetwas bedeuten, was ihr helfen würde zu entscheiden, wie sie handeln musste, und hier saß sie und ließ Minuten und Sekunden verrinnen. Voller Unbehagen reckte sie den Hals nach allen Seiten, ließ die Augen suchend über die Bürgersteige schweifen, die rechts und links am Wagen vorbeiflogen. Der Griff des alten Mannes war etwas lockerer geworden. Sie drehte sich um und wischte mit der Hand über die staubbedeckte Scheibe hinter sich, um hinauszuspähen. Sie sah die Motorrad-Rikscha, den langen, schlanken Körper des Fahrers, der sich über die Lenkstange beugte. Sie sah und musterte für den Bruchteil einer Sekunde in stummer Überraschung das magere, fein geschnittene Gesicht mit den kühnen Zügen und den aufmerksamen, stolzen Augen, die unverkennbar auf den Wagen gerichtet waren, in dem sie saß.

Sie stieß einen Schrei leidenschaftlicher Freude aus, wirbelte herum und trommelte mit beiden Fäusten auf die Schultern des Taxifahrers.

»Anhalten«, rief sie in so gebieterischem Ton, dass sein Fuß sich unwillkürlich auf das Bremspedal senkte. »Halten Sie auf der Stelle an.«

Da hatte der Alte sie wieder am Arm gefasst, doch sie wollte ihre letzte Chance nicht kampflos aufgeben. Als der Fahrer bremste, wurden sie alle drei nach vorn geschleudert.

Ihre Hand fuhr an der verschreckten Frau vorbei und rüttelte an der Klinke der Tür.

Doch es war zu spät.

»Fahren Sie weiter! Rasch, fahren Sie weiter!«, brüllte der Alte neben ihr, und alles Schrille, zitternd Gellende, alle Gebrechlichkeit des Alters waren plötzlich von der Stimme abgefallen. »Hören Sie nicht auf sie. Sie ist krank, das sehen Sie doch. Sie ist verrückt. Wir müssen sie nach Hause bringen!«

Der Wagen sprang mit kraftvollem Schwung wieder vorwärts, und Anjli wurde hilflos in die Polster gedrückt. Die Frau neben ihr schluchzte vor Erregung und Schrecken. Der Mann fluchte wild, beschimpfte Anjli und spähte wütend durch das Rückfenster. Er wusste jetzt, dass sie verfolgt wurden. Sie hatte das eine getan, was sie nicht hätte tun sollen.

»Schneller, schneller. Wir werden von einer Motorrad-Rikscha verfolgt. Sie müssen sie abschütteln. Unbedingt. Sie müsssen. Ich verspreche Ihnen den doppelten Fahrpreis.«

Sie schlängelten sich jetzt mit hoher Geschwindigkeit durch den Verkehrsstrom, wechselten ohne Rücksicht auf andere Wagen die Fahrbahn, scherten plötzlich scharf aus und tauchten in Nebenstraßen unter. Wieder war Anjli verloren, wusste nicht, wo sie sich befanden. Sie wollte sich aufrichten, um aus dem Fenster zu sehen, doch der alte Mann packte sie an ihrem Zopf und schleuderte sie wieder in die Polster. Sie schlug mit aller Kraft nach ihm, grub ihre Finger in seinen Bart und zog. Fluchend umklammerte er ihre Handgelenke und löste ihre Finger, einen nach dem anderen, aus seinem Bart.

»Schneller, schneller! Hier, der Pferdewagen! Schnell, überholen Sie, dann ist ihm der Weg versperrt. Ja, jetzt! Nein, nein, nicht nach hinten. Setzen Sie uns hier vorn ab. Wir haben keine Zeit.«

Das Taxi kam mit einem Ruck zum Stehen, die Türen wurden aufgerissen und Anjli wurde herausgezogen. Man zerrte sie durch einen schmalen Garten und durch eine Tür ins Innere des Gebäudes. Sie hörte Geldstücke klirren, hörte das Aufheulen des Motors, als das Taxi davonschoss. Die Tür fiel hinter dem alten Mann zu. Er kam in das kühle, kahle weiße Büro, in dem sie mit der zitternden Frau stand.

Jetzt, wo es zu spät war, jetzt wusste sie, wo sie war. Sie wusste, wo sie während dieser vier Tage gefangen gehalten worden war. Diese hohe, viktorianische Fassade, den kleinen Garten, die niedrige Hecke davor, vergaß man nicht so leicht. Wenn nicht Zeitmangel sie gezwungen hätte, durch die Haupttüre hereinzukommen, hätte sie vielleicht nie erraten, wo sie sich befand. Vor dieser Tür hatte sie mit ihren Freunden auf Ashok Kabir gewartet an jenem ersten Abend in Delhi. Vier Tage lang hatte man sie in der Wohnung des Hausmeisters, der das Büro der Filmgesellschaft am Connaught Circus bewachte, gefangen gehalten.

Und jetzt, da sie einmal angefangen hatte, Entdeckungen zu machen, schien es, als wäre ihr neues Wissen unerschöpflich. Sie wusste, dass die alte, brüchige Stimme in einem Moment der Krise, als der Sprecher seine Rolle vergaß, voll und laut werden konnte. Sie wusste, dass er, als sie ihre Finger in seinen Bart gegraben hatte, keinen Schmerz gespürt hatte, sondern nur Angst. Warum sonst hatte er ihre Finger so sorgsam einen nach dem anderen aus dem Bart gelöst. Hätte er nicht, wenn er Schmerz gespürt hätte, einfach wütend zugeschlagen?

Sie ließ ihn nahe an sich herankommen. Die gemeinen, bitteren, unverständlichen Worte, die aus seinem Mund strömten, bedeuteten ihr nichts. Sie stand da wie ein kleinlautes, verschüchtertes Kind, bis er in Reichweite war. Dann sprang sie vor und griff mit beiden Händen in das volle graue Haupthaar, zog mit aller Kraft daran und riss es ihm vom Kopf. Perücke und Bart lösten sich zugleich unter ihren Händen, hinterließen rote Ränder auf seiner Stirn und seinen

Wangen. Nichts war geblieben von dem gekrümmten alten Mann als zwei runde, graue Flecken von Schminke auf seinen Wangen, die sorgfältig gepinselten Runzeln auf seiner Stirn. Geblieben war ein stämmiger Mann in den Dreißigern mit glattem Gesicht, gesundem Teint und kurz geschnittenem schwarzen Haar.

»Jetzt weiß ich, wer Sie sind«, sagte sie ohne Triumph, denn sie wusste auch, dass sie sich einen Todfeind geschaffen hatte. »Sie sind nicht einfach ein alter Mann, Sie sind das Alter in Person. Alter und Tod. Ich weiß sogar Ihren Namen noch. Sie heißen Govind Das.« Und plötzlich fragte sie mit fordernder Stimme, als wäre das jetzt das Wichtigste der Welt: »Was haben Sie mit Arjun Baba gemacht?«

11

Govind Das tat zwei schwankende Schritte zu ihr hin, und unter der gebräunten Haut wich alles Blut aus seinem Gesicht. Es wurde grau wie Lehm. Die Frau, zitternd und jammernd, drängte sich schüchtern zwischen die beiden. Er packte sie mit plumper, gewalttätiger Hand an ihrem Sari und schleuderte sie zur Seite. Dann umklammerte er Anjlis Arm und zerrte sie aus dem leeren Büro hinaus, zurück zu der verschlossenen Tür neben dem kleinen Wohnzimmer. Die Frau folgte ihnen wimmernd mit schreckgeweiteten Augen.

Der Schlüssel steckte. Er drehte ihn um und stieß Anjli hinein. Sie stürzte gegen das Bett. Flüchtig sah sie, wie die Tür zur Toilette hastig, doch lautlos zugezogen wurde. Shantila kannte den Zorn des Mannes. Sie hatte gelernt, sich vor ihm zu verbergen.

Wieder drehte sich der Schlüssel im Schloss. Sie hatte nichts gewonnen. Sie saß wieder im Gefängnis. Ein weiterer

Schlüssel knirschte. Die Tür am Ende des Korridors, die Tür, durch die sie eben hereingestoßen worden war, wurde verschlossen. Und drüben auf der anderen Seite begann das grässlichste Hin und Her von wütenden Schimpftiraden und wimmerndem Flehen, das sie je gehört hatte. Sie verstand nicht ein einziges Wort, und doch verstand sie das, was wesentlich war. Sie wusste, dass diese Szene entscheidend war, dass von ihrem Ausgang ihr eigenes Schicksal abhing. Der Mann tobte und drohte. Die Frau drängte, beschwichtigte, weinte, widersprach, protestierte sogar. Hin und wieder, dachte Anjli, die das Ohr fest an die Tür presste, schlug Govind Das sie, doch sie gab nicht auf.

Während sie noch vor dem Schlüsselloch kauerte, hörte sie leise Schritte im Korridor, das Tasten einer Hand an der Wand. Auch Shantila lauschte, und Shantila konnte verstehen, was sie sagten. Anjli holte tief Atem und wartete. Sie wagte nicht zu sprechen. Die beiden dort drüben würden wahrscheinlich nichts hören, ehe sie ihren wilden Kampf ausgefochten hatten, doch sie wagte es nicht, sich darauf zu verlassen.

Ganz sachte und behutsam wurde der Schlüssel im Schloss gedreht. Zentimeter um Zentimeter öffnete sich die Tür. Auf der Schwelle stand Shantila und winkte ihr, die Finger der einen Hand auf die Lippen gepresst.

»Schnell!« Es war nur ein flüchtiger Hauch. »Du musst weg. Mein Onkel hat jetzt Angst. Du hast ihn gesehen, du kennst ihn, du kannst ihn verraten.«

Anjli schlich sich an ihre Seite. Einen Moment lang standen sie beinahe Wange an Wange und lauschten.

»Er will dich töten.« Shantilas Lippen bewegten sich fast lautlos. »Er will dich töten, damit du ihn nicht verraten kannst. Sie haben ihm befohlen, gut auf dich aufzupassen und dir nichts anzutun, aber jetzt hat er Angst.«

Geräuschlos tasteten sie sich in den Korridor hinaus, und

sorgsam verschloss Shantila die Tür wieder. Mit angehaltenem Atem schlichen sie auf Zehenspitzen an der Toilette vorbei und drehten vorsichtig den letzten Schlüssel, der ihnen den Weg in die Sonne freigab.

Die schwere Holztür war abgeschlossen, doch die dicke Eisenstange, die die beiden Flügel des Tores zusammenhielt, war leicht zu erklimmen, und sie waren ja beide leichtgewichtig und geschmeidig. Anjli zog sich hoch, überstieg das Tor und beugte sich hinunter, um Shantila zu helfen, die ihr folgte. Durch die Blätter des Baumes stahlen sich Sonnenstrahlen, und irgendwo im Hintergrund des alten Hauses stieß ein Mann ein markerschütterndes Brüllen aus, in dem sich Schreck und Entsetzen mischten.

»Schnell, gib mir deine Hand!«

Anjli zog kräftig, und einen Moment später hingen sie beide keuchend über dem Tor. Die wackelige Holztür, die sie hinter sich abgeschlossen hatten, erzitterte und ächzte unter dem Aufprall eines schweren Körpers. Wieder und wieder wurde sie von heftigen Stößen erschüttert, doch sie hielt. Die beiden Mädchen ließen sich vorsichtig auf der anderen Seite des Tors hinunter. Shantila fiel leicht wie eine Katze ins Gras. Anjli riss sich den rechten Ellbogen auf. Hinter ihnen wurde im ersten Stock des Hauses ein Fenster aufgerissen, durch das man das flache Dach erreichen konnte. Mit einem Sprung war Govind Das draußen im Freien. Seine Augen flackerten halb wahnsinnig vor Furcht und Hass. Er ließ sich vom Dach in den Hof herunter. Er sah – und sie wussten, dass er es sah –, wie die kleinen Finger sich vom oberen Rand des hohen Tores lösten. Er hörte – und sie wussten, dass er es hörte –, wie sie leichtfüßig wie aufgescheuchte Kaninchen den gewundenen Pfad entlangeilten, auf die Straße hinaus.

Die eiserne Vorlegestange wurde krachend zurückgestoßen, die Torflügel sprangen auf, und der Motor des Außenaufnahmewagens der Filmgesellschaft heulte auf. Govind

Das steuerte das Fahrzeug auf die Straße hinaus und jagte mit hoher Geschwindigkeit dem Connaught Circus zu, dem Anjli und Shantila Hand in Hand entgegenflohen.

Gleich um die Ecke, in der Parliament Street, wo die breiten Bürgersteige von grünen, Schatten spendenden Bäumen überdacht waren, hatte sich mittägliche Stille ausgebreitet. Nur hin und wieder rollte ein Auto gemächlich die breite, gerade Straße entlang. Hinter eine Gruppe von Büschen verborgen stand auf dem schmalen Grünstreifen, der Bürgersteig von Fahrbahn trennte, eine Telefonzelle. Eine Motorrad-Rikscha mit dunkelgrünem Dach parkte daneben, und drinnen in der Zelle hatte Girish gerade die Nummer von Sawyer's Restaurant gewählt und sprach mit dem Swami Premanathanand.

»Ich habe sie verloren. Pech mit einem Pferdewagen. Aber knapp eine Minute später ist dasselbe Taxi leer in Richtung Irwin Road gefahren. Sie müssen irgendwo hier in der Nähe sein, direkt am Circus, zwischen dem Janpath und der Parliament Street. Ja. Ich bin sicher. Ich weiß die Nummer. Ich werde den Fahrer von der Polizei festnehmen lassen, und wenn der erst erfährt, worum es geht, dann redet er bestimmt.«

Er lauschte der Antwort des Swami, während er geistesabwesend durch die Glasscheiben der Zelle auf die Straße hinausblickte. Und da geschah plötzlich alles auf einmal. Vom Connaught Circus her kamen zwei Mädchen Hand in Hand die Parliament Street heruntergehetzt. Ihre Gesichter waren starr, die weißen Gazeschals flatterten im Wind, die dicken, dunklen Haarschöpfe wippten auf und ab, während sie rannten, als säße ihnen der Teufel selbst auf den Fersen. Unkluger-, aber verständlicherweise waren sie auf die Fahrbahn hinausgelaufen, weil dort wenig Verkehr war und die Passanten auf dem Bürgersteig sie doch aufgehalten hätten. Doch selbst ein einzelnes Auto kann gefährlich werden, besonders wenn es so halsbrecherisch gefahren wird wie der schwarze Wagen, der jetzt vom Connaught Circus her auftauchte. Man hätte meinen können, der Fahrer hätte es tatsächlich darauf abgesehen, die beiden Mädchen zu überfahren.

Girish gab keinen Laut von sich. Der Telefonhörer fiel ihm aus der Hand und schwang einen Moment an der Schnur hin und her, während die Worte des Swami im Nichts verklangen. Die Tür der Telefonzelle wurde mit einem Ruck aufgestoßen, und schon hockte Girish auf seinem Motorrad. Der Motor brummte auf, das Fahrzeug setzte sich in Bewegung. Diagonal brauste er über die Parliament Street, direkt in die Fahrbahn des heranrasenden Wagens. Die Mädchen waren kaum zehn Meter entfernt, als der Zusammenprall stattfand. Sie sprangen erschrocken zur Seite wie verfolgte Hasen und rannten weiter, ohne sich umzusehen.

Govind Das sah aus dem Augenwinkel die schwere Rikscha herankommen, der Fahrer offensichtlich entschlossen, ihn zu rammen. Er besaß gerade noch genug Vernunft, gerade noch genug Instinkt, das Einzige zu tun, was in diesem Moment noch möglich war, um einem Zusammenstoß auszuweichen. Er riss das Lenkrad nach links, und das Motorrad raste schräg gegen den rechten vorderen Kotflügel und schob den Wagen auf die Grünfläche zwischen Fahrbahn und Bürgersteig. Ineinander verklammert kamen die beiden Fahrzeuge zum Stehen. Die schrillen, knirschenden Geräusche des Zusammenstoßes verstummten. In dem kurzen Moment der Lähmung und des Schweigens, ehe Neugierige herangeeilt kamen, befreite sich Govind Das benommen, aber unverletzt aus dem Wagen und verließ hastig den Unfallort. Ein Wagen, der einer Filmgesellschaft gehörte … ein rücksichtsloser Fahrer … ein Zusammenstoß … was war daran Besonderes? Er musste jetzt nur noch das Mädchen einfangen und dann zurückkehren und den Wagen als gestohlen melden.

Er konnte die beiden kleinen Gestalten noch sehen. Sie

hatten jetzt einen beträchtlichen Vorsprung. Doch sie machten einen Fehler. Sie rannten auf das hohe eiserne Tor des Jantar-Mantar-Parks zu. Er brauchte sich gar nicht zu beeilen.

Einmal nur warf er einen Blick zurück. Der Fahrer des Motorrads – war der vielleicht verrückt? Govind Das kannte ihn nicht, hatte ihn nie in seinem Leben gesehen – lag immer noch auf der Straße, zusammengekrümmt zwischen den Trümmern. Tot oder lebend, spielte das eine Rolle? Der Krankenwagen würde zweifellos in ein paar Minuten da sein, sobald jemand begriffen hatte, was dort geschehen war.

Govind Das wandte sich befriedigt wieder um und machte sich im Laufschritt an die Verfolgung Anjli Kumars, die jetzt mit ihrer Gefährtin im Park verschwunden war, aus dem es kein Entrinnen gab. Die Mauer war zu hoch. Die konnten sie nicht übersteigen.

Girish hatte die Beine hochgeschwungen, weg von der Maschine, und war unmittelbar vor dem Aufprall gesprungen. Doch der Schwung hatte ihn gegen den Kotflügel des Wagens geschleudert, wenn auch mit weniger Wucht. Er schlug hart auf die Straße auf, und der Sturz nahm ihm den Atem. Sein Kopf prallte gegen das Metall des Wagens. Für einige Sekunden war er wie betäubt. Als er die Augen öffnete, lag er seitlich, die eine Wange zu Boden gepresst, auf der Straße. Doch die erste schmerzhafte Bewegung beruhigte ihn – er war am Leben, er hatte keine ernstlichen Verletzungen davongetragen. Benommen richtete er sich auf die Knie auf und rappelte sich hoch.

Niemand hatte den Zusammenstoß aus nächster Nähe beobachtet. Doch jetzt kamen aus beiden Richtungen der Straße Leute herbeigelaufen. Hastig verbarg sich Girish hinter den dicken Stämmen der Bäume. Von hier aus konnte man leicht verschwinden, und er hatte jetzt keine Zeit, die Fragen der Polizei zu beantworten. Erst musste er die beiden Kinder retten. Sie waren aus seinem Blickfeld entschwunden. Er entfernte sich weit genug von den beiden Wracks, um nicht aufzufallen. Dann trat er hinaus auf die Fahrbahn und spähte aufmerksam die endlos lange, gerade Straße entlang. Von den beiden Mädchen war nirgends eine Spur zu sehen; doch er konnte nicht glauben, dass sie in dieser relativ kurzen Zeit einen so großen Vorsprung gewonnen haben sollten. An zwei Stellen allerdings konnten sie abgebogen sein; entweder nach rechts in die Jai Singh Road oder nach links in eine schmale Gasse. Davor befand sich nur das Tor zum Park.

Das veranlasste ihn, sich nach links zu wenden, wo die hohen schmiedeeisernen Torflügel zum Park offen standen. Und da sah er gerade noch, wie Govind Das in gemächlichem Laufschritt, leicht hinkend, auf den Kiespfad abbog, der in den Park hineinführte. Bis vor zehn Minuten war ihm dieser Mann völlig unbekannt gewesen, doch jetzt erkannte er ihn selbst aus dieser großen Entfernung.

Mit einem Taschentuch wischte sich Girish die Blutspuren aus dem Gesicht und nahm in unstetem, eiligem Schritt die Verfolgung auf.

Der Jantar-Mantar-Park gehört zu den reizvollsten Sehenswürdigkeiten Delhis. Doch ohne Führer könnte man stundenlang um die Denkmäler und Bauten darin herumwandern, ohne der Lösung auf die Frage, was sie eigentlich darstellen sollen, auch nur einen Schritt näher zu kommen. Es sieht aus, als hätte sich ein ausgesprochen origineller und moderner Bildhauer und Architekt, von der Begeisterung unserer Zeit für die Erforschung des Weltraums mitgerissen, darangemacht, seinen Garten mit Formen und Bauten zu schmücken, mit denen uns Erdenbewohner erst die Zukunft vertraut machen wird. In Wirklichkeit sind die Gebäude beinahe zweihundertfünfzig Jahre alt, doch es besteht kein Zweifel daran, dass ihr Schöpfer in überwältigenden Dimensionen gedacht hat. Denn dies ist nur eines der fünf riesigen Observatorien, die in den Grenzen Indiens im frühen achtzehnten Jahrhundert vom Maharadscha Jai Singh II. von Jaipur, Städteplaner und Astronom aus Leidenschaft, errichtet wurden. Sechs architektonische Werke von enormen Ausmaßen, planvoll in die prächtigen Anlagen gesetzt, mit denen die Inder unweigerlich ihre Altertümer umgeben, überragen selbst die hoch gewachsenen Königspalmen. Überall sind Treppen, und überall sind Türen und Tore. Und rund um diese Titanen herum dehnen sich üppig bewässerte Rasenflächen mit Gruppen blühender Büsche und Sträucher und hohen Königspalmen, deren glatte Stämme wie matte, silberne Seide schimmern.

In diese Welt der Fantasie flüchteten sich die Mädchen, getrieben von panischer Angst und bitterer Entschlossenheit. Einige Spaziergänger wanderten in ruhiger Beschaulichkeit die Kieswege entlang, einige kletterten auf den Treppen umher, ein oder zwei ruhten sich auf den Bänken im Schatten aus. Doch es waren so wenige Menschen, und sie wirkten so unwirklich, dass es schien, als hätte sie jemand in diese Landschaft hineingesetzt, um das Bild zu vervollständigen. Es schien unmöglich, sich an diese Menschen heranzuwagen und sie anzusprechen, tatsächlich von ihnen gehört zu werden und eine Antwort zu erhalten.

Anjli hatte keine Ahnung, was sie innerhalb dieser hohen Mauern erwartete. Sie hatte Seitenstechen, und sie keuchte. Sie musste anhalten. Hier, unter diesen Bäumen, mussten sie dem Mann doch entrinnen können, wenn er ihnen folgen sollte. Und wenn er an ihnen vorübereilte, dann brauchten sie nur zu warten und sich, wenn die Luft rein war, aus dem Park hinauszuschleichen und mit einem Taxi zum Hotel fahren. Sie hatte kein Geld bei sich, ihre Handtasche hatte man ihr mit ihren Kleidern abgenommen, aber der Fahrer würde ja erst am Ziel sein Geld verlangen.

»Ich muss Rast machen«, sagte sie keuchend. »Ich kann nicht mehr laufen.«

»Nur noch ein Stück«, drängte Shantila zitternd. »Nur noch bis zu den Sträuchern. Da kann er uns nicht sehen.«

Sie schlugen den Pfad nach links ein, der zu den Baumgruppen führte, wo man sich verstecken und zugleich das große Tor im Auge behalten konnte. Sie rannten jetzt nicht mehr, doch sie gingen eiligen Schritts, ein wenig stolpernd vor Erschöpfung und Müdigkeit. Die ehrfurchtgebietendste Schöpfung Jai Singhs erhob sich vor ihnen. Es sah aus wie ein schmaler Steinobelisk, beinahe zwanzig Meter hoch, von einer runden Steintrommel gekrönt. Doch als sie näher kamen, entdeckten sie, dass diese schmale, gerade Säule in Wirklichkeit die senkrechte Seite eines rechtwinkligen Dreiecks war, das auf einer seiner Kanten lag. Die Hypotenuse hinauf, die atemberaubend steil in den Himmel ragte, kletterte langsam, Schritt für Schritt, eine Frau im weiß-blauen Sari. Wieder eine Treppe, die der kühne Tourist erklimmen konnte, waghalsiger als alle anderen. Die Mauer, die die Treppe begrenzte, reichte kaum bis zum Knie. Ein Geländer oder Schutzgitter war oben auf der kreisrunden Steintrommel, die zwanzig Meter über dem Boden schwebte, nicht vorhanden.

Anjli stolperte auf das Gebüsch zu. Sie fühlte sich plötzlich entsetzlich müde. Die fantastischen Gebilde um sie herum bedrückten sie. Sie hatte keine Ahnung, dass sie zu einer der größten Sonnenuhren der Erde emporblickte. Wenn jemand versucht hätte, es ihr zu erklären, hätte sie es nicht verstanden. Sie war am Rand ihrer Kräfte und sich nur allzu klar darüber, dass Shantila, so treu sie sein mochte, ihr nicht mehr helfen konnte. Es war lange her, seit sich Anjli das letzte Mal so völlig hilflos gefühlt hatte.

In der kühlen Dämmerung unter den Bäumen entdeckten sie einen Platz, wo sie selbst verborgen waren, von wo aus sie jedoch das hohe Tor beobachten konnten. Einige Menschen kamen vorbei, doch die meisten waren Gärtner. In indischen Parks sieht man oft mehr Gärtner als Besucher. Anjli ließ sich nieder und streckte die Arme aus, bis sie leichter atmen konnte. Unwiderstehliche Schläfrigkeit überkam sie und schloss ihr die Augen.

Shantilas spitzer kleiner Ellbogen stieß sie in die Seite. Sie hörte das erschreckte Einziehen des Atems.

»Er ist da. Er weiß, dass wir hier sind.«

Anjli riss den Kopf hoch und richtete sich auf, um vorsichtig durch das Laub zu spähen. Ja, er war da. Das kurze schwarze Haar über dem geschminkten Gesicht war noch zerzaust von der Perücke. Er hielt den Kopf zu Boden geneigt wie ein Jagdhund, der eine Spur wittert.

Sie klammerten sich aneinander und zögerten viel zu lange. Wenn sie gleich losgelaufen wären, in gerader Linie zwischen den Gebäuden hindurch zum anderen Ende des Parks, dann wäre es ihnen gelungen, ungesehen zum Tor zurückzugelangen. Selbst wenn sie sich ein wenig tiefer in das grüne Gebüsch zurückgezogen hätten, sich hinter den Geräten des Gärtners und dem Komposthaufen verborgen hätten, wären sie ihm vielleicht entgangen. Doch sie waren am Ende ihrer Findigkeit angelangt, und da sie nun schon zu lange gewartet hatten, nahmen sie einander an den Händen und rannten über die weite Fläche vor dem Monument. Dort zögerten sie wieder, im Schatten der Steinmauern, und hofften, dass er an dem Pfad vorübergehen würde, den sie eingeschlagen hatten. Er ging nicht vorüber. Er hatte sie über den weiten Platz hetzen sehen und schlich jetzt gemächlich herum zur anderen Seite, von wo aus sie ihn nicht erwarten würden.

Sie wussten, dass sie jetzt nichts verbarg, und verzweifelt krochen sie die ersten Stufen der langen Treppe hinauf, kauerten sich zusammen, in der Hoffnung, dass sie so von beiden Seiten unsichtbar wären. Es war der größte Fehler, den sie machen konnten. Plötzlich war er da, keine zehn Meter von ihnen entfernt, nur darauf wartend, sie abzufangen, in welche Richtung sie auch zu fliehen suchten. Und wenn sie überhaupt fliehen wollten, dann mussten sie erst über die niedrige Mauer hinweg oder die wenigen Stufen hinunter, die sie emporgekrochen waren.

Was sie nun taten, wurde nicht mehr von Vernunft oder Überlegung diktiert. Es gab nur einen Weg der Flucht, nur einen Weg, ihm zu entkommen, ganz gleich für wie lange. Jeder Moment der Freiheit zählte. Nur darum ging es ihnen, Sekunden der Freiheit. Was danach geschehen würde, lag im Ungewissen. Als er zur Treppe hinsprang, fuhren sie hoch und flohen vor ihm die Treppe hinauf, verzweifelt, gehetzt, ohne Rücksicht auf Dinge, die sie unter normalen Umständen veranlasst hätten, erschreckt innezuhalten. Die Treppe war so schmal, dass gerade zwei Menschen nebeneinander Platz fanden. Die Mauern an den Seiten waren so niedrig, dass sie ihnen kaum bis zu den Knien reichten. Unter ihnen war nichts als heißer, weißer Beton. Doch sie blickten nur vorwärts. Nichts anderes war möglich. Nicht eine einzige Person bewegte sich auf der langen Treppe hinauf oder herunter. Nur sie selbst waren da. Niemand wanderte vorsichtigen Schrittes auf der Höhe der Plattform im Kreis. Es war niemand auf der Welt als sie selbst und der Mann, der jetzt mit grässlicher, tödlicher Gemächlichkeit hinter ihnen den Anstieg begann.

Oben war kein Geländer, keine Balustrade. Tausende ahnungsloser Kinder erklommen jedes Jahr diese Stufen. Wie viele unter ihnen sprangen allzu leichtsinnig um die Steintrommel herum? Sie war beinahe mannshoch, höher als die beiden Mädchen gewachsen waren. Da konnte ein Vater leicht seinen waghalsigen Sprössling aus den Augen verlieren – ein kleiner Stoß genügte – Kinder waren ja so unachtsam. Wie gut, dass sie ihm diesen Ausweg boten! Eine oder beide, was spielte das schon für eine Rolle. Wichtig war nur die eine. Die andere würde viel zu verängstigt sein, um ihm

Scherereien zu machen. Sie hatte kein Geld, keine Verbündeten, keine Macht – nicht wie die andere. Sie konnte bei Amrita bleiben, wenn ihr nichts passierte. Warum nicht? Keine der beiden würde wagen, ihn zu verraten. Und er, der andere – es war ja so leicht, Befehle auszuteilen und selbst die Hände in den Schoß zu legen und sich aus allem herauszuhalten. Der konnte machen, was er wollte, er hatte keine Waffe in der Hand, die sich nicht auch gegen ihn selbst wenden würde. Das nächste Mal sollte er seine Schmutzarbeit selbst machen. Er, Govind Das, hatte zum letzten Mal den Trottel gespielt, der anderen die Arbeit abnahm.

Und niemand folgte ihnen. Niemand.

Er würde Shantila vielleicht die Treppe hinuntertragen müssen. Aber sie würde garantiert keine Schwierigkeiten machen, wenn die andere erst erledigt war.

Sie gingen jetzt langsamer, müde und angestrengt von dem langen steilen Anstieg. Vorsicht war jetzt geboten, nichts durfte den Verdacht der Gewalttätigkeit erwecken. Die Szene musste sich als Familientragödie darstellen. Er konnte jetzt nicht in die Tiefe blicken. Er war zu hoch oben. Langsam, Schritt für Schritt weiter. Eile war nicht nötig. Sie würden ihm nicht entkommen.

Auf den letzten Stufen schwankten und stolperten sie vor Erschöpfung. Der Mann war nur wenige Schritte hinter ihnen. Anjli tastete sich voran, mit der einen Hand Shantila mit sich ziehend. Schweiß rann über ihre Stirn in ihre Augen, brannte auf ihren Lippen. Der salzige Geschmack verursachte ihr Übelkeit. Wenn sie nur noch eine Weile aushalten konnte, nur weiter, um den Steinzylinder herum, seinem Zugriff entgehen. Das war der einzige Trieb, der noch wach war in ihr.

Wie im Traum gewahrte sie unter sich das Panorama von Jai Singhs Vision und das gerade lange Band der Parliament Street jenseits der Mauer. Sie sah das rosenfarbene Halbrund zu ihren Füßen, umgeben von Blumen, und die beiden geheimnisvollen Türme, die aufblickten zu den Sternen. In diesem Moment hörte sie hinter sich den Fall Shantilas, und sie drehte sich um. Das Mädchen lag schluchzend vor Hoffnungslosigkeit und Erschöpfung auf den Stufen. Anjli half ihr auf. Und an dem schmalen, zitternden Körper vorbei trat triumphierend der Verfolger und streckte schon den Arm nach ihr aus.

Aus dem Augenwinkel sah Shantila den Fuß, der unerbittlich vorwärts strebte. Sie sah die besitzergreifend ausgestreckte Hand. Mit aller Kraft, die sie noch besaß, riss sie an der Schnur mit den kleinen polierten Kieseln. Ein scharfer Schmerz durchfuhr ihren Hals, und dann ergossen sich die Kiesel aus dem schottischen Bergland auf die Treppe, tanzten, sprangen, wirbelten vergnügt wie Murmeln, aber ungleich gefährlicher über die steilen, schmalen Stufen. Sie hörte sie klirren, und es war ihr, als erfüllten sie alles mit dünnem, glasklarem mörderischem Gelächter. Sie sah, wie Govind Das seinen Fuß auf drei der trügerischen kleinen Perlen setzte. Doch erst die Verlagerung seines Körpergewichts brachte ihn zu Fall.

Die Kiesel knirschten unter seinem Fuß, gerieten ins Rollen, und er stürzte auf sein Gesicht. Seine Füße verloren den Halt, die Hand, die sich so zielsicher nach Anjli ausgestreckt hatte, verfehlte ihre Beute und fuhr hilflos durch die Luft. Er versuchte sich zu fangen, sein Gleichgewicht wieder zu finden, doch dieser Versuch bewirkte nur, dass sein Körper herumwirbelte und er jetzt kopfüber in den Abgrund geschleudert wurde, aus dem er emporgestiegen war. Er stolperte an Shantila vorbei, und sie sah den Ausdruck auf seinem Gesicht – angespannt, verwirrt, hoffnungsvoll. Es war das Gesicht eines noch jungen Menschen, der an die Katastrophe nicht glauben kann, der immer noch sicher ist, gerettet zu werden. Doch auch Angst, unmenschliche Angst stand in den Augen.

Anjli bekam das Gesicht nicht zu sehen. Sie sah nur die tanzenden Kiesel, den Fuß, der den Halt verlor, den Körper, der ins Schwanken geriet. Und all dies gewahrte sie in Sekundenbruchteilen. Sie stand wie erstarrt, unfähig, sich der ausgestreckten Hand zu entziehen, die sie dann nicht einmal berührte. Von Stufe zu Stufe hüpften die Kiesel, machten boshaft jeden Versuch von Govind Das, sein Gleichgewicht wiederzugewinnen, zunichte. Von Stufe zu Stufe tanzten sie vergnügt wie Wasser, das sich seinen eigenen Weg sucht, hüpften und sprangen unter den stolpernden, unsicheren Füßen, die vergebens nach einem festen Halt suchten. Und plötzlich entrann er den todbringenden Steinen, raste stolpernd mit wedelnden Armen und schwingenden Beinen, deren Bewegungen er nicht mehr unter Kontrolle hatte, in die Tiefe, stürzte, überschlug sich, rollte schlaff wie eine ausgestopfte, seelenlose Puppe eine Stufe nach der anderen hinunter.

Weit unten hatte ein Mann den Aufstieg zu den beiden Mädchen begonnen. Sie sahen ihn erst jetzt und schrien auf vor Angst und Verzweiflung. Wie konnte er dem stürzenden, rollenden Bündel, das ihm entgegenschleuderte, entrinnen? Er war schon zu weit oben, um umkehren und fliehen zu können. Er warf sich nieder, presste seinen Körper gegen die Stufen, stemmte die Füße fest gegen die eine begrenzende Mauer und umklammerte mit den Händen die andere. Nichts hätte jetzt den Sturz von Govind Das aufhalten können. Sein willenloser Körper schlug gegen den angespannten Bogen von Girishs Schultern, wurde auf den Rand der Schutzmauer hinaufgeschleudert, rutschte ein Stück dort entlang und stürzte dann hinunter auf den heißen Beton.

Girish hob den Kopf aus dem Schutz seiner Arme und richtete sich auf. Von unten kam kein Laut mehr, keine Bewegung.

»Vorsichtig«, rief Anjlis ängstliche Stimme von oben. »Die Steine – auf der Treppe –«

Da sah er sie, wie sie einer nach dem anderen die Stufen hinunterrollten, glatt, rund, unversehrt. Er schritt auf seinem Weg nach oben an ihnen vorüber und haschte diejenigen, die ihm am leichtesten in die Hand fielen, vom Boden auf. Doch sein ganzes Sinnen war auf die beiden Mädchen dort oben gerichtet. Langsam krochen sie die Stufen herunter, ihm entgegen. Anjli ging voraus, die eine Hand nach hinten gestreckt, die Hand ihrer Freundin haltend. Stufe um Stufe tastete sie sich hinunter, mit den vorsichtigen, methodischen Bewegungen, die die Erschöpfung diktiert, wenn man weiß, dass man sich einen Fehltritt nicht erlauben kann. Ihr Gesicht war bleich und klar, beinahe leer noch, weil erst vor so kurzer Zeit die Furcht daraus gewichen war. Ihre Augen, schwarz und dunkel, hefteten sich unverwandt auf sein Gesicht.

Auf halbem Weg trafen sie sich. Anjli zog ihre Hand sacht aus der Shantilas, um ihre Handflächen zum Gruß aneinander legen zu können.

»Namaste!«

Er streckte seine Arme aus, und beinahe scheu neigte sie sich ihm entgegen, und er küsste ihre Stirn. Einander an den Händen haltend setzten die drei ihren Weg in die Tiefe fort. Girish ging voraus, ein Bollwerk gegen die Furcht vor minderen Dingen, jetzt, da die große Furcht verflogen war. Er hatte Anjlis rechte Hand in der seinen, und Shantila klammerte sich an Anjlis Linke. Sie gingen langsam, weil keiner von ihnen es jetzt eilig hatte und weil sie alle drei von der bleiernen Müdigkeit überkommen waren, die sich nach einer übermenschlichen Leistung einstellt. Sie mussten die Stimmen unten gehört haben, sie mussten die Neugierigen gesehen haben, die sich jetzt am Fuß der langen Treppe einfanden, zu spät, um Hilfe zu leisten. Aus dem Nichts hatte jemand zwei Polizeibeamte herbeigezaubert. Durch das Tor brauste ein Krankenwagen.

Und andere Gesichter blickten ihnen entgegen. Einige von ihnen kannte Anjli gut, einige von ihnen waren ihr unbekannt. Dominic, Tossa und Mr Felder, strahlend vor Erleichterung; ein schmaler, asketischer Mann in einem safranfarbenen Gewand, mit kahl geschorenem Schädel und schiefsitzender Brille, ein wohl wollendes Lächeln auf den Lippen, und ein hoch gewachsener Mann im maßgeschneiderten Anzug, der, nach seinem befriedigenden Lächeln zu urteilen, ebenfalls zu den Verbündeten gehörte. Sie hatte gar nicht gewusst, dass sie so viele Freunde hier hatte.

12

Zu neunt saßen sie an diesem Abend in Dominics Hotelzimmer beim Kaffee. Das Ashok gegebene Versprechen hatte nicht unerfüllt bleiben müssen. Er war direkt nach den Aufnahmen gekommen, den Kopf noch voller Melodien und hatte Anjli vorgefunden, wie er erwartet hatte, gewandt und gelassen wie immer, zwischen Tossa und Dominic sitzend und allem Anschein nach ganz beschäftigt mit ihren Pflichten als Gastgeberin. Der Swami Premanathanand saß mit gekreuzten Beinen und heiter ruhigem Gesicht an einem Ende des Sofas, während Girish, sein Fahrer, sich am anderen Ende niedergelassen hatte, ein Mann mit einem feinen Lächeln auf den Zügen, still und wortkarg. Sein Gesicht, das im Profil die Kühnheit des Falken besaß, war auf der einen Seite zerkratzt und voller Schrammen. Felder räkelte sich entspannt nach diesen Tagen der Sorge in einem tiefen Sessel. Die Gäste, die zuletzt kamen, überraschten alle, außer vielleicht den Swami, den nichts so leicht überraschen konnte. Denn Satyavan Kumar kam nicht allein, sondern brachte Kamala mit, deren atemberaubend schöner Körper in einen wundervollen Sari gehüllt war. Sie küsste Anjli mit so heiterer Selbstverständlichkeit, dass sich das Mädchen gar nicht daran stieß. Mit einer kurzen Handbewegung winkte sie Ashok zu und ließ sich nieder.

»Ich muss mich entschuldigen«, sagte sie lächelnd zu Dominic. »Ich war ja eigentlich gar nicht eingeladen. Aber ich wollte auch mitfeiern. Ich hoffe, es stört Sie nicht.«

»Ich glaube«, bemerkte der Swami, »dass einige unter uns über die Natur dieser – äh Feier – nicht ebenso klar informiert sind wie die anderen. Vielleicht sollte ich zuerst einmal erklären, was sich in den letzten Tagen eigentlich abgespielt hat.«

Und er tat es mit solcher Kürze, dass er zum Schluss kam, noch ehe einer der anderen Gelegenheit zu einem Kommentar oder einer Frage fand.

»Nur Ihnen schulden wir vielleicht eine Entschuldigung, Mr Kabir. Sie müssen unserem jungen Freund hier verzeihen. Auf meinen Vorschlag hin hat er Ihnen gestern die Wahrheit verschwiegen. Wir haben uns persönlich erst heute kennen gelernt, aber vom Sehen und Ihrem Ruf nach kenne ich Sie gut, und ich darf Ihnen versichern, dass es nicht Zweifel an Ihrer Integrität waren, die mich veranlassten, Sie aus unserer Beratung auszuschließen. Ich hatte einen anderen, triftigen Grund dafür, der sich nachher vielleicht ganz klar zeigen wird. Die Einladung für heute Abend war ein Versprechen, das wir glücklicherweise erfüllen konnten, und ich hoffe, Sie werten sie gleichzeitig als eine Art Entschuldigung im Voraus.«

»Mir schuldet niemand eine Entschuldigung«, versetzte Ashok. Er richtete den Blick auf Anjli und nahm schweigend die Veränderung zur Kenntnis, die in ihr vorgegangen war. »Unter diesen Umständen waren wir alle, die wir Anjli kannten, verdächtig. Warum sollte ich da ausgeschlossen sein? Sie sagen, dass Dominic eines meiner Lieder gehört hat, das

Morgenlied. Wie hätten Sie da andere verdächtigen können als uns, die wir die Musik kannten? Und so viele Leute sind wir ja nicht.«

»Ganz recht«, stimmte der Swami zu, »und die meisten waren wie Mr Felder in Benares, als Anjli entführt wurde. Sie selbst hielten sich in Trivandrum auf, obwohl wir das zu diesem Zeitpunkt nicht wussten.«

»Ich war in Delhi«, erklärte Kamala. »Yashodhara spielt in den Szenen in der Wildnis keine Rolle. Da wurden überhaupt keine Frauen gebraucht. Und Subbash Ghose war auch hier und –«

»Und Govind Das«, vollendete Felder.

Einen Moment blieb es still.

»Wir wussten nicht«, erklärte Dominic, »wer alles mitgefahren war. Wir dachten, das ganze Team wäre in Benares. Natürlich dachten wir zuerst an die Mitglieder des Teams, aber da zu dieser Zeit ja in Benares gedreht wurde, schien das sämtliche Leute, die mit dem Film zu tun hatten, automatisch auszuschalten. Und trotzdem war ich immer ganz sicher, dass ich wirklich Ashoks Morgenraga gehört hatte. Ich muss zugeben, dass es Zeiten gegeben hat, wo wir gar nicht mehr wussten, wem wir vertrauen konnten und wem nicht – oder ob wir überhaupt jemandem Vertrauen schenken konnten. Wir zweifelten sogar am Swami hier. Sogar an Ihnen.« Er blickte durch das Zimmer auf die beiden schönen, lächelnden Menschen, die Seite an Seite saßen. »Gestern Abend, Mr Kumar, nachdem Sie gegangen waren, machten Tossa und ich noch einen Spaziergang. Wir sahen Sie zusammen vor dem Hotel Claridge –«

Ashok hatte ruckartig den Kopf gehoben.

»Kumar?«, echote er verblüfft und verwirrt.

Kamala lachte leise. »Ja, ich kann verstehen, dass wir Ihnen die Sache schwer gemacht haben. Doch selbst nach all den Jahren essen wir, wenn immer es möglich ist, zusammen.

Krishan ist ein großer Charakterdarsteller, ich bin, seien wir doch ehrlich, nur ein Star, der gerade in Mode ist. Während unserer ganzen Ehe ist es uns kein einziges Mal gelungen, zusammen in einem Film zu spielen. Unsere Arbeit treibt uns auseinander. Deshalb verbringen wir alle Zeit, die uns außerhalb der Arbeit bleibt, zusammen.«

»Krishan?«, wiederholte Dominic perplex.

»Ehe?«, echote Felder und richtete sich in seinem Sessel auf. »Ich wusste gar nicht, dass Sie verheiratet sind.«

»Nein, natürlich nicht. Wir haben da unsere eigene Theorie. Je weniger eine Schauspielerehe ins Rampenlicht gerückt wird, desto länger hält sie. Und wir sind gern miteinander verheiratet. Und Sie kennen mich ja erst seit kurzer Zeit, und auch nur durch unsere gemeinsame Arbeit.«

»Aber Kumar hier –«

»O nein, nicht Kumar. Sie sind ja ganz verwirrt. Es tut mir Leid, dass ich mich offenbar nicht klar genug ausgedrückt habe. Nein, mein Mann ist Krishan Malenkar und, wenn ich das sagen darf, ein großartiger Schauspieler. Wenn Sie jemals einen Film drehen sollten, der sich in der indischen ›High Society‹ abspielt – der Swami sagte mir, dass er seine Rolle als indischer Großindustrieller sehr überzeugend gespielt hat.«

»Aber wenn er nicht Kumar ist«, rief Felder hitzig, »wer ist es dann?«

Anjlis Blick schweifte durch die Runde der erstaunten Gesichter. Unvermittelt stand sie auf. Sie konnte ihre überschwängliche Freude nicht länger unterdrücken. Sie eilte durch das Zimmer zu Girish und legte ihm die Hand auf die Schulter. Er lächelte und zog sie zu sich nieder.

»Das ist mein Vater«, sagte sie stolz, als fände sie es unbegreiflich, dass keiner es erraten hatte. »Ich habe ihn erkannt, sobald ich ihn hinter uns herfahren sah. Ich wusste, dass er mich retten würde.«

Alle Augen hatten sich dem Swami zugewandt.

»Aber warum?«, fragte Felder für sie alle. »Warum war es notwendig, die Tatsache zu verheimlichen, dass ihr Vater hier war, in unmittelbarer Nähe? Ich verstehe nicht, was das für einen Sinn haben sollte?«

»Aber, aber, Mr Felder«, protestierte der Swami milde. »Sie sind allzu bescheiden. Es kann doch nicht schwierig sein, den Grund dafür zu sehen, warum Satyavans Identität geheim gehalten werden musste. Ich wusste nicht, wem unter Ihnen ich trauen konnte. Satyavan ist seit seinem Verschwinden seine eigenen Wege gegangen. Ich wusste nur selten, wo ich ihn finden konnte. Doch verschiedentlich hat er an Projekten unserer Mission mitgearbeitet, und von Zeit zu Zeit stand ich mit ihm in Verbindung. Als seine Mutter starb, hatte ich keine Ahnung, wo er sich aufhielt. Da er die Zeitungen nicht regelmäßig las, erfuhr er von ihrem Tod erst, als es zu spät war, an der Beerdigung teilzunehmen. Doch kaum war er unterrichtet, da kam er zu mir. Wir fuhren zusammen zu seinem Haus. Er hatte die Absicht, sogleich seine Angelegenheiten zu regeln. Sie«, sagte er zu Tossa und Dominic gewandt, »wissen, was wir hörten und sahen, als wir nach Rabindar Nagar hinauskamen. Hätte ich ihn da vorstellen sollen, wo ich doch noch nicht einmal wusste, ob nicht vielleicht Sie, denen die Betreuung des Kindes übertragen war, in das Verbrechen verwickelt waren? Nein. Satyavan befand sich ja gerade dadurch in so starker Position, dass er seit über einem Jahr in Rabindar Nagar nicht mehr gesehen worden war. Viele seiner Nachbarn waren neu zugezogen und kannten ihn nicht. Er wollte im Hintergrund bleiben, sich ganz frei und ungehindert bewegen können. Es war ja schließlich seine Tochter, deren Leben in Gefahr war. Von diesem Moment an beobachteten wir deshalb alles, was Sie taten und unternahmen, und zwangsläufig auch alle jene, mit denen Sie in Verbindung waren. Wir waren sicher, dass Lösegeldforderungen nur über Sie gestellt werden würden, und so kam es dann ja auch. Nachdem die erste Zahlung keinen Erfolg hatte und Anjli weiterhin verschwunden blieb, hielt ich es für angebracht, einen Vater zu präsentieren, und zwar einen überzeugenden Vater vom richtigen Typ, der nun die Sache mit Autorität in die Hand nehmen konnte.«

»Ja, aber warum denn?«, beharrte Felder. »Ich sehe immer noch nicht den Sinn des Manövers.«

»Oh, es hatte einen ganz spezifischen Sinn. Der falsche Vater sollte feststellen, ob Anjli überhaupt noch am Leben war, ehe wir weitere Zahlungen vornahmen. Denn wir selbst hatten ja ein Mittel nachzuprüfen, ob sie tot oder lebendig war. Ja, ja, Mr Felder, Sie waren entsetzt, als wir diese Möglichkeit erwähnten, das weiß ich, aber es dürfte auch Ihnen bekannt sein, dass in solchen Fällen häufig das entführte Opfer getötet wird. Doch als dann mein guter Freund Malenkar seine Szene spielte, darauf bestand, das Kind mit eigenen Augen zu sehen, als wir feststellten, dass die Entführer sich dazu ohne allzu großes Zögern bereit erklärten, da wussten wir mit ziemlicher Sicherheit, dass Anjli noch lebte. Nun konnten wir unsere Pläne machen. Satyavan, der von allen nur für einen meiner Angestellten gehalten wurde, war frei und unbehindert. Er konnte beobachten und handeln, ohne fürchten zu müssen, dass ihm jemand in die Parade fahren würde. War das nicht gut gemacht?«

»Doch«, riefen Tossa und Dominic wie aus einem Munde. »Das war glänzend gemacht.«

»Und deshalb konnte ich Mr Kabir gestern Abend nicht heraufbitten. Ich weiß zwar nicht, ob er Satyavan vom Sehen kannte, aber ich wusste mit Sicherheit, dass er mit Malenkar befreundet ist und wahrscheinlich prompt alles verraten hätte.«

»Wem denn?«, fragte Dominic sehr leise.

Die milden Augen des Swami blickten beinahe mit Schärfe auf ihn. Es wäre beunruhigend gewesen, wenn nicht zuvor ein Schimmer des Verständnisses und der Billigung in ihnen aufgeblitzt hätte.

»Oh, zu diesem Zeitpunkt hatte ich von Govind Das keine Ahnung. Ich war noch immer der Annahme, dass einer von Ihnen die Sache arrangiert haben müsste. Es hat jetzt den Anschein, als wäre das Verbrechen allein von diesem Mann ausgedacht und durchgeführt worden.«

»Eine schlimme Geschichte«, stellte Felder fest.

»O ja. Besonders für ihn.«

»Nebendarsteller verdienen nicht viel Geld. Hier bekommen sie vielleicht auch nicht so viele Rollen. Da hat er wohl einfach der Versuchung nicht widerstehen können, vermute ich – die Tochter eines Millionärs und eines Filmstars, nur von zwei jungen, ahnungslosen Leuten betreut. Es muss so einfach ausgesehen haben. O Gott, wie gut, dass das vorbei ist. Der unglückselige Bursche, der dieses Verbrechen auf dem Gewissen hat, ist tot. Er hat seine Bezahlung bekommen. Das ist das Ende.«

Ein langer Seufzer ging durch das Zimmer und löste sich in tiefes, nachdenkliches Schweigen.

»Aber«, sagte Anjli plötzlich ernst, »wenn er es ganz allein getan hat, warum hat Shantila dann zu mir gesagt, sie hätten ihm verboten, mir etwas anzutun? Das hat sie gesagt. Morgen können Sie sie selbst fragen.«

Ein seltsames Unbehagen regte sich im Raum.

»Und wenn er es wirklich ganz allein getan hat«, fügte Dominic hinzu, »dann muss er das reinste Genie gewesen sein. Als wir verlangten, Anjli lebend zu sehen, da kam er so prompt mit seinem Vorschlag mit dem Mittagessen bei Sawyer's und dem Schokoladengeschäft gegenüber, dass es direkt verblüffend war. Wenn er aber vorher von jemandem instruiert worden ist, der schon ahnte, was geschehen würde …«

»Und was«, fragte Tossa, »hat er denn mit dem Geld gemacht, das wir zum Birla-Tempel brachten, wenn er wirklich ganz allein hinter der Sache steckte? Wir wissen doch alle, dass die Polizei weder in seinem Haus noch in den Räumen seiner Schwägerin in den Büros der Filmgesellschaft etwas gefunden hat.«

»Und wenn er nicht derjenige war, der das Geld aus der Aktentasche genommen hat«, setzte der Swami hinzu, der sich für das Thema zu erwärmen schien, »wer war es dann? Und wo ist das Geld jetzt? Es wäre doch eine Genugtuung, wenn wir es wiederbeschaffen könnten! Selbst Filmstars, denen hohe Gagen gezahlt werden, sollten nicht die Opfer von Erpressern werden.«

»Aber gewiss nicht«, stimmte Felder zu. »Ich werde Dorrie das noch erklären müssen, aber wenigstens hat sie jetzt ihre Tochter wieder. Schade ist es schon, aber es sieht kaum danach aus, als würden wir das Geld jemals wieder sehen.«

»Oh, so schnell würde ich die Hoffnung nicht aufgeben«, ermunterte der Swami. »Es besteht immerhin noch die Möglichkeit, dass die Polizei das Geld irgendwo entdeckt.«

»Hm, und wenn das Geld gefunden wird, dann wird man ja vielleicht auch Rückschlüsse darauf ziehen können, wie es dahin gekommen ist. Im Moment jedoch sieht die Sache leider recht aussichtslos aus.«

Ja, es hatte wirklich den Anschein, als wäre alles vorüber, als gäbe es keinen Grund mehr, weiter zusammenzubleiben. Und doch machte niemand Anstalten zu gehen. Es war beinahe so, als warteten sie alle auf irgendein Ereignis, das die Spannung, die sie zusammenhielt, lösen und ihnen gestatten würde, in ihre eigenen Welten zurückzukehren; Dominic und Tossa, müde, erleichtert und dankbar zurück nach England; der Swami zurück in das kleine Büro; Krishan Malenkar und Kamala zurück in ihr sorgfältig behütetes Privatleben; Anjli in eine gemeinsame Zukunft mit ihrem Vater.

Kurz und leise, aber dennoch mit nicht zu überhörender Autorität wurde an die Tür geklopft.

»Herein«, rief Dominic.

Inspektor Kulbir Singh trat ein. In den behandschuhten Händen hielt er ein großes, prall gefülltes, braunes Kuvert. Alle Augen im Zimmer richteten sich darauf, und einen Moment lang hielt jeder den Atem an.

»Meine Damen, meine Herren, verzeihen Sie die Störung. Ich brauche einen Moment Ihre Hilfe.« Selbstsicher trat er vor und legte den Umschlag auf den niedrigen Couchtisch. Mit langsamer Bewegung zog er ein Notenbündel nach dem anderen heraus. »Nein, nein, bitte berühren Sie sie nicht. Es geht hier nicht um Fingerabdrücke. Ich möchte Sie nur bitten, sich dieses Paket anzusehen – Sie, Mr Felder, Mr Felse und Miss Barber. Der Gesamtbetrag, Sie können sich auf mein Wort verlassen, beläuft sich auf zweihunderttausend Rupien, wie Sie sehen in Scheinen gemischter Größenordnung. Ich muss Sie fragen, ob Sie dieses Paket identifizieren können.«

Sie standen alle drei da und starrten darauf nieder, stumm und starr. Dominic war der erste, der sich fasste. Er räusperte sich.

»Es sieht aus wie das Geld, das Mr Felder am Samstagmorgen in meiner Gegenwart von der Bank abgehoben hat. Der Betrag stimmt.«

»Miss Barber?«

»Ich war nicht mit auf der Bank. Ich habe das Paket aber am nächsten Tag gesehen, als Mr Felder es unten am Empfang abgab. Das hier sieht genauso aus. Es muss dasselbe sein. Meine Fingerabdrücke müssten darauf sein, wenn es dasselbe ist. Ich habe es nämlich am Empfang abgeholt, und Dominic hat es dann in die Aktentasche gesteckt.«

»Ich danke Ihnen. Und Sie, Mr Felder? Scheint es Ihnen dasselbe zu sein?«

»Ich bin nicht sicher. Diese Bankumschläge sehen doch alle gleich aus. Es könnte natürlich dasselbe Paket sein.«

»Auch das Geld darin, Mr Felder?«

»Ich sagte doch, dass es dasselbe sein kann.«

»Dann müssten auch Ihre Abdrücke auf dem Umschlag sein, nicht wahr, da Sie ja den Umschlag auf der Bank entgegennahmen.«

»Ja, natürlich. Ich habe das Geld aufbewahrt, bis ich es am Sonntagmorgen im Hotel ablieferte.«

»Aber auf den Scheinen selbst würden Sie doch nicht erwarten, Ihre Abdrücke zu finden?«

»Natürlich nicht. Ich habe ja den Umschlag vom Schalterbeamten verschlossen entgegengenommen, und Sie wissen, dass er am Sonntagnachmittag am Birla-Tempel an die Entführer weitergeleitet wurde.« Er hob den Kopf und starrte dem Inspektor mit steinerner Miene ins Gesicht. »Wo haben Sie ihn gefunden?«

»In einem verschlossenen Koffer in der Villa Lakschmi in Hauz Khas, Mr Felder. In Ihrem Zimmer.«

Felder wich vor ihm zurück. Sein Gesicht erschlaffte in fahler Blässe.

»Es ist Ihnen doch wohl klar, was das zu bedeuten hat? Man hat das Geld in mein Zimmer geschmuggelt, um mich zum Sündenbock zu machen. Ja, ich habe das Geld abgehoben, ja, ich habe den Umschlag aufbewahrt. Das wissen Sie bereits. Was habe ich zu leugnen? Wir lieferten das Geld am Tempel aus, genau, wie man uns befohlen hatte. An Stelle des Umschlags mit dem Geld fanden wir hinterher einen Umschlag mit zerschnittenen Zeitungsblättern in der Tasche. Auch das haben wir Ihnen berichtet. Es ist kein Geheimnis. Aber wenn Sie glauben, dass ich selbst den Austausch vorgenommen habe, dann überlegen Sie doch erst einmal. Kumar hat mich den ganzen Nachmittag beobachtet. Er weiß, dass ich überhaupt nicht in die Nähe der Aktentasche gekommen bin.« Er drehte sich nach Satyavan um, der unbewegt dasaß, die Arme um seine Tochter geschlungen. »Sagen Sie es ihm doch selbst! Sie haben mich und die Aktentasche nicht aus den Augen gelassen. Sie rempelten mich an und fingen ein Gespräch mit mir an. Das kostete uns – nun, wie viel Zeit? Drei Minuten vielleicht? Diese Zeit hat leicht ausgereicht, um den Austausch durchzuführen. Während dieser paar Minuten habe ich auf die Tasche nicht aufgepasst, und Sie ebenso wenig.«

»Das stimmt, Inspektor«, bestätigte Satyavan. »Ich habe mit ihm gesprochen. Etwa drei Minuten lang haben weder er noch ich auf die Tasche geachtet.«

»Aber ich habe auf sie geachtet«, sagte die Stimme des Swami sehr sanft und sehr bestimmt.

Alle drehten sich um, beinahe vorsichtig, beinahe so, als hätten sie Angst, er könnte sich in Luft auflösen, wenn sie zu hastig die Köpfe wandten. Er saß ruhig und gelassen da.

»Ja, ich war auch da. Satyavan und ich haben seit dem Mord und seit der Entführung des Kindes jede Ihrer Bewegungen, jede Bewegung der beiden jungen Leute verfolgt. Satyavan verwickelte Sie in ein Gespräch, weil er glaubte, er wäre Ihnen aufgefallen und Sie hätten Verdacht geschöpft. Doch wie sich herausstellte, war Ihnen dieses Gespräch mit ihm willkommen und nützlich. Ja. Doch ich selbst saß die ganze Zeit über auf der Terrasse des Tempels, in Meditation vertieft. Niemand fand es merkwürdig, dass ein Mensch wie ich dort saß und auf die Tasche hinunterstarrte. Nein, es stimmt, Sie sind nicht einmal auch nur in der Nähe der Tasche gewesen. Aber es kam während der ganzen Zeit auch kein anderer in ihre Nähe!«

Das Schweigen wurde lastender. Sie hatten Zeit, diese letzte Bemerkung des Swami zu erfassen und zu verarbeiten.

»Von dem Moment an, als dieser junge Mann hier die Tasche deponierte, bis zu dem Augenblick, als er sie wieder abholte, kam keine Menschenseele in ihre Nähe. Sie muss deshalb schon in jenem Moment, als sie abgegeben wurde, das enthalten haben, was später, als Sie sie öffneten, zum Vorschein kam – zerschnittene Zeitungsblätter. Das Lösegeld – das erste Lösegeld – war im Voraus kassiert worden. Von Ihnen! Miss Lester hätte die Summe der Filmgesellschaft ohne Zögern zurückerstattet, nicht wahr, da sie ja gezahlt worden war, um das Leben ihrer Tochter zu retten!«

Felder öffnete den Mund, versuchte zu sprechen, brachte jedoch keinen Laut hervor.

»Auch Filmregisseure, Mr Felder, verdienen nicht immer genug Geld, um alle ihre Bedürfnisse zu befriedigen, und können der Versuchung nicht widerstehen, wenn sie ihnen die Hand bietet. Im Grunde ist es eine Frage der Mäßigung. Und Ihre Bedürfnisse, Mr Felder, waren offensichtlich unmäßig. Als Sie daher der Versuchung, Anjli weiterhin gefangen zu halten, um vielleicht einen zweiten Lösegeldbetrag herauszuschlagen, nicht widerstehen konnten, lieferten wir den Köder in Form einer ungleich größeren Summe, um herauszufinden, ob sie noch am Leben war und um sicherzugehen, dass sie am Leben bleiben würde.«

»Wofür halten Sie mich denn?« Felder hatte plötzlich seine Stimme wieder gefunden. Sie klang laut und kräftig, voll echter Entrüstung. »Ich hätte ihr kein Haar gekrümmt. Von Anfang an wollte ich sie gesund und unversehrt zurückgeben. Wofür halten Sie mich? Sicher, ich habe Geld gebraucht, ich habe es mir auf nicht ganz reelle Weise zu verschaffen versucht, doch Dorries Tochter war unverletzbar für mich.«

»O ja«, stimmte der Swami mit tiefer Traurigkeit zu. »Das Kind Ihrer Freundin war für Sie unverletzbar. Sie gaben Ihrem Komplicen Anweisung, dem Kind ja nichts anzutun. Natürlich, Sie sind human – Sie haben sich weder der Kindesentführung noch des Mordes schuldig gemacht – nicht direkt, nur indirekt. Als Sie Ihren Komplicen anheuerten, fragten Sie ihn da, wie er die Tat auszuführen gedachte? Gaben Sie ihm Anweisung, jede Gewalttätigkeit zu vermeiden? Nein, Sie verschlossen einfach Augen und Ohren und überließen ihm die Schmutzarbeit. Er wurde ja schließlich dafür bezahlt, nicht wahr? Arjun Baba, der gebrechliche, alte Mann, ein Bettler, in Ihren Augen wohl kaum ein menschliches Wesen, war nicht unverletzbar. Er zählte nicht.«

»Doch wir wollen realistisch sein«, sagte der Swami in das Schweigen hinein, das sich im Zimmer ausgebreitet hatte, nachdem Ernest Felder abgeführt worden war. »Man kann ihn des Mordes an Arjun Baba nicht anklagen. Ganz sicher hat er das Verbrechen nicht mit eigener Hand begangen, und da Govind Das tot ist, wird es unmöglich sein nachzuweisen, dass der Mord eine direkte Folge von Felders Entführungsplan war. Ich zweifle sogar daran, dass man ihn jemals der Entführung wird anklagen können, wenn er nicht so töricht ist, das Geständnis zu wiederholen, das wir eben gehört haben. Govind Das kann nicht mehr gegen ihn aussagen. Die einzige Anklage, mit der man durchkommen wird, ist die der Unterschlagung von Geldern der Gesellschaft.«

»Und man kann vielleicht auch Felder nicht in Grund und Boden verdammen«, meinte Satyavan leise. Anjli waren die Augen zugefallen, und ihr Kopf ruhte an seiner Schulter. »Meine Frau hatte ihm ihre ersten Chancen beim Film zu verdanken. Er ist nicht der Einzige, den sie für ihre eigenen Ziele ausgenutzt hat und dann, als sie ihn nicht mehr gebraucht hat, unbeachtet ließ. Und all diese Jahre hat er sich das offenbar widerstandslos gefallen lassen. Als sie Anjli nach Indien schicken wollte, da hörte sie sich um. Vielleicht konnte ihr jemand helfen. Sie erfuhr, dass Felder hier filmte und fand das gewiss sehr praktisch und bequem. Er hatte ihr ja immer ihre Wünsche erfüllt, warum sollte er da jetzt ihre

Bitte, auf das Kind zu achten, abschlagen? Und somit gab sie ihm die Gelegenheit und setzte ihn selbst der Versuchung aus. Und auch ich bin wohl zum Teil schuldig. Ich glaube, dass er seinen Plan erst fasste, als ich Mutter und Tochter nicht zu Hilfe kam. Das Kind war ihm leichte Beute. Doch es ist nicht an uns, hier Recht zu sprechen. Die Gerechtigkeit wird ihren Lauf nehmen. Es ist unausweichlich.«

»In Ihrem Fall hat sie ihren Lauf schon genommen«, bemerkte Ashok sanft und begegnete dem schläfrigen Blick Anjlis, die eben die Augen öffnete.

Anjli rieb ihre Wange an der seinen wie ein Kätzchen, lächelte und blickte zu ihm auf, plötzlich sehr ernst und hellwach. »Was wird denn nun aus Shantilas Mutter? Sie war gut zu mir.«

»Nur ruhig, mein Kind. Gegen sie wird niemals irgendeine Anzeige erstattet werden, wenn es nach mir geht. Wenn sie nicht eine Tochter hätte, dann müsste ich jetzt noch immer nach der meinen suchen.«

»Und Shantila?«

»Shantila ist deine Schwester und daher mein Kind. Wir werden für die Mutter eine gute Stellung suchen. Dann wird sie immer bei dir sein, wenn du willst.«

»O ja, bitte. Ich will. Wir müssen ihr aber eine neue Kette kaufen«, murmelte sie, »für die andere, die sie zerrissen hat.«

»Ja, das ist wahr«, stimmte er zu und zog sie näher zu sich heran, denn ihr drohten schon wieder die Augen zuzufallen. »Erinnere mich.« Über ihren Kopf hinweg sah er Tossa und Dominic an und flüsterte mit warmem Lächeln: »Es ist spät. Ich nehme sie jetzt mit nach Hause. Aber warten Sie morgen auf uns. Wir werden Sie abholen, und Sie müssen mit uns nach Rabindar Nagar hinausfahren.«

Sie protestierten pflichtschuldig, dass ihre Aufgabe ja jetzt erledigt sei und dass sie allmählich an den Rückflug denken müssten.

»Nein, nein. Noch nicht. Sie sind ihre Gäste. Es wird ihr eine Freude sein, alles so schön wie möglich für Sie zu machen. Und ich habe mein Leben diesem Kind geweiht.« Jetzt schlief Anjli fest in seinen Armen.

Es war nach Mitternacht. Als sie über den Balkon zur Treppe gingen und in den Garten hinunterstiegen, hingen die Sterne klar und blitzend am dunklen Himmel über Delhi.

»Komm«, sagte der Swami, der an der offenen Tür des Rolls-Royce wartete. »Soll ich euch fahren?«

»Gute Nacht«, sagte Malenkar, der seiner Frau die Tür seines Wagens offen hielt.

»Auf Wiedersehen«, hauchte Kamala. »Ashok, können wir dich mitnehmen?«

»Ich schicke Ihnen eine Aufnahme von meiner Musik«, versprach Ashok und berührte die Schleife in Anjlis Zopf, als ihr Vater sie behutsam in den Rolls-Royce hob und zwischen Säcken mit Getreideproben in die Polster drückte. Sie atmete tief und lächelte im Schlaf. Sie hatte alles, was sie wollte, und sie würde nie zurückblicken.

Der Mercedes Malenkars setzte sich zuerst in Bewegung. Der hohe Rolls-Royce folgte majestätisch. Allein standen Dominic und Tossa in der bleichen Weiße des Mondlichts. Eine ungehörte Melodie stieg in der Nacht auf.

»Raga Aheer Bhairab«, sagte Tossa leise und nachdenklich. »Man spielt ihn in den frühen Morgenstunden, wenn die Gäste aufbrechen ...«

ENDE